Kleine Herzen brechen leise
Bete und verzeihe! Aber … schweig!

Raphaela M. Schaner

Kleine Herzen brechen leise

Bete und verzeihe! Aber … schweig!

Raphaela M. Schaner

WAGNER VERLAG
www.wagner-verlag.de

Ein Buch aus dem WAGNER VERLAG

Lektorat: www.marianne-glasser.de
Umschlaggestaltung: info@boehm-design.de
E-Mail: raphaela.m.schaner@gmail.com

1. Auflage

ISBN: 978-3-86683-881-9

Bibliografische Information der Deutschen Nationalbibliothek:
Die Deutsche Nationalbibliothek verzeichnet diese Publikation in der
Deutschen Nationalbibliografie; detaillierte bibliografische Daten sind
im Internet über http://dnb.d-nb.de abrufbar.

Die Rechte für die deutsche Ausgabe liegen beim
Wagner Verlag GmbH,
Zum Wartturm 1, 63571 Gelnhausen.
© 2010, by Wagner Verlag GmbH, Gelnhausen
Schreiben Sie? Wir suchen Autoren, die gelesen werden wollen.

www.wagner-verlag.de
www.podbuch.de
www.buecher.tv
www.buch-bestellen.de
www.wagner-verlag.de/presse.php

Druck: dbusiness.de gmbh · 10409 Berlin

Ein Buch für Betroffene

Denn:

Was es heißt,

DEN WEG DER

HEILUNG

zu gehen, weiß der,

der ihn selbst gegangen ist.

Dieses Buch ist meinen beiden wunderbaren Töchtern gewidmet, denen meine größte Liebe, Achtung und Dankbarkeit gebührt. In den schwersten Zeiten meines Lebens ließen sie mich nicht im Stich, selbst wenn es fast über ihre Kräfte ging.
Sie gingen mit mir einen harten, sehr steinigen Weg und blieben auch dann an meiner Seite, als keiner mehr von uns den Weg sehen und erkennen konnte.

Mona und Jutta, ich danke euch von ganzem Herzen für eure Liebe, die ihr mir – trotz der vielen Wunden, die ich eurer Seele immer wieder zugefügt habe – geschenkt habt! Ihr wart da, als ich am Ende war und den Kampf ums Überleben fast verloren hätte. DANKE!
Verzeiht, dass ich euch oft tief verletzt habe! Ich hoffe, ihr könnt mir eines Tages verzeihen.

Mit der Veröffentlichung möchte ich weder anklagen noch urteilen oder verurteilen, sondern betroffenen Menschen Mut machen, dass es einen Weg gibt aus Isolation, Einsamkeit und Angst, in die das Erleben von sexuellem Missbrauch einen Menschen drängen kann.

Es gibt einen Weg aus dieser „Hölle"! Ich bin ihn selbst gegangen und weiß, dass es sich lohnt zu kämpfen. Der Weg ist hart, der Weg ist lang. Und – wie jede Reise – beginnt er mit einem einzigen Schritt.

Andere Menschen können dir auf diesem Weg Beistand, Trost und Stütze sein und dich durch deinen Heilungsprozess begleiten.

Niemand aber kann den Weg für dich gehen.
Gehen musst du deinen Weg alleine!

Sollte es Betroffene geben, denen meine Biografie Hilfe sein kann, hat mein Leben mit allem, was dazugehört, einen Sinn. Dann hat sich der Kampf ums Überleben nicht nur für mich gelohnt.

INHALT

I.   Die Jahre meiner Kindheit................................... 15

    1.   Die Zeit bis zu meinem sechsten Lebensjahr.................. 15

    2.   In der Grundschule 27

II.   Gymnasialzeit 35

III.   Die Bedeutung der Schönstattbewegung in meinem
      Leben 50

IV.   Studienjahre 58

    1.   Studium an der Universität Augsburg und Praktikum
       in Ursberg 58

    2.   Studium an der Gesamthochschule Eichstätt und erste
       Lehrertätigkeit 74

V.   Ehe und Trennung 78

VI.   Wieder im Elternhaus.. 82

VII.   Die Beziehung zu meinem Vater 88

VIII. Wiederaufnahme des Schuldienstes............................ 96

IX.   Die Macht der Vergangenheit 104

    1.   Erster Aufenthalt in einer psychosomatischen Klinik
       (Mai bis Juli 1991) 104

    2.   Optimistischer Neuanfang und der lauter werdende
       Schrei meiner Seele 111

    3.   Umzug – Schaffung einer räumlichen Distanz zur
       Herkunftsfamilie (Februar 1995) 121

4. Erster bewusster Blick „zurück" (Januar 1996 bis Dezember 1997) 125

5. Neuanfang im Schuljahr 1997/98 130

6. Umzug in die Mozartstraße (August 1999) und körperlicher Zusammenbruch 133

X. Die Auseinandersetzung mit der Herkunftsfamilie beginnt 138

1. Der erste Klinikaufenthalt in Bad Saulgau (Ende Februar bis Anfang Mai 2000) 141

2. Die Ausgrenzung wird spürbar 157

3. Der zweite Klinikaufenthalt in Bad Saulgau (September/Oktober 2000) 162

4. Die Zeit danach – Ich gehöre doch dazu! 171

5. Der dritte Klinikaufenthalt in Bad Saulgau (März/April 2001) 175

6. Alles umsonst? 177

7. Zum ersten Mal in der Oberbergklinik (Juli bis Anfang September 2001) 191

8. Die Zeit danach 201

9. Der Kontakt zur Herkunftsfamilie (November 2001 bis Mai 2004) 204

10. Zum zweiten Mal in der Oberbergklinik (Mai bis Juli 2004) 225

XI. Die Weichen für einen Neuanfang werden gestellt 233

XII. Der Bodensee – meine neue Heimat? 237

XIII. Meine Beziehungen zu Männern 252

XIV. Den Kampf gewonnen! 262

Sonntag, 1.11.02

Schon vor längerer Zeit begann ich, meine Lebensgeschichte aufzuschreiben. Doch so recht dabeibleiben konnte ich nicht. Irgendetwas hielt mich immer wieder davon ab. Manchmal hatte ich ein schlechtes Gewissen bei dem Gedanken, meine Erlebnisse niederzuschreiben, weil ich die Ereignisse somit in gewisser Weise offen darlegte, indem ich erzählte, was ich nicht erzählen durfte. Wurde es mir irgendwann verboten? Vielleicht besteht ein Zusammenhang mit einem Redeverbot aus der Kindheit. Ich weiß es nicht.

Doch jetzt habe ich das Bedürfnis, mir alles von der Seele zu schreiben, und versuche auf diese Weise, meinem Schmerz, diesem Gefühl tiefster Verlassenheit und Einsamkeit, Ausdruck zu verleihen. Zeitweise bin ich innerlich derart aufgewühlt und traurig, weiß nicht, wohin ich mit diesen Gefühlen gehen soll. An die Menschen, die es eigentlich angeht und die mir Hilfe sein könnten, die Vergangenheit zu bewältigen, kann ich mich nicht wenden. Weder meine Mutter noch meine sechs Geschwister wollen die Wahrheit hören. Die Vergangenheit wollen sie totschweigen. Sie verschlossen in der Vergangenheit die Augen und verschließen sie heute, möchten von meinem Schmerz nichts wissen. Stattdessen missachten sie mich, schieben mich beiseite. „Eine Verrückte! Eine Lügnerin!", nennen sie mich, machen mich sogar für alles „Unheil", das über die Familie gekommen ist, verantwortlich.

Manchmal möchte ich den Schmerz, dieses tiefe Gefühl der Einsamkeit, hinausschreien, weil es mich fast zerreißt, weil es an die Grenzen dessen geht, was ich noch ertragen kann.

Was mein Bruder Bernhard mir angetan hat, war schlimm. Doch es war nicht das Schlimmste, was meine kleine Kinderseele ertragen musste. Weitaus tiefere und nachhaltigere Spuren hinterließ die Reaktion meiner Mutter, nachdem ich ihr in meiner kindlichen Ausdrucksweise erzählt hatte, dass mich mein zwölf Jahre älterer Bruder vergewaltigt hatte. Sie ließ mich damals mit dem ganzen Schmerz und einer großen inneren Verwirrung einfach stehen, ließ mich alleine. Dieses Alleingelassensein von der Mutter war die bitterste Erfahrung meiner Kindheit. Allein! Total allein! Kein Mensch war da, an den ich mich hätte wenden können.

Genau dasselbe erlebe ich jetzt, da ich – die erwachsene Frau, die diese Last der Kindheit nicht mehr zu tragen imstande ist – das Unrecht offen ausgesprochen habe: Ich werde wieder alleingelassen, verachtet – von der Mutter und nun auch von allen Geschwistern. Das ist bitter und trifft mich sehr hart.

Deshalb werde ich versuchen, meine Gefühle, meine Not, mein Erleben, eben meine Lebensgeschichte, zu Papier zu bringen, in der Hoffnung, all das Schwere und Schmerzliche irgendwann loslassen und mich – wenn nötig – innerlich von meiner Herkunftsfamilie lösen zu können, um endlich frei zu sein, weil ich sonst daran zugrunde gehe.

Raphaela M. Schaner

I. Die Jahre meiner Kindheit

1. Die Zeit bis zu meinem sechsten Lebensjahr
(und das Erlebnis, das mein Leben veränderte, prägte und bestimmte)

Es war ein Sonntag im September 1953, als ich als sechstes von sieben Kindern das Licht der Welt erblickte. Zu dieser Zeit hatte ich bereits zwei ältere Brüder (den dreizehnjährigen Hartmut und den zwölfjährigen Bernhard) und drei Schwestern (Margot war zehn Jahre alt, Irmgard fünf und Hermine vier).

Fünfzehn Monate nach meiner Geburt brachte meine Mutter (damals 41 Jahre) noch ein Mädchen zur Welt, Rosa, das ein Wunschkind gewesen sei, wie sie später mir gegenüber immer wieder betonte. Sie wollte ein weiteres Kind, damit ich gewissermaßen nicht als „Einzelkind" unter so vielen älteren Geschwistern aufwachsen musste, sondern mit einem Geschwister in meinem Alter, damit ich gleichsam einen Spielgefährten hätte. Dass ich erwünscht gewesen war oder dass sie sich über meine Geburt gar gefreut hätte, nahm ich als Kind leider nie wahr.

Oft schilderte meine Mutter die Reaktion meines Bruders Bernhard, kurz nachdem ich geboren war. Dieser äußerte sich sehr enttäuscht darüber, dass es „schon wieder ein Mädchen" sei, meinte jedoch, nachdem er mich gesehen hatte, ich sei „wenigstens schwarz" und würde ihm ähnlich sehen. Tatsächlich hatte ich eine relativ dunkle Hautfarbe und schwarze Haare wie er. Ich war das einzige der fünf Mädchen, das dunkelhaarig geboren wurde. Meine übrigen Geschwister hatten hellbraune bis blonde Haare. Vielleicht allein schon wegen dieses äußerlichen Unterschieds erlebte ich mich sehr bald als Außenseiterin der Familie. Nie fühlte ich mich ganz dazugehörig. Mir gab auch niemand wirklich das Gefühl der Zugehörigkeit. Mein Platz war nie *in* der Familie, sondern außerhalb. So war mein Empfinden.

Meine Mutter erzählte oft, sie sei – als ich noch ganz klein war – von Leuten angesprochen worden, woher sie denn „dieses Negerkind" habe. Deshalb sei sie durch mich des Öfteren in ein „falsches Licht" geraten. Immer wenn sie davon sprach, lachte sie – vielleicht, um ihrer Aussage einen gewissen Scherzcharakter zu verleihen. Doch ich hatte den Eindruck, dass sehr viel Ernst hinter diesen Worten lag.

Sehr lange – eigentlich bis zu meiner Heirat – dachte ich, ein Adoptivkind und nicht das leibliche Kind dieser Eltern zu sein, die mir im Grunde so fern waren. Ich war anders und ich fühlte mich anders. Erst Jahre später, als ich zu meiner Eheschließung meine Geburtsurkunde vorlegen musste, glaubte ich, eine Sicherheit zu haben, doch das leibliche Kind zu sein. Darüber habe ich jedoch zu keiner Zeit mit einem Menschen gesprochen.

Als Kind hatte ich stets das unbestimmte Gefühl, von meiner Mutter nicht gewollt, nicht geliebt zu sein, von ihr, vielleicht unbewusst, abgelehnt zu werden. Das wollte ich später als Erwachsene zu begreifen versuchen und fragte sie deshalb, als ich selbst 40 Jahre alt war – genauso alt wie meine Mutter, als ich zur Welt gekommen war –, was sie denn gedacht und empfunden habe, nachdem sie erfahren hatte, dass sie zum sechsten Mal schwanger sei, und zwar mit mir. Ich gab ihr zu verstehen, dass ich gut nachvollziehen könne, wenn sie darüber eher erschrocken als erfreut gewesen wäre.

Ich spürte, sie blockte emotional sogleich ab, war nicht in der Lage, ihren wahren Gefühlen Ausdruck zu verleihen. Stattdessen erklärte sie mir, mein Vater und sie hätten sich „von Anfang an darauf geeinigt, alle Kinder, die der Herrgott uns schenkt, anzunehmen". So wurde offenbar auch ich als „Geschenk Gottes" angenommen. Wirklich angenommen und geliebt *gefühlt* habe ich mich nie!

Zum Vorwurf mache ich das meiner Mutter nicht. Konnte sie mir ihre Liebe nicht zeigen, weil sie in ihrer eigenen Kindheit und Jugendzeit zu wenig Liebe und Geborgenheit erfahren hatte und deshalb selbst Mangel daran litt? Sicherlich liebte sie mich auf ihre Art, war jedoch nicht in der Lage, mir ihre Liebe zu zeigen. Spüren konnte ich sie jedenfalls nicht.

Ich kann mich an keine Situation in meiner Kindheit erinnern, da mich meine Mutter liebevoll in den Arm genommen, mir das Gefühl von Geborgenheit gegeben hätte. Ich hatte immer das Empfinden, alleine zu sein.

Heute denke ich, meine Mutter war einfach überfordert, nach fünf Kindern (das jüngste war bei meiner Geburt noch nicht ganz vier Jahre alt) die Verantwortung für ein weiteres Kind zu übernehmen.

Dennoch entschloss sie sich, nachdem ich geboren war, für ein siebtes Kind, für meine jüngere Schwester Rosa.

Meine früheste Erinnerung reicht in die Zeit zurück, als ich etwa drei Jahre alt war. Damals litt ich an einer schweren Nierenerkrankung, die mir fast das Leben gekostet hätte. (Oft dachte ich später, als ich durch eine sehr harte Schule gehen musste und am Leben fast zerbrochen wäre: „Wenn ich damals nur gestorben wäre und Frieden in einer anderen Welt gefunden hätte! Dann wäre mir vieles erspart geblieben." Heute jedoch bin ich dankbar, dass mir die Chance zu leben noch einmal gegeben wurde. Denn es kann schön sein, wirklich zu *leben!*)

Ich sehe mich schwer krank in einem Kinderbettchen liegen. Lange konnte ich diese Erinnerung nicht richtig einordnen. Denn ich liege zwar in diesem Bett, bin aber gleichzeitig Beobachterin: Ich, das kleine Mädchen von etwa drei Jahren, stehe einige Meter vom Bett entfernt und schaue auf das kleine, kranke Kind, das zugedeckt in dem Kinderbett liegt. Offenbar schläft es, denn es hat die Augen geschlossen. Das Zimmer, in dem ich mich befinde, ist grau und dunkel. Ich bin alleine, habe nicht das Gefühl, gehalten zu sein. Meine Welt ist mir zu dieser Zeit schwerer Krankheit nur grau und irgendwie trostlos in Erinnerung. Es scheint keinen Menschen zu geben, der für mich da ist.

Dass der feinstoffliche Körper eines Menschen unter bestimmten Umständen den grobstofflichen Körper verlassen und auf denselben „sehen" kann, habe ich später erfahren. (Ob das für mich in der damaligen lebensbedrohlichen Situation zutraf, weiß ich heute nicht zu sagen.)

Offenbar kämpfte ich damals um Leben und Tod, wie mir viele Jahre später erzählt wurde. Ob ich diese Krankheit überleben würde, wusste niemand zu sagen.

Die nächste Erinnerung führt mich in ein Krankenhaus, in dem ich aufgrund dieser für mich lebensgefährlichen Erkrankung ungefähr sechs Wochen verbringen musste. An die Spritze, die mir dort täglich verabreicht wurde, kann ich mich sehr gut erinnern. Dabei empfand ich jedoch keinen Schmerz.

An den für ein kleines Kind von drei Jahren relativ langen Aufenthalt in einer fremden Umgebung habe ich keinerlei negative Erinnerungen. Im Gegenteil: Das Krankenzimmer, das ich mit einigen „älteren" Patientinnen teilte, war hell und freundlich. Obwohl die Mädchen höchstens zehn Jahre älter waren als ich, waren es für mich „Erwachsene". Unter ihnen fühlte ich mich unendlich wohl. Alles dort war so freundlich, hell und licht. Hier fühlte ich mich aufgehoben und geborgen.

Ein Besuch meiner Mutter ist mir im Gedächtnis geblieben. Als sie wieder ging, empfand ich keinen Schmerz. Sie ging einfach, und ich blieb an dem Ort, an dem ich das Gefühl hatte, „daheim" zu sein und geliebt zu werden. Heimweh hatte ich nicht. Ich hatte ja die Geborgenheit des Krankenzimmers und war unter Menschen, die mich mochten. So empfand ich damals. Es war alles licht, schön und hell.

Ich sehe noch genau die Stelle vor mir, an der mein Bett stand. Vom Standpunkt eines Besuchers aus gesehen, der das Zimmer betrat, befand es sich rechts neben der Tür.

An eine Mahlzeit kann ich mich noch erinnern: Es gab Spinat, den ich sehr gerne aß und der wunderbar schmeckte.

Nach sechs Wochen wurde ich aus dem Krankenhaus als momentan geheilt entlassen, musste mich jedoch die Jahre danach immer wieder in ärztliche Behandlung begeben, wenn mein Gesicht angeschwollen war. Denn dies bedeutete stets, dass meine Nieren nicht richtig arbeiteten. Dann hieß es, vollkommen auf salzhaltige Nahrungsmittel zu verzichten. In diesen Zeiten kaufte meine Mutter für mich salzloses Brot, das sehr fad schmeckte. Aber ich aß es.

Im Jahr 1956 zogen wir um. Neben dem „alten" Haus, das inzwischen für die neunköpfige Familie zu klein geworden war, hatten meine Eltern neu gebaut. Mit Rosa rannte ich nach dem Einzug aufgeregt und übermütig durchs Haus.

Dann kam der Tag, der mein ganzes Leben verändern sollte. Das Erlebnis, das mir sehr schmerzlich und nachhaltig in Erinnerung geblieben ist, prägte und beeinflusste mein ganzes Leben – bis zum heutigen Tag:

Ich bin ungefähr vier Jahre alt. Ich liege im Bett. Das Zimmer ist dunkel. Was geschieht, kann ich nicht einordnen. Etwas Riesiges scheint auf mich zuzurollen, ein riesiger Fleischkloß legt sich von den Beinen aufwärts auf mich, liegt plötzlich schwer auf meinem kleinen Körper. Er überrollt mich fast. Ich habe das Gefühl zu ersticken. Irgendwann fühle ich einen tiefen, brennenden Schmerz. Aber ich verstehe nicht, was da passiert, was mit mir geschieht. Es tut weh, doch ich kann mich nicht wehren. Dieses für mich unfassbare und nicht einzuordnende Geschehen bereitet großen Schmerz. Aber ich verstehe nichts. Es geschieht einfach. Ich bin verdammt, es zu ertragen! Hilflos und machtlos bin ich einer Situation ausgeliefert, die ich nicht verstehe. Ich empfinde, ich fühle nur. Gefühle, für die ich keine Worte habe.

Auch jetzt fällt es mir sehr schwer, zu beschreiben, was ich fühlte und wie ich fühlte, weil ich damals für das Geschehen keine Worte besaß.

Ob dieses nachhaltigste körperliche Erleben einer einmaligen Vergewaltigung, der noch zahlreiche „harmlosere" sexuelle Übergriffe folgten, entstammt oder ob mir mehrmals diese brutale Gewalt angetan wurde, weiß ich nicht. Ich war zu klein, um genau unterscheiden zu können. Mir fehlte damals der Zeitbegriff. Mir fehlten die Worte, mir fehlte das Verständnis des Erlebten. Ich begriff es nicht.

Dieses Bild eines ekelhaften, großen Fleischkloßes, einer rosaroten Fleischmasse, die auf mich zukommt, mich fast überrollt, hatte ich als Kind oft vor meinem inneren Auge. Tagsüber plagten mich diese Bilder nicht so sehr, nur nachts. Dann ging eine ungeheuere Bedrohung von dieser Erinnerung und diesem erneuten Erleben aus und ging einher mit einem schrecklichen Körpergefühl: Mein ganzer Körper fühlte sich an, als ob er aufgeblasen wäre und im nächsten Augenblick zerplatzen würde. Was mich so beängstigend „aufgeblasen" hatte, wusste ich aber nicht. Alles an mir fühlte sich derart überdimensional, so unförmig an! Für meinen Körper hatte ich in diesen unheimlichen Momenten des erneuten Erlebens überhaupt kein reales Gefühl mehr. Meinen Mund spürte ich fast gar nicht mehr. Mir war, als ob ich keinen oder nur einen ganz kleinen Mund hätte, wobei es aber unmöglich war, durch diesen Mund zu sprechen, geschweige denn zu schreien. Er war wie verschlossen, von innen wie von außen. Und er fühlte sich vollgestopft an. Diese grausamen Bilder wiederholten sich des Nachts immer und immer wieder. Ich konnte ihnen nicht entfliehen. Sie versetzten mich in einen geradezu paralysierten Zustand, den ich nur beenden konnte, wenn es mir gelang, aus dieser Erstarrung herauszutreten und das Licht anzuschalten, sodass ich mich überzeugen und sehen konnte, dass mein Körper „normal" war und dass keine riesige, rosarote Fleischmasse auf mich zurollte oder auf mir lag. Oft ließ ich nachts das Licht brennen, da diese Bilder – gekoppelt mit dem körperlichen Erleben – sofort da waren, sobald es wieder dunkel war.

Heute verfolgen mich diese Bilder noch manchmal. Aber ich habe gelernt, damit umzugehen. Ich kann sie als das akzeptieren, was sie sind: Sie sind Teil meines Lebens, Teil meiner Kindheit und somit Teil meiner Vergangenheit. Aber sie bedrohen mich nicht mehr. Heute jagen sie mir keinen Schrecken mehr ein.

Es war mein älterer Bruder Bernhard, der mir diese körperlichen und seelischen Schmerzen zugefügt hatte und mein Leben dadurch fast zerstört hätte. Er vergewaltigte mich brutal, als ich ein Mädchen von ungefähr vier Jahren war. Er war damals etwa sechzehn Jahre alt.

Was mein Bruder mit mir gemacht hatte, erzählte ich meiner Mutter. Ob sie mich fragte oder ob ich mich ihr von mir aus anvertraute, weiß ich nicht mehr. Doch dieser Augenblick, als ich vor ihr stand und mich ihr mitteilte, prägte sich ganz tief und nachhaltig in meine Seele ein:

Ich stand vor ihr in meinem roten Strickkleid und sagte in meiner kindlichen Ausdrucksweise, dass er seinen Penis in mich hineingesteckt habe. Über sexuelle Vorgänge besaß ich damals keine Sprache, was es mir erschwerte, mich mitzuteilen. Dennoch ist mir dieser Satz, mit dem ich ihr den Vorfall unmissverständlich beschrieb, wörtlich in Erinnerung geblieben, ich brachte es aber bis heute nicht fertig, ihn noch einmal auszusprechen.

Meine Mutter nahm mich nicht in die Arme, um mich zu trösten. Sie gab mir nicht das Gefühl, dass sie mich verstehen und mich beschützen würde, sondern sie wirkte sehr abweisend und schickte mich irgendwann einfach weg. Das war der Moment, in dem sie mich im Stich ließ.

In diesem Augenblick, als mich meine Mutter abwies, starb etwas in mir. Es war so, als ob die Welt um mich herum ihre Farbe verloren hätte, als ob die Sonne plötzlich nicht mehr scheinen würde. In gewisser Weise erlosch ein Licht. In meiner Erinnerung ist ab diesem Zeitpunkt alles grau. Grau und unendlich traurig!

In dem Moment des subjektiven Erlebens, von der Mutter alleingelassen, verlassen zu sein, war für mich die Situation so, als ob ich plötzlich in eine dunkle, kalte und graue Welt gestoßen würde. Da begann im Grunde mein Kampf ums Überleben – ein Kampf, den ich fast verloren hätte.

Der brutale sexuelle Übergriff durch Bernhard war schlimm, war jedoch nicht das schlimmste Erleben, sondern diese – wie ich sie erlebte – abweisende Reaktion meiner Mutter, die mich und meine Not nicht anzuhören bereit war und mich vor meinem Peiniger auch in der Folgezeit nicht schützte. Ich war schutzlos und ausgeliefert. Das bestimmte und beeinflusste mein ganzes weiteres Leben.

Angst war von da an mein ständiger Begleiter. Denn mein Bruder ließ mich in der Folgezeit nicht in Ruhe. Die sexuellen Übergriffe hielten noch längere Zeit an, in der er seine sexuellen Bedürfnisse auf Kosten seiner kleinen Schwester zu befriedigen suchte. Manchmal kam er, wenn ich schlief, und machte sich an meinem Intimbereich zu schaffen. Manchmal erwachte ich davon und spürte seine Finger. Doch ich verhielt mich dann ganz ruhig und hoffte, dass es bald vorbei sein würde. Das geschah nicht nur nachts, es geschah mitunter auch tagsüber. Im Grunde war ich nie sicher. Aber ich schwieg.

Wahrscheinlich gibt es nachvollziehbare Gründe für das Verhalten meiner Mutter. Vielleicht war es die Folge ihrer eigenen Hilflosigkeit angesichts des Verbrechens, das es in dieser katholischen Familie nicht geben konnte, nicht geben *durfte*. War sie aus ihrer damaligen Sicht überhaupt in der Lage, anders zu handeln?

Ich aber hatte damals plötzlich niemanden mehr, dem ich vertrauen, dem ich mich anvertrauen konnte. Zudem musste ich erfahren, wie sich ein unschuldiges Opfer schuldig fühlt, als sei es Täter gewesen. Denn anstatt meinen Bruder als Schuldigen zu erleben, erlebte ich mich als schuldig.

Ich blieb mit dem Gefühl zurück, etwas sehr Schlimmes getan zu haben, wusste jedoch nicht, was ich falsch gemacht hatte. Mir wurde doch wehgetan! Und jetzt hatte ich selbst Schuld daran?

Bernhard hatte etwas mit mir gemacht, und ich wurde dafür von meiner Mutter abgewiesen? Mir wurde somit das Gefühl vermittelt, dass mein Bruder das Recht hatte, mich so zu behandeln, da meine Mutter mir nicht zu verstehen geben konnte, dass die Handlungsweise meines Bruders absolut nicht in Ordnung war. Meine Mutter billigte es ja, unternahm nichts dagegen. Mehr noch, sie war ja offensichtlich sogar böse auf mich! In mir herrschte Verwirrung.

Und es war keiner da, der mir in dieser Situation half, der mir zu verstehen half, der mir sagte, dass hier ein Unrecht geschehen war, dass *mir* Unrecht geschehen war. Nein, ich selbst hatte offenbar Unrecht *getan*! Ich fühlte mich unendlich alleine und verlassen. Und ich nahm als Kind eine Schuld auf mich, die ich nicht hatte, die ich nicht einmal verstand.

Eines aber hatte ich sehr gut verstanden: Darüber durfte ich nicht reden! Dieses Verbot meißelte sich nahezu unauslöschlich in meine Seele ein.

Also redete ich nicht mehr darüber, versuchte die Erlebnisse und alles andere zu verdrängen, ebenso die „Schuldgefühle".

Ein anderes Erlebnis blieb nicht ohne Folgen für meine kleine Seele. Mein ältester Bruder Hartmut fragte mich einmal, ob ich denn noch nicht bemerkt hätte, dass ich anders als meine Schwestern sei. Als Einzige hätte ich dunkle, „schmutzige" Augen. Deshalb müsse ich sie waschen. Dass meine Augen nicht schmutzig waren, sondern einfach von Natur aus braun, verstand ich damals nicht. Ich sah nur, dass meine Augenfarbe anders war als die meiner Schwestern. Für meinen Bruder waren sie offenbar schmutzig. Ich war schmutzig. Meine Augen waren schmutzig. Ich selbst fühlte mich doch immer schmutzig! Aber ich wollte keine „dreckigen" Augen haben, sondern wünschte mir, dass sie – wie die meiner Geschwister – „sauber" wären.

In meiner kindlichen Naivität und in dem Glauben, mein großer Bruder müsse das ja wissen, ging ich ins Badezimmer, um mir mit Seife die Augen zu waschen, weil ich so aussehen wollte wie meine Schwestern. Wie sehr das brannte, ist unschwer vorzustellen. „Sauber" wurden meine Augen durch diese Prozedur natürlich nicht, doch mein Bruder hatte seine Freude. Mir vorsätzlich wehzutun, war sicherlich nicht seine Absicht, und er war sich der Spuren, die dieser „Spaß" bei mir hinterlassen hatte, wahrscheinlich nicht einmal bewusst.

Bernhard muss ungefähr achtzehn Jahre alt gewesen sein, als er endlich von zu Hause auszog. Ich war erleichtert. Es war für mich wie eine Erlösung. Brauchte ich doch nun vor allem nachts keine Angst mehr vor ihm zu haben. Noch heute sehe ich das Auto – es war ein „Unimog" – vor mir, in das er lachend (für mich klang es wie ein hämisches Lachen) einstieg und wegfuhr. Bekleidet war er mit einer Uniform.

Bernhard war ausgezogen. Ich aber blieb zurück mit einer großen Verwundung in meiner Seele. Und doch gab es keinen Menschen, mit dem ich über all meine Ängste, über meine Nöte hätte reden können.

Der Mensch, dem ich vertraut hatte – meine Mutter –, war nicht in der Lage gewesen, dem Geschehen Einhalt zu gebieten oder mir zu verstehen zu geben, dass das Verhalten meines Bruders nicht in Ordnung war, dass hier etwas Unakzeptables geschehen war. Ich erlebte auch nicht, dass er jemals in irgendeiner Weise zur Rechenschaft gezogen wurde.

So blieb ich als sechsjähriges Mädchen zurück mit vielen Fragen, auf die ich keine Antwort bekam. Ich stellte sie auch nicht laut, hatte ja keinen Menschen, dem ich sie hätte stellen können.

Also schwieg ich und schloss die Ereignisse, Erlebnisse und Fragen lange Jahre tief in meine Seele ein.

So begann ich, einen sehr einsamen Weg zu gehen. Ich war alleine; alleine mit den vielen Fragen und alleine mit einem riesengroßen Schuldgefühl.

Wie sehr mich dieses Schuldgefühl und ein ungeheurer Druck auf meinen Schultern mein Leben lang beeinflussten und prägten und mir während vieler Jahre unsagbar viel Kraft raubten, wurde mir erst später bewusst, als ich nicht mehr stark genug war, diese Last, die mit der Zeit schwerer und drückender wurde, zu tragen, und in meiner Verzweiflung meinem Leben ein Ende setzen wollte. Erst zu diesem Zeitpunkt war ich bereit, mich der Vergangenheit Schritt für Schritt und ohne Wenn und Aber zu stellen, um sie aufzuarbeiten, um endlich im Hier und Jetzt leben zu können. Doch bis dahin sollten noch viele Jahre vergehen.

Innerhalb der Familie ging damals das Leben weiter, als wäre nichts geschehen. Weiterhin besuchte ich mit Rosa den Kindergarten, wobei ich immer das Gefühl hatte, auf sie aufpassen zu müssen, für sie verantwortlich zu sein. Von zu Hause wurde ich mit ihr losgeschickt. Während wir zu Fuß den Weg zum Kindergarten zurücklegten, hielt ich sie ganz fest an der Hand, damit ihr ja nichts geschehen konnte.

Noch als Jugendliche glaubte ich, für sie Verantwortung tragen zu müssen, und hatte immer wahnsinnige Angst, dass ihr etwas zugestoßen sein könnte, wenn sie vor Einbruch der Dunkelheit nicht zu Hause war, rannte dann Stunde um Stunde immer wieder zum Fenster, um nachzusehen, ob sie endlich käme. Natürlich war ihr nie etwas passiert.

Mein Leben hingegen hatte sich verändert. Ich lernte zu „funktionieren", indem ich versuchte, meine Gefühle und Ängste zu verdrängen. Doch vor den nächtlichen Bildern und dem erneuten Erleben konnte ich nicht fliehen. Am Tag es war es nicht so schlimm, schlimmer waren die Nächte, vor denen ich große Angst hatte. Da waren ständig die Bilder dieser bedrohlichen, großen Fleischmasse, die auf mich zurollte, als ob sie mich unter sich begraben wollte, und das grausame Körpergefühl, fast bis zum Zerplatzen aufgeblasen zu sein. Oft erwachte ich auch scheinbar grundlos und stand vor Schrecken zitternd und weinend mitten im dunklen Zimmer. Aber keiner kam zu Hilfe. Total orientierungslos tastete ich dann in panischer Angst nach dem Lichtschalter, den ich meist nach langem Suchen erst fand.

Die Nächte blieben grauenvoll! Sommer wie Winter wickelte ich mich – selbst wenn ich noch so schwitzte – ganz fest in meine Decke ein aus Angst vor einer Hand, die unter meine Bettdecke greift. Es ging eine so unendliche Bedrohung von den Nächten aus. Von jeder Nacht! Keiner bemerkte dies. Keiner hörte offenbar mein Weinen oder meine Schreie in der Nacht.

2. In der Grundschule

Im Sommer 1959 sollte ich – ich war fast auf den Tag genau sechs Jahre alt – eingeschult werden. Meine Mutter suchte mit mir die Rektorin der Grundschule meines Heimatortes auf, um mich „vorzustellen", ob ich „schulreif" sei. Den ganzen Weg, den wir zu Fuß zurücklegten, freute ich mich. Endlich durfte ich zur Schule gehen! In meinem bunten, luftigen Sommerkleid stand ich wenig später voll freudiger Erwartung vor der Schulleiterin. Doch was sagte diese Frau, nachdem sie mich gesehen hatte? Meine Mutter könne mich gleich wieder mit nach Hause nehmen, meinte sie. Ich sei viel zu klein, um „den Schulranzen tragen" zu können. Was?! Ich verstand die Welt nicht mehr, war maßlos enttäuscht. Hatte ich mich doch so sehr auf die Schule gefreut! Den braunen Lederschulranzen, der schon meinen älteren Schwestern gute Dienste erwiesen hatte, bewahrte ich zu dieser Zeit wie einen wertvollen Schatz in einer Ecke meines Schlafzimmerschrankes auf, holte ihn immer wieder hervor und trug ihn voller Stolz und Vorfreude auf dem Rücken durchs Zimmer. Und nun war ich zu klein, um ihn tragen zu können?!

Aber ich wusste doch, dass ich nicht zu klein und auch nicht zu schwach war, um den Schulranzen zu tragen. Ich hatte ihn schon so oft probeweise auf dem Rücken gehabt. Und diese Frau behauptete nun, ich könne ihn nicht tragen?

Natürlich verstand ich überhaupt nicht, warum ich „zurückgestellt" wurde und was die Rektorin zu dieser Entscheidung veranlasst hatte. Doch offenbar war ich damals wirklich ein körperlich kleines Persönchen und gehörte auch später immer zu den „Kleinen".

Ein Jahr später war es dann endlich so weit. Ab dem Schuljahr 1960/61 durfte ich die Grundschule besuchen.

Sechs Wochen vor der endgültigen Einschulung erkrankte ich an Scharlach und wurde mit einem Krankenwagen ins Krankenhaus gebracht. Zur damaligen Zeit wurde diese Krankheit noch nicht zu Hause behandelt, sondern man wurde auf einer Quarantänestation untergebracht. Drei Wochen verbrachte ich dort, teilte das Zimmer mit zwei oder drei anderen Kindern, die ungefähr in meinem Alter waren.

Während dieses Krankenhausaufenthaltes verspürte ich wiederum (wie damals, als ich wegen der schweren Nierenerkrankung sechs Wochen in einem Krankenhaus verbringen musste) kein Heimweh. Ich fühlte mich irgendwie wohl, vermisste keinen Menschen. Deshalb konnte ich überhaupt nicht verstehen, wenn eines der Kinder weinte, sei es wegen einer Spritze oder weil es Heimweh nach Mama und Papa hatte. Diese Gefühle waren mir fremd.

Einmal besuchte mich meine Mutter mit meiner jüngeren Schwester Rosa. Weil sie nicht zu mir ins Zimmer kommen durften, sahen wir uns nur durch die geschlossene Fensterscheibe. Meine Mutter hob Rosa auf den Fenstersims, damit ich deren neue Schuhe bewundern konnte. Sie waren hellbraun und hatten vorne in der Mitte eine Schleife. Als sie wieder gingen, schmerzte mich das nicht. Sie gingen einfach, und ich blieb im Krankenhaus. Kaum waren sie gegangen, widmete ich mich wieder meiner Lieblingsbeschäftigung: Ich malte mit bunten Holzstiften ein Kapellchen, das der Mutter Gottes geweiht ist.

Dieses Kapellchen, das heute noch in Vallendar am Rhein steht, kannte ich zu der Zeit nur von Bildern. Doch muss es bei mir einen mächtigen Eindruck hinterlassen haben. Denn diese Stätte malte ich immer wieder, eingerahmt von grünen Tannen. Dieser Ort bedeutete für mich Schutz, Sicherheit, Geborgenheit – und das, obwohl ich ihn nie zuvor besucht hatte. Trotzdem ging für mich von diesem Kapellchen eine ungeheure Faszination aus. Suchte ich schon damals die Geborgenheit, die ich so sehr vermisste?

Als ich schließlich aus dem Krankenhaus entlassen wurde, verstand ich nicht, weshalb ich eine Haarbürste und eine Puppe nicht mit nach Hause nehmen durfte, da diese Dinge aus „Sicherheitsgründen" im Krankenhaus zurückgelassen werden mussten. Das tat mir sehr weh, und ich vermisste beides sehr; am meisten die Puppe.

Dann war endlich die ersehnte Schulzeit da. Hurra! Nun war ich „groß" und demnach ein Schulkind. Während des ersten Jahres meines Schulbesuchs hatte ich drei Lehrerinnen. Der ersten Lehrkraft brachte ich meine ganze Zuneigung und Liebe entgegen. Ob sie es bemerkt hatte, weiß ich nicht. So oft es mir möglich war, suchte ich ihre Nähe auch außerhalb des Unterrichts, was nicht allzu schwer war, da sie eine Zeit lang bei uns zur Untermiete wohnte. Leider gab sie aufgrund ihrer Heirat noch während des ersten Schuljahres die Klasse ab und zog in eine andere Stadt.

Gerade diese Lehrkraft beeindruckte und faszinierte mich gleichermaßen, sodass für mich damals klar war: „Ich werde Lehrerin!" Diesen kindlichen Entschluss setzte ich später auch in die Tat um.

Die Klasse übernahm daraufhin eine andere junge Lehrkraft. Ungewöhnlich oft stand sie vor dem Spiegel und kämmte ihre langen, dunkelbraunen Haare. Jeden Morgen lief die gleiche Prozedur vor dem Spiegel ab und ich fragte mich, ob sie sich zu Hause wohl nicht kämmen konnte.

In der Zeit, als diese Lehrerin die Klassenleitung hatte, erinnere ich mich an ein Ereignis, dem wir Kinder alljährlich entgegenfieberten: Es war das Kinderfest, bei dem die Buben und Mädchen der ganzen Schule durch die Straßen des Dorfes zogen. Dabei durfte ich das Schild tragen mit dem Motto unserer Klasse, das lautete: „Die Tiroler sind lustig!" Ich war mächtig stolz, dass ich dazu auserwählt worden war.

Schließlich übernahm eine dritte Lehrkraft unsere Klasse. Ich mochte sie auch, wenngleich sie anders war als meine geliebte erste Lehrerin. Mit großer Freude denke ich noch daran zurück, als unter ihrer Leitung das „Geburtstagskind des Tages" eine Puppe im Klassenzimmer umhertragen durfte. Die Freude und den Stolz, den ich damals mit der Puppe im Arm empfand, als ich an der Reihe war und feierlich durch das ganze Klassenzimmer schritt, habe ich nie vergessen. Weil ich diese Lehrkraft sehr gerne mochte, schenkte ich ihr einmal eine

Halskette aus Leinsamen, die ich selbst in mühsamer Arbeit für sie angefertigt hatte. Ich freute mich jedes Mal sehr, wenn diese Kette ab und zu ihren Hals schmückte.

Während des ersten oder zweiten Schuljahres durfte ich einmal unsere schwarze Katze mit in die Schule bringen. Doch die Freude dauerte nicht allzu lange. Denn das Tierchen war offenbar durch die ungewohnte Umgebung, die vielen Kinder und die vorherrschende, verständliche Unruhe derart verängstigt und verstört, dass es, als ich es ganz liebevoll in meine Arme nahm, an mich drückte und beruhigend streichelte, seiner Angst Ausdruck verlieh, indem es sein „Geschäft" auf meinem Kleid verrichtete. Von einer unangenehmen Duftwolke umgeben, trug ich das in jeder Hinsicht erleichterte Tier so schnell wie möglich in einer Tasche vorsichtig nach Hause.

Im Jahre 1963 – ich war in der dritten Klasse – feierte ich zusammen mit den Mädchen und Jungen meiner Klassenstufe offiziell meine erste heilige Kommunion, die mit einer großen Familienfeier verbunden war, zu der nahezu die gesamte Verwandtschaft eingeladen war. Meine Mutter hatte an diesem Tag alle Hände voll zu tun, da sie es hauptsächlich war, die sich um das leibliche Wohl der Gäste kümmerte.

Für meine Mitschülerinnen und Mitschüler war es in der Tat die „erste" heilige Kommunion. Ich hingegen war bereits ein Jahr zuvor, also schon in der zweiten Klasse, auf Wunsch meiner Eltern (wahrscheinlich meiner Mutter) von einer Klosterschwester privat auf die „Frühkommunion" vorbereitet worden. Im Rahmen dieser Vorbereitung war der Empfang des Beichtsakramentes angesagt, um „rein" vor den Herrn treten zu können. Welche Angst plagte mich doch vor meiner ersten Beichte! Dem Priester, dem Stellvertreter Gottes auf Erden, musste ich alle meine Sünden bekennen, musste ihm alle meine Fehler offenbaren. Und da hatte ich – so war meine feste

Überzeugung – wahrlich genug! Von da an ging ich oft zur Beichte, weil ich mich im Grunde schlecht, schuldig und voller Sünden fühlte.

Als ich schließlich zum ersten Mal in der Kapelle des Gymnasiums eines Nachbarortes den Leib des Herrn empfangen durfte, war mir ganz feierlich zumute und ich fühlte mich kurzzeitig wirklich „rein".

An den Religionsunterricht der dritten Klasse habe ich kaum Erinnerungen. Nur eine für mich damals in höchstem Maße ungerechte und für ein Kind mehr als diskriminierende „Vorliebe" unserer Religionslehrerin blieb mir im Gedächtnis haften: Regelmäßig fragte sie zu Beginn einer jeden ersten Religionsstunde der Woche, welches Kind am vergangenen Sonntag dem Gottesdienst ferngeblieben sei. Zögernd und beschämt meldeten sich jedes Mal einige. Es waren fast immer dieselben. Daraufhin musste nacheinander jedes dieser „schwarzen Schafe" einzeln aufstehen und vor der ganzen Klasse den Satz mit dreimaliger Wiederholung laut sprechen: „Wer am Sonntag die Kirchentür nicht findet, findet beim Sterben auch nicht die Himmelstür." Mir taten diese Kinder unendlich leid, weil ich der Meinung war, dass sie überhaupt keine Schuld traf, da offenbar das Vorbild der Eltern fehlte.

In die Schule ging ich von Anfang an gerne, hatte auch nie Probleme mit dem Lernen. Bei den Lehrerinnen galt ich als sehr ordentliche, aufmerksame und fleißige Schülerin, die andererseits jedoch stets sehr ruhig und zurückhaltend, fast schüchtern war und nicht aus sich herausging.

Vom ersten Schuljahr an hatte ich am Schuljahresende im Zeugnis immer den besten Notendurchschnitt der Klasse, wobei ich dies überhaupt nicht anstrebte, musste mich auch nie anstrengen, um dies zu erreichen.

Die besten Schülerinnen und Schüler eines jeden Jahrgangs wurden alljährlich während einer offiziellen Feier mit einem Buchpreis ausgezeichnet. Dass ich jedes Jahr die erste Stelle einnahm, bedeutete mir nichts. Ich registrierte das zwar, konnte mich jedoch nicht darüber freuen. Mir war es im Grunde gleichgültig. Es war einfach so.

Glücklich und zufrieden darüber waren vielleicht meine Eltern, weil ich – was die Schule betraf – problemlos und „pflegeleicht" war. Aber das weiß ich nicht genau. Ich selbst empfand darüber jedenfalls keine Freude und keinen Stolz.

Im „Nacken" saßen mir die frühen Kindheitserlebnisse, die immer präsent waren und mit denen ich alleine fertigwerden musste.

Die nächtlichen Angstzustände hielten weiterhin an, von der Familie anscheinend völlig unbemerkt, obwohl ich nachts so oft schrie und weinte. Oder wollte sie überhaupt wahrnehmen, was los war? Funktionierte ich tagsüber doch hervorragend!

Und immer wieder rollte nachts diese bedrohliche, riesige Fleischmasse auf mich zu und ich glaubte, sie schwer auf meinem Bauch zu spüren. Dazu dieses schreckliche Körperempfinden, fast bis zum Platzen aufgeblasen zu sein. Immer wieder diese Todesangst, wenn ich nach einem Albtraum weinend und schreiend mitten im Zimmer erwachte und orientierungslos nach dem Lichtschalter suchte. Und schließlich die Erleichterung, wenn ich ihn endlich gefunden hatte! Als Kind lebte ich eigentlich ständig in einer gewissen Angst.

Auch die Angst vor Bernhard war unvermittelt da, sobald dieser auf Urlaub zu Hause war. Ob es zwischendurch zu weiteren Übergriffen kam oder ob ich von ihm nach seinem Weggang von zu Hause in Ruhe gelassen wurde, kann ich zeitlich nicht mehr einordnen. Gleichgültig, ob er da war oder nicht, Angst hatte ich immer – vor ihm, vor der Nacht, dem Inbegriff der Angst. Die Angst war im Grunde allgegenwärtig. Was fehlte, war ein Mensch, dem ich diese tiefen Ängste hätte mitteilen, dem ich mein Herz hätte ausschütten können. Doch keiner sah in die zutiefst verletzte Kinderseele. Keiner sah die Not und die Verzweiflung in den Kinderaugen.

Nur ein Mensch gab mir einmal zu verstehen, dass er glaube, irgendetwas stimme hier nicht. Es war meine jüngere Schwester Rosa, mit der ich die meiste Zeit meiner Kindheit und Jugend das Zimmer teilte. Denn eines Tages fragte sie mich, warum Bernhard immer an mein Bett käme und was er da mache. Welche Antwort ich ihr gab, weiß ich nicht mehr.

Nach der vierten Klasse musste über meine weitere schulische Laufbahn entschieden werden. Meine Eltern beschlossen, dass ich nach der fünften Klasse ein Gymnasium besuchen sollte, zusammen mit Rosa, die dann die vierte Klasse beendet hätte. (Ihre Schullaufbahn hatte ein Jahr nach meinem Schuleintritt begonnen.) Nun sollte ich auf sie „warten", was bedeutete, dass ich eben ein Jahr länger die Volksschule besuchte, um dann mit ihr zusammen in eine weiterführende Schule einzutreten. Ausschlaggebend für diese Entscheidung war ein Gespräch unserer Eltern mit einem einflussreichen Politiker, mit dem mein Vater in enger freundschaftlicher Verbindung stand. Nach der Durchsicht unserer Zeugnisse während eines Besuchs legte dieser Mann unseren Eltern sehr nahe, uns auf ein Gymnasium zu schicken und später studieren zu lassen.

II. Gymnasialzeit

Nach bestandener Aufnahmeprüfung traten Rosa und ich im Schuljahr 1965/66 in ein Gymnasium des Landkreises ein.

Meine Schwester war damals fast elf Jahre alt, ich war zwölf. Täglich fuhren wir morgens um 7.00 Uhr mit dem Zug die Strecke zum etwa zwanzig Kilometer entfernten Schulort und mittags in der Regel gegen 13.30 Uhr zurück nach Hause.

Musste ich mich bisher in der Schule überhaupt nicht anstrengen, so merkte ich, nachdem ich die erste „3" geschrieben hatte, dass mir nicht mehr alles „zuflog", wie dies in der Grundschule der Fall gewesen war, sondern dass ich mich hinsetzen und lernen musste, was ich bis dahin nicht gewohnt war. Während dieser neun Jahre bis zum Abitur musste ich zeitweise ganz schön „büffeln", um den schulischen Anforderungen gerecht zu werden.

Wie in der Grundschule galt ich auch während der Gymnasialzeit als fleißige und gewissenhafte Schülerin, die stets tadelloses Benehmen zeigte. Die Lehrer charakterisierten mich als ruhige, zurückhaltende und eher schüchterne Schülerin, die – im Gegensatz zu ihrer jüngeren Schwester – sehr verschlossen sei und die Welt mit Misstrauen betrachte.

Bald nach Schuljahresbeginn bekam ich Geigenunterricht, obwohl mir das Geigenspiel überhaupt keinen Spaß machte. Viel lieber hätte ich Klavier- oder Akkordeonspielen gelernt, was ich jedoch nicht durfte, da dieser Unterricht Geld gekostet hätte. Geigenunterricht hingegen wurde kostenfrei angeboten. Das Instrument stammte aus der Hinterlassenschaft einer Großtante, die kurz zuvor gestorben war. Nach sechs Jahren meldete ich mich jedoch vom Unterricht ab und bereute diesen Entschluss – entgegen der Prophezeiung meiner Mutter – auch nicht, weil ich es nie aus freien Stücken wollte, wenig übte und somit auch keine besonders gute Geigenspielerin war. Mit meiner Schwester, die Querflöte lernte, spielte ich zwar im Duett bei kleineren Veranstaltungen, doch das vermehrte meine Begeisterung am Geigenspiel auch nicht, obwohl uns immer kräftiger Applaus sicher war.

Später lernte ich autodidaktisch Gitarre, was sehr viel mehr Spaß machte und mir in meinem Beruf als Lehrerin heute noch zugutekommt.

Manchmal geriet ich in machtkampfähnliche, dennoch wohl eher spielerisch gemeinte Situationen mit meinen Brüdern, die mir körperlich natürlich weit überlegen waren. Einmal umklammerte mein ältester Bruder Hartmut meine Handgelenke mit festem Griff und befahl: „Geh vor mir auf die Knie!" Mit trotziger Entschlossenheit entgegnete ich ihm: „Da kannst du lange warten!", und bot meine ganze Kraft auf, die mir zur Verfügung stand, um ihm Widerstand zu leisten. Er wiederholte: „Geh auf die Knie!" Schließlich lag ich zwar am Boden, nachdem der Druck und die Schmerzen in den Handgelenken zu stark geworden waren. Mich in die Knie zu zwingen, war ihm jedoch nicht gelungen. Nie wäre ich vor ihm auf die Knie gegangen. Meine Mutter kam irgendwann dazu und meinte: „Lass sie los! Du brichst ihr den Arm!"

In meiner Klasse war ein Junge, den ich sehr gerne mochte und zu dem ich mich sehr hingezogen fühlte. Er war lange Zeit mein „heimlicher Schwarm". Oft freute ich mich auf den nächsten Schultag nur, weil ich ihn wieder sehen und ihm nahe sein konnte.

Wie selig war ich, als er mich bat, beim Abschlussball des Tanzkurses seine Partnerin zu sein! Wir waren damals in der zehnten Klasse. Den Strauß rosaroter Nelken, den er mir an diesem Abend überreichte, pflegte ich mit überaus großer

Sorgfalt und Liebe, damit er lange halten möge, wodurch ich jedoch nicht verhindern konnte, dass er trotzdem den Weg alles Vergänglichen ging und verwelkte.

Als mir dieser junge Mann während einer Klassenfahrt und später bei einer Klassenfete näherkommen wollte, konnte ich es nicht zulassen, obwohl ich mich so sehr nach seiner Liebe und Zärtlichkeit sehnte. Zum einen hatte ich große Angst vor Nähe, zum anderen glaubte ich zu keiner Zeit, dass mich irgendjemand wirklich liebenswert finden könnte, mich, die hässlicher und abstoßender war als jedes andere Mädchen. Ich fühlte mich nicht wert, von irgendeinem Menschen, schon gar nicht von einem jungen Mann, geliebt zu werden. Mich konnte man einfach nicht gernhaben. Und lieben? Das konnte ich mir nicht vorstellen.

So lebte ich aufgrund meiner frühen sexuell negativen Erfahrungen in einer ständigen Diskrepanz der Gefühle: auf der einen Seite meine Wünsche und Sehnsüchte, auf der anderen Seite meine Angst vor Nähe und vor neuen Verletzungen.

Als sich gerade dieser junge Mann während einer Klassenfete kurze Zeit später einem anderen Mädchen zuwandte, litt ich schrecklich. Gleichzeitig jedoch hatte ich wieder einmal die Bestätigung, nicht liebenswert zu sein, und erlebte an diesem Abend abermals, dass alle anderen Mädchen weit besser waren als ich.

Wie sehr hasste ich mich selbst! Als Mädchen oder Frau konnte ich mich nicht annehmen. Mir selbst war das nicht bewusst, ich wies dies auch entschieden zurück, als mich einmal eine meiner Schwestern darauf aufmerksam machte, wie sehr ich mich als Frau doch hassen würde. Über diese Äußerung war ich gleichermaßen empört wie betroffen, sodass ich sie nicht einmal fragte, was sie zu dieser Annahme veranlasste.

Mit der Zeit glaubte ich es zu Hause immer weniger auszuhalten. Ich wollte weg! In dieser Umgebung fühlte ich mich nicht wohl, was zunehmend schlimmer wurde. Wie sehr sehnte ich mich nach einem Ort der Geborgenheit, wie sehr nach Wärme und Verständnis! All das fand ich in diesem Zuhause nicht.

Ständig geriet ich in Streit mit meiner Mutter. Je älter ich wurde, desto häufiger und heftiger wurden die Auseinandersetzungen. Immer aggressiver reagierte ich ihr gegenüber, explodierte schließlich wegen jeder „Kleinigkeit", was von den übrigen Familienmitgliedern als übermäßig emotional bezeichnet wurde. Ich war der „Dickschädel", war diejenige, die die Türen knallen ließ, wenn sie mal wieder einen ihrer Wutanfälle hatte. Ich verstand mich jedoch selbst nicht. Bald verging kein Tag mehr, an dem meine Mutter und ich uns nicht stritten, obwohl ich mir vorgenommen hatte, mir besondere Mühe zu geben und wenigstens einmal am Tag bewusst freundlich zu ihr zu sein. So sehr ich darum auch kämpfte, sie so anzunehmen, wie sie war, ich schaffte es nicht. „Warum ist das bei meinen Geschwistern nicht so?", fragte ich mich.

Ich verstand nicht, weshalb das Verhältnis zu meiner Mutter permanent schlechter wurde. Ihre körperliche Nähe war mir zuweilen unerträglich. Von ihr berührt werden wollte ich überhaupt nicht.

Die Schuld an der gespannten Beziehung zu meiner Mutter suchte ich allein bei mir. Warum konnte ich meiner Mutter nicht mehr Liebe und Verständnis entgegenbringen? Ihr, die sich doch immer für ihre Familie „aufgeopfert" und sich selbst dabei zurückgenommen hatte, wie ich es oft zu hören bekam und was sicherlich zum großen Teil auch zutraf.

Nach jeder Auseinandersetzung fühlte ich mich unendlich schuldig und hatte den massiven Drang, mich bei ihr für mein Fehlverhalten entschuldigen zu müssen, was mir manchmal erst nach stundenlangem Ringen mit mir selbst gelang. Nicht selten hatte ich vorher als Ausdruck meiner Reue einen Blumenstrauß für sie besorgt.

Allmählich wuchs der Wunsch in mir, in ein Internat gehen zu dürfen, einfach weg von zu Hause. Ich wollte raus aus der Enge dieses Hauses, raus aus der Umgebung, die mich ständig an die Geschehnisse der Kindheit erinnerte.

Ich hatte das Gefühl, in einer „schmutzigen" Umgebung gefangen zu sein. Vielleicht putzte ich aus diesem Grund im Haus sehr viel. Von meinen Geschwistern wurde ich deswegen oft gehänselt und belächelt. Ich hätte einen „Putzfimmel", lachten sie über mich, was mich jedes Mal aufs Neue verletzte. Mag sein, dass meine Geschwister dieses häusliche Umfeld nicht so bedrückend und belastend empfanden. Mein Erleben war da völlig anders.

Für mich verbarg sich innerhalb der Mauern dieses Hauses, in dieser Familie, die sich in der Öffentlichkeit so ganz anders darstellte, als ich sie erlebt hatte und erlebte, eine große Lüge. Manchmal war dieses „Heim" für mich wie eine Hölle.

Für Außenstehende bot unsere Familie das Bild einer „heilen Familie": Der Vater, inzwischen ein erfolgreicher Politiker, repräsentierte in der Öffentlichkeit die Integrität in Person. Die „tief religiösen" Eltern, die auch ihre Kinder in diesem Sinne erzogen und in deren Familie der sonntägliche Kirchgang zur selbstverständlichen Pflicht gehörte, wurden zum Vorbild für manchen aus der näheren und weiteren Umgebung. Und wie beeindruckt mag mancher gewesen sein, wenn er die gesamte Familie an hohen Festtagen in harmonischer Eintracht beim Spaziergang beobachten konnte!

Was jedoch unter der untadeligen, scheinbar mustergültigen Oberfläche verborgen war, wusste keiner. Niemand sah das wahre Gesicht dieser Familie, in der so viel Wert darauf gelegt wurde, was „die Leute" dachten.

Nach langem Zögern brachte ich schließlich mein Anliegen, in ein Internat gehen zu dürfen, vor, allerdings mit der Begründung, ich könne dort ungestörter lernen. Den wahren Grund verschwieg ich. Aus finanziellen Gründen wurde mein Wunsch abgelehnt. Meine Mutter erklärte mir, die Unterbringung in einem Internat sei zu teuer. Damit war dieses Thema für sie erledigt.

Wie die Jahre zuvor blieb ich auch weiterhin sehr verschlossen, erzählte keinem Menschen, wie es wirklich in mir aussah. Und doch tobte es während der ganzen Zeit in meiner Seele, ich fand aber niemanden, dem ich meine Ängste, meine innere Not hätte anvertrauen können.

Im Tiefsten meiner Seele herrschte neben der nächtlich wiederkehrenden Angst eine unendliche Traurigkeit, eine grenzenlose Einsamkeit. Diese Gefühle drängten immer mehr nach oben, wollten ausgesprochen sein. Und doch brachte ich kein Wort diesbezüglich über meine Lippen. Ich fühlte mich alleine, selbst wenn noch so viele Menschen um mich waren.

Andererseits sehnte ich mich nach einem Ansprechpartner, nach jemandem, der mir zuhörte, der mich verstand und dem ich mich anvertrauen konnte. Ich musste endlich mit jemandem *reden*!

Gerade den Menschen gegenüber, die mir am nächsten standen und die mir hätten Stütze sein können, verschloss ich meine Seele immer mehr, weil sie mich nie wirklich gehört hatten. Zu wem aber konnte ich Vertrauen haben? Ich wusste es nicht. Zu groß war die Angst vor neuen Verletzungen und Zurückweisungen.

Und doch suchte ich ein Gegenüber, an das ich mich mit all meinen Fragen, Problemen und Ängsten wenden konnte, ein

Gegenüber, das mir zuhörte, zu dem ich mit meiner inneren Not gehen konnte.

Dieses Gegenüber fand ich irgendwann in Gestalt der Mutter Jesu, die mir schon seit Kindertagen vertraut war und zu der ich mich auf geheimnisvolle Weise hingezogen fühlte. Schon als Kind lernte ich die „Schönstattfamilie" kennen, eine Marianische Kongregation, die ihren Ursprung in einer kleinen Kapelle in Vallendar am Rhein hat. In frühen Jahren bereits besuchte ich regelmäßig eine Kindergruppe, zählte später zur Schönstattjugend. (Was die Schönstattbewegung für mein Leben bedeutete, erzähle ich später.)

Für mich begannen die Worte Jesu Wirklichkeit zu werden, die er kurz vor seinem Tod gesprochen hatte, als Maria mit Johannes unterm Kreuz stand: „Sohn, siehe deine Mutter!" Diese Worte nahm ich sehr ernst und erwählte Maria auch zu meiner Mutter.

Im Grunde war es die verzweifelte Suche meiner zutiefst verletzten Seele nach einer liebenden, verstehenden Mutter, bei der ich mein Herz ausschütten konnte und die in jeder Situation zu mir, ihrem Kind, stand und mich vor allem schützte und beschützte. Meine Seele schrie nach Geborgenheit, nach Angenommensein. In Gestalt der Gottesmutter glaubte ich, diese Mutter gefunden zu haben. Sie war die einzige „Person", der ich mich langsam öffnete.

Freilich, meine irdische Mutter sorgte für das äußere Wohl, für Kleidung, Nahrung … Was fehlte, waren Liebe, Vertrauen, Geborgenheit, Angenommensein, Sicherheit. Ich jedenfalls fand und erfuhr dies alles nicht bei ihr.

So vertraute ich mich ihr auch nicht an, als meine Ängste immer schlimmer wurden, Albträume mich plagten und mich aus dem Schlaf hochschrecken ließen.

Nach wie vor quälte mich nachts diese riesige, bedrohliche Fleischmasse, die auf mich zurollte, sich auf mich legte, mich zu ersticken drohte. Immer wieder erwachte ich weinend oder schreiend mitten im dunklen Zimmer. Orientierungslos! Todesangst! Wie schon in meiner Kinderzeit suchte ich in panischer Angst den Lichtschalter. Es war grausam!

Nach wie vor wickelte ich mich fest in meine Decke ein, damit ja nirgendwo eine Öffnung wäre, durch die sich eine Hand zwängen könnte. Im Sommer schwitzte ich dann schrecklich. Doch das war mir egal. Hauptsache, ich fühlte mich einigermaßen sicher, wenn ich schon im Bett sein musste, an dem Ort, der für mich eigentlich keine Sicherheit bot.

Meine Schreie und mein Weinen blieben weiterhin ungehört.

Am täglichen Leben nahm ich teil, als ob alles in Ordnung wäre. Ich lachte, traf mich mit Freundinnen und Freunden ebenso, wie ich an gemeinschaftlichen Unternehmungen der Clique teilnahm, hatte sehr schöne Erlebnisse bei gemeinsamen Ausflügen, Radtouren, Faschingsbällen, privaten Feiern, Vorbereitungen zu Altennachmittagen oder auch bei religiösen Aktivitäten wie Gottesdienstvorbereitungen und Ähnlichem. Für mein Leben gern tanzte ich. Je ausgelassener und wilder, desto besser! Manchmal hatte ich dabei das Gefühl, damit alles Belastende und Schwere abschütteln und gleichermaßen von mir schleudern zu können. Nach außen gab ich mich fröhlich und unbeschwert. So kannten mich meine Freunde, so kannte mich meine Familie, meine Umgebung. Wenn ich jedoch alleine war, weinte ich oft.

Tief im Herzen fühlte ich eine unbeschreibliche Trauer und Einsamkeit, die auch in Gesellschaft von Freunden andauernd da war. Kein Mensch wusste oder ahnte etwas davon. Die anderen kannten nur die Maske, unter der ich mein inneres Leid versteckte. Den Menschen darunter sahen sie nicht. Wie sollten sie auch? Ich wusste ihn sehr gut zu verbergen – den Menschen, der im Tiefsten unsäglich litt, der in der dunklen Welt der Einsamkeit das ganze Vertrauen in andere Menschen verloren hatte.

Als mich das Erleben meiner Kindheit mehr und mehr belastete und ich immer weniger alleine damit zurechtkam, vertraute ich mich mit ungefähr sechzehn Jahren einem Priester während eines Beichtgesprächs an. Es war das erste Mal, dass ich überhaupt darüber sprach. Ich schämte mich schrecklich, und es kostete mich sehr große Überwindung, zu gestehen: „Ich bin von meinem Bruder vergewaltigt worden. Damit werde ich alleine nicht mehr fertig." Schon alleine die Tatsache auszusprechen, was mir widerfahren war, fiel unglaublich schwer. Dieser „Gottesmann" jedoch ging nicht weiter darauf ein, sondern meinte nur, ich solle beten, alles aufopfern und meinem Bruder verzeihen.

Glaubte er tatsächlich an die absolute Heilkraft seiner Worte? War er wirklich selbst davon überzeugt, dass die Bewältigung eines solchen Traumas ohne angemessene menschliche und therapeutische Unterstützung gelingen konnte? Hatte er wirklich verstanden, was ich ihm anvertraut hatte?

Beten ist sicherlich das Eine – auf *geistiger* Ebene. Doch wie verhält es sich auf *menschlicher* Ebene? Muss dieses Thema nicht auch auf der menschlichen Ebene gelöst und erlöst werden? Oder ist es im Sinne des katholischen Glaubens, dass ein Täter ausschließlich durch das Gebet und das Verständnis *des Opfers* freigesprochen wird, ohne dass er seinen Part leisten muss, um Vergebung zu erlangen? (Dabei soll der Wert und die Bedeutung des Gebetes absolut nicht infrage gestellt oder geschmälert werden. Der Macht und der Kraft des Gebetes bin ich mir durchaus bewusst.)

Im Grunde wurde ich abermals nicht richtig gehört und nicht ernst genommen. Die Worte des Priesters, die zu diesem Zeitpunkt nicht Lebenshilfe waren, verfehlten ihre Wirkung dennoch nicht. Sollten sie mir sagen, dass ich – weil offenbar außerstande, richtig zu beten und zu verzeihen – keine gute Christin war? Warum sonst bereitete mir das Geschehen meiner Kindheit noch so viele Probleme? So versuchte ich, ohne zu wissen, wie ich das überhaupt anstellen sollte, zu tun, wie der Priester mir geraten hatte, in der Hoffnung, dadurch innere Ruhe und inneren Frieden zu finden. Zudem redete ich mir ein, es sei schon so lange her und demnach auch nicht mehr wert, viele Worte darüber zu verlieren. Doch es wühlte immer heftiger in mir.

Inzwischen wurde für mich die Tatsache, dass sich die Menstruation bei mir bisher noch nicht eingestellt hatte, zunehmend belastender. Meine jüngere Schwester hatte längst „ihre Tage". Ein wenig verunsichert und ratlos hatte sie sich mir schon ein paar Monate zuvor eines Abends anvertraut, nachdem sie an diesem Tag ihre Regel bekommen hatte. Ich beruhigte sie, dass dies ganz normal sei. Insgeheim fragte ich mich jedoch, warum ich die Regel noch nicht hatte. Auch alle Mädchen in meiner Klasse hatten ihre monatliche Regelblutung bereits. „Was stimmt mit mir nicht? Was ist bei mir nicht normal?", fragte ich mich immer häufiger.

Deshalb suchte ich schließlich einen Frauenarzt auf, nachdem ich mit meiner Mutter über meine Besorgnis diesbezüglich kurz gesprochen hatte. Sie meinte nur: „Sei froh, dass du das noch nicht hast. Das ist sowieso nur lästig." Doch ich hatte das Gefühl, dass bei mir etwas nicht stimmte, und fühlte mich deswegen noch minderwertiger, als dies ohnehin schon der Fall war.

Mein Gott, hatte ich schreckliche Angst vor dieser ersten Untersuchung beim Frauenarzt!

Für den Arzt war es Routine, für mich eine unangenehme und beschämende Tortur, insbesondere als der Arzt nach der Untersuchung meinte, er sehe, dass ich schon mit einem Jungen intim gewesen sei. Er hielt mir anschließend einen Vortrag über Verhütung und wollte mir die Pille verschreiben. Ich jedoch vertraute mich ihm nicht an, schämte ich mich doch viel zu sehr, darüber zu reden, was mir als Kind widerfahren war. Weshalb ich „entjungfert" war, wusste ich nur zu genau. Dafür hatte Bernhard gründlich gesorgt. Gleichwohl wusste ich auch: Ich hatte noch nie mit einem Jungen näheren Kontakt gehabt, geschweige denn sexueller Art. Darüber konnte ich jedoch mit dem Arzt nicht sprechen, fühlte mich gefangen in einer Welt des Schweigens, in die ich keinem Menschen Einblick gewähren konnte.

Zu dem Arzt sagte ich schließlich möglichst beiläufig, dass ich zurzeit keinen festen Freund hätte und deshalb die Pille im Moment nicht benötigen würde.

Mittels der von ihm verordneten Hormontabletten stellte sich einige Zeit später schließlich meine erste Menstruation ein. In den folgenden Jahren musste ich den Frauenarzt regelmäßig konsultieren, bis sich der Hormonhaushalt mit Unterstützung von Medikamenten einigermaßen normalisierte.

Als ich siebzehn Jahre alt war, arbeitete ich während der großen Ferien in einem Krankenhaus. Mit dem verdienten Geld wollte ich mir einen Herzenswunsch erfüllen: Einen Kassettenrekorder wollte ich mir kaufen. Gerade hatte ich meinen Lohn ausbezahlt bekommen, da erfuhr ich durch eine Klosterschwester von einer sehr armen Familie, für die sie Geld sammelte. Ohne lange zu überlegen, übergab ich ihr das gesamte, kurz zuvor verdiente Geld, um dieser Familie zu helfen. Obwohl ich mir meinen Wunsch nun nicht mehr erfüllen konnte, empfand ich dies nicht als Verlust, sondern war erfüllt von großer innerer Freude, weil ich Menschen, die in Not waren, helfen konnte.

Wie überrascht war ich einige Monate später, als ich zu Weihnachten von meinen Eltern einen Kassettenrekorder geschenkt bekam, zumal ich nicht darüber gesprochen hatte, was mit meinem Geld geschehen war.

Nach den Weihnachtsferien – es war in der zehnten Klasse – fuhr unser Jahrgang zum Skikurs. Bereits während der ersten Tage stürzte ich so unglücklich auf einer Eisplatte, dass ich mir einen Meniskusriss zuzog. Dieser wurde später allerdings von verschiedenen Ärzten, die ich aufsuchte, nicht als solcher erkannt, obwohl ich von Anfang an die Vermutung äußerte, dass eventuell ein Meniskusschaden die Folge dieses Sturzes sein könnte. Mein Verdacht wurde nur belächelt.

So wurde ich sechs Jahre lang auf Rheuma behandelt, was ich nie hatte, was jedoch für diese Fachleute die einzig richtige Erklärung für die Knieprobleme sein konnte. Überrascht äußerte sich mancher wohl, weil die Beschwerden nur am linken Knie auftraten, tat dies jedoch als nicht erklärbaren Sonderfall ab.

Demzufolge war ich in meiner Bewegung sehr eingeschränkt. Zu keinem Ausflug konnte ich mehr mit, weil mein Knie bei jeglicher Anstrengung meist stark anzuschwellen begann, was nicht nur lästig, sondern obendrein sehr schmerzhaft war. Zeitweise war es mir unmöglich zu gehen, da ich den linken Fuß überhaupt nicht mehr belasten konnte. Ich saß dann oft alleine zu Hause, während unsere Clique sich zu einem Maiausflug aufmachte oder sich zu anderen Wanderungen traf.

Nach sechs Jahren suchte ich schon ganz verzweifelt erneut einen Orthopäden in seiner Praxis auf, der endlich die Ursache fand. Er äußerte sich erstaunt, dass noch nie eine Arthroskopie angeordnet worden sei. Diese Untersuchung, die er umgehend veranlasste, ergab einen eindeutigen Befund: Meniskusriss als Folge des Skiunfalls sechs Jahre zuvor. Nachdem dieser Schaden operativ behoben worden war, hatte ich zunächst einige Jahre keine Beschwerden mehr. Heute jedoch habe ich noch an den Folgen dieser jahrelangen Fehldiagnose und Fehlbehandlung zu tragen.

1971 war für mich in gewisser Hinsicht ein trauriges Jahr. Meine vier Jahre ältere Schwester Hermine hatte sich entschlossen, als Nonne bei den Marienschwestern – einer Teilgemeinschaft der Schönstattbewegung – einzutreten, und verließ endgültig das Elternhaus. Bei der feierlichen Einkleidung weinte ich heimlich, weil es für mich einen großen Verlust bedeutete, da ich damals zu ihr das beste Verhältnis hatte; das glaubte ich zumindest.

Zu unserer Oma väterlicherseits hatte ich einen besonderen Bezug. Jeden Freitag nach der Schule halfen Rosa und ich tatkräftig bei ihrem wöchentlichen Hausputz. Ihre Wohnung lag in der Nähe des Bahnhofs, und so machten wir Station bei ihr, bevor wir nach Hause gingen. Oft erwartete sie uns bereits vor ihrer Haustür mit einem Teppichklopfer in der Hand. Die meiste Arbeit hatte sie bis dahin schon geleistet, nur den großen, schweren Teppich konnte sie nicht selbst ausklopfen. So wurde es eine Selbstverständlichkeit, dass wir freitags bei der Oma „Teppich klopften". Das Schönste war, dass wir von unserer Oma nach getaner Arbeit jedes Mal mit einem Mohrenkopf belohnt wurden.

Als sich Oma schließlich nicht mehr selbst versorgen konnte, lebte sie bei uns. Sehr schöne Erinnerungen verbinden mich mit dieser Zeit. So war es zum Beispiel eine außerordentliche Freude für Oma und mich, wenn frisches Brot im Hause war.

Ein noch warmer Brotlaib. Oh, wie der duftete! Mit meiner Oma machte ich mich mit Vergnügen daran, von diesem Brot das „Gipfele" abzureißen und mit unendlichem Genuss zu verzehren.

Als sie im Jahre 1973 starb, war es das erste Mal, dass ich mit dem Tod eines lieben Menschen konfrontiert wurde. Dabei verspürte ich keinerlei Grauen oder Angst, sondern ich hatte das Gefühl: Jetzt berührt der Himmel die Erde. Meine Oma starb einige Stunden, nachdem sie vermutlich einen Schlaganfall erlitten hatte, ganz friedlich, und ich durfte diese Stunden des Sterbens hautnah miterleben.

Mir wurde plötzlich bewusst, wie wenig wir doch wissen, was in einem Menschen, der bereits an der Schwelle zu einer anderen Welt steht, vor sich geht, was er „erlebt".

Nach langen Stunden des Wartens, da meine liebe Oma nicht mehr ansprechbar war, schlug sie plötzlich die Augen auf, wandte mit klarem Blick und mit einem Leuchten in den Augen ihren Kopf zum Kreuz, das neben ihrem Bett an der Wand hing, lächelte und verstarb. Ich sah in ihrem Gesicht nicht Angst, nicht Furcht oder Schrecken, sondern Gelöstheit, Frieden und übernatürliche Freude. In ihrem Gesicht nahm ich ein wunderschönes Strahlen wahr, sodass ich in dem Moment ergriffen war von großer Ehrfurcht vor dem Leben, vor dem Tod und vor den Dingen und Abläufen, die wir Menschen in unserer Begrenztheit nicht wahrnehmen, geschweige denn begreifen können.

Voller Achtung beugte ich mich vor dieser Frau, die wohl ein hartes Leben hinter sich hatte und nun in einen anderen Daseinszustand, in eine andere Wirklichkeit eingehen durfte.

Als ich ihrer Beerdigung beiwohnte, sprach ich – nur in Gedanken – den Wunsch aus, meine himmlische Mutter, die Gottesmutter, möge mich am Tage meines eigenen Heimganges in ihre Arme schließen, was mich auf wunderbare Weise mit Frieden erfüllte.

Im darauffolgenden Jahr machte ich mein Abitur. Die Zeit bis zu meinem Abschluss hatte ich als leistungsmäßig durchschnittliche Schülerin durchlaufen. Demzufolge durchschnittlich waren meine Ergebnisse im Reifezeugnis.

Zu meiner großen Überraschung und Freude bekam ich von meinen Eltern zum bestandenen Abitur einen „Führerscheingutschein" geschenkt, den ich noch vor Studienbeginn einlöste.

Wie ich es mir bereits in der ersten Klasse der Grundschule vorgenommen hatte, wollte ich immer noch Lehrerin werden.

Schon bevor ich mein Abschlusszeugnis in der Tasche hatte, ließ mich allerdings der Gedanke nicht mehr los, dass mein Beruf in irgendeiner Weise mit behinderten Menschen zu tun haben sollte. Meine Vorstellung war, nach dem dreijährigen Studium zur Volksschullehrerin weitere zwei Jahre zu studieren, um dann ausgebildete Sonderschullehrerin zu sein.

So bewarb ich mich an der Universität Augsburg für die Studienrichtung „Lehramt an Grund- und Hauptschulen" und erhielt bald darauf eine Zusage.

Vor Studienbeginn war mein 21. Geburtstag, damals der Tag der Volljährigkeit, ein besonderes Ereignis. Nachdem ich zuvor eine Urlaubswoche in Schönstatt verbracht hatte, um mich von dem ganzen Abiturstress zu erholen, kehrte ich einen Tag nach meinem Geburtstag nach Hause zurück. Ich war nicht wenig überrascht, als ich dort bereits von meinen Freundinnen und Freunden erwartet wurde, die in meiner Abwesenheit eine tolle Gartenparty organisiert hatten. Mit einem solchen Aufwand nur meinetwegen hatte ich nicht gerechnet. Ich war sprachlos und innerlich sehr berührt. Mir war bis dahin nicht einmal bewusst, dass ich ihnen so viel bedeutete.

Ungeachtet der äußeren Ereignisse kämpfte ich weiterhin gegen die tiefen Gefühle der Einsamkeit, der Trauer und der Angst, die mich immer mehr plagten. Ihnen stand ich zeitweise hilflos gegenüber. Wie es zu jener Zeit jedoch noch schien, gelang es mir recht gut, alle schmerzlichen Regungen in mir, die mit dem sexuellen Missbrauch in irgendeiner Weise zusammenhingen, zu verleugnen und niederzukämpfen, sobald sie an die „Oberfläche" treten wollten.

Es war eine dunkle, kalte und traurige Welt, in der ich mich in Wirklichkeit befand, wenngleich ich mir mit der Zeit eine immer perfektere Maske zulegte und am oberflächlichen Leben der Familie, der Freunde teilnahm, als ob mich nichts bedrücken würde. In mir, in meiner inneren Welt, sah es so viel anders aus. Unendliche Einsamkeit. Doch es gab keinen Menschen meines Vertrauens, dem ich mich hätte öffnen können.

III. Die Bedeutung der Schönstattbewegung in meinem Leben

Eine Marienkapelle bei Vallendar am Rhein weist auf den Ursprung und die Entstehungsgeschichte der internationalen, stark marianisch geprägten Schönstattbewegung hin, die im Jahr 1914 von dem Pallottiner-Pater Josef Kentenich (1885-1968) gegründet wurde.

Am Anfang dieses Wallfahrtsortes, von der Kirche inzwischen offiziell als solcher anerkannt, stand kein Wunder, sondern die schlichte Bitte an die Gottesmutter, sie möge sich hier als Mutter und Erzieherin niederlassen.

In der „Schönstattfamilie" bin ich groß geworden. Diese Welt prägte mich von frühester Kindheit an. Meine Mutter war irgendwann darauf gestoßen, suchte und fand offenbar darin Halt. Auch in meinem Leben spielte die Zugehörigkeit zu dieser Bewegung einige Jahre lang eine signifikante Rolle.

Eigentlich hatte meine Mutter die Absicht, ins Kloster zu gehen, Nonne zu werden. So erzählte sie mir. Nachdem sie jedoch meinen Vater kennen gelernt hatte, entschied sie anders. Zeitlebens war ihr der Glaube von großer Bedeutung. Diesen Glauben versuchte sie ihren Kindern zu vermitteln, vorzuleben, aber in gewisser Weise auch aufzuoktroyieren, ohne dass ihr dies wahrscheinlich bewusst war. Wovon sie überzeugt war, das hatte Gültigkeit. Toleranz in Glaubensfragen war ihr fremd. Für sie war der katholische Glaube der einzig richtige und hatte mittels eigenen Denkens nicht kritisch hinterfragt zu werden.

Meine erste „Ohrfeige" bekam ich von ihr, nachdem ich es einmal gewagt hatte, mich in religiöser Hinsicht – aus ihrer Perspektive – aufzulehnen, indem ich erklärte, dass ich nicht mehr in die Schönstattgruppe gehen wolle, deren Leitung damals in den Händen einer meiner älteren Schwestern lag. Was mich zu dieser Haltung veranlasste, interessierte meine Mutter nicht.

Dennoch wurde Schönstatt für mich Halt und war mir lange Jahre eine bedeutende Stütze.

Schon als kleines Mädchen im Vorschulalter besuchte ich eine Kindergruppe, später eine Jugendgruppe. Mit anderen Mädchen hatte ich viele frohe und einprägsame Erlebnisse, sei es bei gemeinsamen Ferienwochen im Allgäu oder später bei Jugendtagungen in Schönstatt. Dort fühlte ich mich wohler, dort war ich lieber als zu Hause.

Der jährlichen Kinderferienwoche in einem alten Bauernhaus im Allgäu, die ich mit anderen Kindern unbeschwert genießen konnte, fieberte ich jedes Mal mit Freuden entgegen. In diesem

Kreis fühlte ich mich frei, angenommen, zugehörig, konnte dort von Herzen froh sein. Es war hier so ganz anders als zu Hause. Angst und Einsamkeit waren wie weggeblasen. Dabei machte es mir nichts aus, mich mit den anderen Mädchen morgens mit eiskaltem Wasser, das aus einem Brunnen direkt vor dem Haus floss, waschen zu müssen. Im Gegenteil, wir Kinder hatten viel Spaß dabei und lachten, wenn die Klosterschwester, die uns betreute, scherzhaft mit tiefer Stimme fragte: „Habt ihr euch auch hinter den Ohren gewaschen?" Viel zu schnell ging die Ferienwoche zu Ende, was mich jedes Mal sehr traurig stimmte. Doch ich wusste: Im nächsten Sommer komme ich wieder hierher.

Ein Erlebnis während einer solchen Ferienwoche beschäftigte mich lange. Einmal war ein Mädchen dabei, das mir auf Anhieb überaus sympathisch war. Ich wunderte mich sehr, dass es trotz großer Hitze stets eine langärmlige Bluse trug. „Was muss dieses Mädchen schwitzen!", ging es mir durch den Kopf. „Warum zieht es sich nicht luftiger an?" Wenig später erfuhr ich von seinem harten Schicksal. Das Mädchen war unheilbar an Hautkrebs erkrankt, wusste, dass es nicht mehr lange zu leben hatte. Insgeheim bewunderte ich diesen jungen Menschen, der so fröhlich sein konnte, obwohl er um die Schwere seiner Krankheit wusste. Beim Abschied hoffte ich, dieses Mädchen wiederzusehen. Kurze Zeit später erreichte mich die Todesnachricht.

Da ich keinen Menschen in meine Seele blicken ließ, mich jedoch danach sehnte, mich jemandem anzuvertrauen, von jemandem verstanden und gehalten zu werden, entwickelte sich bei mir kontinuierlich eine stärkere Bindung an die Gottesmutter. Sie wurde „meine Mutter", von ihr fühlte ich mich angenommen, was mir auf der menschlichen Ebene so sehr fehlte. Ihr vertraute ich allmählich einfach alles an.

Mit ungefähr vierzehn Jahren begann ich, ein Tagebuch zu führen, in das ich Briefe an die Gottesmutter schrieb, gerade so, als wäre sie bei mir. Somit hatte ich das Gefühl, ein Gegenüber zu haben, das meine Sorgen und Ängste verstand. Sie war für mich wie ein Rettungsanker in einer Welt, die mir lieblos erschien und mir keinen Halt bot.

Im „Herzen der Gottesmutter" fand ich die Liebe, die ich bei meiner irdischen Mutter so sehr vermisste. Dort fand ich Verständnis und Geborgenheit, all das, was mir bisher kein Mensch gegeben hatte oder geben konnte.

Maria brachte ich meine Tränen, meinen Kummer und meine Nöte, fragte sie um Rat, wenn ich nicht mehr weiterwusste. Sie ließ ich aber auch teilhaben an meinen Freuden, einfach alles vertraute ich ihr an. Meine ganze Liebe, die ich meiner Mutter nicht entgegenbringen konnte, schenkte ich ihr, war überzeugt, dass auch sie mich lieben würde, wenn ich nur viele Opfer brächte, wenn ich immer mehr nach Vollkommenheit streben würde. So setzte ich mir hohe Ideale, die zu verwirklichen ich bemüht war.

Ich vertraute ihr das Gefühl tiefer Einsamkeit an, das ich so schmerzlich empfand. Obwohl ich viele Menschen kannte und viel mit der Clique unternahm, war ich zutiefst einsam, war nicht fähig, zu einem Menschen eine engere Beziehung aufzubauen. Die menschlichen Kontakte waren nur oberflächlich. Nach außen gab ich mich lustig und fröhlich. In meiner Seele jedoch war so viel Einsamkeit und Trauer, wobei mir nicht einmal bewusst war, warum ich diese Gefühle hatte. Meine Tränen sah nur Maria. Bei ihr fand ich Trost.

Mit ihrer Hilfe versuchte ich in der Folgezeit, mit den immer lebendiger und belastender werdenden Erinnerungen an den Missbrauch fertigzuwerden.

Später fuhr ich alljährlich zur „Sommertagung der Mädchenjugend" nach Schönstatt. Das ganze Jahr über freute ich mich auf diese Gemeinschaftstage. Neben Gottesdiensten, Gebetszeiten und gemeinsamen, frohen Aktivitäten nahmen die täglichen Vorträge, gehalten von einem Schönstattpriester, eine wesentliche Stellung ein. Natürlich stand Maria, die Mutter Gottes, im Mittelpunkt der Betrachtung.

Doch je mehr von „Reinheit", von Maria als der „Immaculata-Königin", deren Vorbild wir folgen sollten, geredet wurde, desto mehr geriet ich in einen enormen inneren Konflikt, den ich alleine schließlich nicht mehr bewältigen konnte.

Immer häufiger schossen mir blitzartig Erinnerungen an den Missbrauch meiner Kindheit durch den Kopf – unerwartet und ohne erkennbaren äußeren Anlass. Mir wurde schmerzlich bewusst, dass ich das, wonach ich strebte, nie erreichen konnte. Dem großen Ideal der Reinheit, das einen extrem hohen Stellenwert innerhalb der Schönstattjugend hatte, entsprach ich in keiner Weise. Ich hatte gar keine Chance, denn ich war beschmutzt, unrein, war keine „Jungfrau" mehr. Ich konnte mir noch so hohe Ideale stecken, erreichen konnte ich sie nie. Als der innere Druck immer größer wurde, sprach ich im Rahmen eines Beichtgespräches während einer Sommertagung zum ersten Mal aus, was bisher nie über meine Lippen gekommen war. Eine wirkliche Hilfe war mir – wie bereits erwähnt – dieses Gespräch nicht. Der Priester ging nicht auf meine Not ein, sondern gab mir lediglich den „guten Rat", ich solle beten, aufopfern und verzeihen.

Vermehrt versuchte ich in der Folgezeit durch Briefe, die ich in mein Tagebuch an die Gottesmutter schrieb, mit dem inneren Konflikt fertigzuwerden, vertraute ihr meine ganze Not an. Ich betete und opferte in der Hoffnung, dass diese Last, die immer schwerer und drückender zu werden schien, leichter würde. All das Schwere aufzuopfern und meinem Bruder zu verzeihen, war in der Praxis, im täglichen Leben nicht so einfach, wie es aus dem Mund des Priesters geklungen hatte. Also wollte ich noch mehr daran arbeiten. Doch die Bilder der Vergangenheit und die Erinnerungen daran plagten mich weiterhin, wurden sogar intensiver.

Ein wesentliches Ereignis war für mich die „Jugendweihe" im September 1973. Sie fand während einer Tagung der Schönstatt-Mädchenjugend im Rahmen einer beeindruckenden Feier im Urheiligtum in Schönstatt statt. Gemeinsam mit meiner Schwester Rosa legte ich mit diesem Akt gleichsam mein Leben in die Hände der Gottesmutter. Während dieser Weihestunde war ich erfüllt von großem inneren Frieden und fühlte mich der Gottesmutter so nah wie nie zuvor. Den Feierlichkeiten wohnten auch meine Schwester Hermine, die bei den Marienschwestern eingetreten war, und meine Mutter bei. Sie überreichten Rosa und mir einen wunderschönen Lilienstrauß als Zeichen der Reinheit. Ein erneuter innerer Konflikt blieb nicht aus, da ich diesem Ideal der Reinheit – wie ich sie damals verstand – nicht entsprechen konnte. Ich lebte im Grunde eine Lüge. Dennoch (oder gerade deshalb?) engagierte ich mich zunehmend in der Marianischen Kongregation, übernahm mit achtzehn Jahren die Leitung einer Kindergruppe. Später führte ich Jugendgruppen.

Mit Studienbeginn in Augsburg wurden mir mit dem Amt der „Abteilungsträgerin" weitere Führungsaufgaben innerhalb der Schönstattbewegung übertragen. Nachdem bereits einige Zeit zuvor die Bitte an mich herangetragen worden war, dieses Amt zu übernehmen, hatte ich zunächst abgelehnt, weil ich mich weder für fähig noch für würdig hielt, einen solchen Posten zu bekleiden, wenngleich die anderen mir das Gegenteil zu verstehen gegeben hatten. Ich selbst war der festen Überzeugung, von meinen Mitmenschen schlichtweg nicht richtig gesehen und eingeschätzt zu werden, weil sie mich offenbar nicht wirklich kannten. Sie wussten nicht, wie schlecht und minderwertig ich im Grunde meines Wesens war.

Von jeher hatte ich einen ausgeprägten Sinn für meine fehlerhaften Seiten, verurteilte meine Schwächen aufs Schärfste und identifizierte mich kaum oder gar nicht mit meinen Stärken.

Ich war kein Mensch – so meine Überzeugung –, der Vorbild sein konnte, was jedoch in der Position der Abteilungsträgerin erwartet wurde. Trotzdem ließ ich mich nach langem Zögern überreden, dieses Amt anzunehmen.

Das mit noch mehr Verantwortung verbundene Amt der „Diözesanträgerin" lehnte ich später ab, weil ich mich dieser Aufgabe in jeder Hinsicht nicht gewachsen und absolut nicht würdig fühlte.

Im August 1975 erreichte mich ein Brief meiner Schwester Hermine. Darin forderte sie mich auf, zu überdenken, ob ich nicht auch zur Marienschwester berufen sei. Obgleich ich diesen Weg nie einzuschlagen gedachte, quälte mich der Gedanke daran, dass mir im Grunde die Entscheidungsfreiheit genommen war, da ich aufgrund der Handlungsweise meines Bruders nicht mehr „rein" war, was jedoch eine wesentliche Voraussetzung für eine junge Frau war, wollte sie als Marienschwester aufgenommen werden. Doch darüber konnte ich mit ihr nicht reden.

Ein zweites Mal wandte ich mich daraufhin an einen Schönstattpriester, mit dem ich längere Zeit in brieflichem Kontakt stand, in der Hoffnung auf Rat und Hilfe und sprach von dem großen inneren Konflikt, da ich nicht mehr „rein" sei. Ich erwähnte des Weiteren den Brief meiner Schwester, in dem sie mich aufgefordert hatte, mir bezüglich meiner Lebensentscheidung ernsthaft Gedanken zu machen.

Dieser Gottesmann nannte die Tatsache, dass ich nicht mehr „jungfräulich" sei, eine „Entscheidungshilfe" bezüglich meiner Lebensentscheidung. Weiterhin riet er mir zu beten, alle Not Gott und der Gottesmutter zu übergeben und meinem Bruder zu verzeihen. Somit erhielt ich den gleichen „Ratschlag", den ich ungefähr sechs Jahre zuvor aus dem Munde eines Priesters bereits gehört hatte.

Wieder zweifelte ich an mir. Offenbar war es meine eigene Schuld und mein eigenes Versagen, dass mich die Erlebnisse der Kindheit noch in dem Maße belasteten, weil es mir bisher nicht gelungen war, sie „loszulassen" und somit Gott zu übergeben. Ich war anscheinend nicht in der Lage, meinem Bruder ehrlichen Herzens zu verzeihen. Denn hätte ich diesen Schritt getan – so hörte ich aus den Worten des Priesters heraus –, würde mir meine Vergangenheit keine so großen Probleme mehr bereiten. Also versuchte ich diesbezüglich weiter an mir zu arbeiten.

Noch einige Jahre spielte Schönstatt eine bedeutende Rolle in meinem Leben und war mir eine Stütze, so auch später, als die Schwierigkeiten in meiner Ehe immer aussichtsloser und unüberwindbarer zu werden schienen. Anfang der achtziger Jahre rief ich – bereits selbst Mutter – eine Müttergruppe ins Leben, deren Führung ich abgab, kurz bevor ich im Jahre 1986 meinen Mann verließ und mit beiden Töchtern aus dem Ort wegzog, in dem ich fast sieben Jahre mit meinem Mann gelebt hatte.

So oft es mir möglich war, fuhr ich in den Folgejahren nach Schönstatt, saß dann stundenlang alleine in dieser kleinen Kapelle, in der ich mich geborgen und sicher fühlte. Dies war damals der Ort der Zuflucht, an dem ich Ruhe, Frieden – eben ein Stück Heimat – fand.

Irgendwann distanzierte ich mich von dieser Bewegung. Denn ich schaffte es nicht mehr, die vom Ursprung und Ansatz her sicherlich positive Grundidee in Einklang zu bringen mit der Realität der subjektiven Erfahrungen, die ich gemacht hatte: mit Priestern und Ordensleuten zum einen und im Besonderen mit der „gelebten Nächstenliebe" meiner Herkunftsfamilie, die zum großen Teil der Schönstattfamilie angehörte.

IV. Studienjahre

1. Studium an der Universität Augsburg und Praktikum in Ursberg

Der Tag der Immatrikulation (Studienrichtung: Lehramt an Grund- und Hauptschulen) an der Universität Augsburg war der 7. Oktober 1974, der Tag der Exmatrikulation bereits der 5. März 1975. Mein Aufenthalt dort war nicht von langer Dauer, da mir bald nach Studienbeginn Zweifel gekommen waren, ob ich in beruflicher Hinsicht wirklich den richtigen Weg gewählt hatte.

Mein erster Studientag, eine Woche nach der Immatrikulation, war aufregend. Mich in dem ganzen Listen- und Papierkram zurechtzufinden, fiel nicht schwer, da nette Mitstudentinnen und Mitstudenten aus höheren Trimestern wie selbstverständlich Rat gebend zur Seite standen.

Am ersten Abend in Augsburg nahm ich an einer Besprechung der KSG (Katholische Studentengemeinde) teil, wobei mir durch Zufall ein Weg aufgezeigt wurde, wie ich mich mit behinderten Kindern vertraut machen konnte. Gleichzeitig wurde mir spontan angeboten, behinderte Kinder einmal wöchentlich nachmittags zu betreuen. Das war genau die Richtung, die ich mir im Laufe der letzten Monate einzuschlagen vorgenommen hatte: Mit behinderten Menschen wollte ich arbeiten, mit Randgruppen der Gesellschaft. Zu Menschen, die nicht geachtet wurden, fühlte ich mich hingezogen. Ihnen wollte ich helfen.

Und so regten sich in mir bereits eine Woche nach Studienbeginn große Zweifel, ob meine Berufswahl wirklich richtig war. Mit jedem Tag hatte ich weniger das Gefühl, am rechten Platz zu sein.

Deshalb kontaktierte ich in der Folgezeit möglichst viele Menschen, die mir Informationen hinsichtlich der Arbeit mit behinderten Menschen geben konnten, setzte mich mit unterschiedlichen Beratungsstellen in Verbindung und führte zahlreiche Gespräche, um möglichst vielfältige Erkundigungen einzuziehen, was die Arbeit mit behinderten Menschen betraf. Ferner fuhr ich zu Hochschulen, um persönlich mit kompetenten Professoren zu sprechen. Die vielfältigen Kontakte ließen innerhalb weniger Wochen meinen Berufswunsch konkreter und deutlicher werden, sodass ich im Januar 1975 mein Berufsziel klar formulieren konnte: Ich möchte Erzieherin in einem Heim für körperbehinderte Menschen werden. Davon war ich so sehr überzeugt, dass mich nichts mehr in Augsburg halten konnte und ich mich zum Ende des zweiten Trimesters exmatrikulieren ließ.

Mit Sack und Pack stand ich kurz darauf vor meiner verblüfften Mutter, die es nicht fassen konnte, dass ich meinen „gesicherten" Studienplatz aufgegeben hatte, ohne zu wissen, wo ich letztendlich mein Studium fortsetzen würde. Im Grunde hatte sie recht. Doch ich war mir so sicher, die richtige Entscheidung getroffen zu haben, dass mir zu keiner Zeit Bedenken kamen, hinsichtlich eines neuen Studienplatzes Schwierigkeiten zu bekommen.

Nachdem ich in den Augen meiner Eltern ziemlich eigenmächtig die Zelte in Augsburg abgebrochen hatte, folgte ein Gespräch mit meinem Vater. Dies fand in seinem Büro im neu erbauten Altenheim statt, an dessen Planung er maßgeblich beteiligt gewesen war und in welchem er nun – nachdem er sich nach der Gebietsreform im Jahre 1972 aus dem politischen Leben zurückgezogen hatte – den Posten des Heimleiters innehatte.

Bereits kurz nach Studienbeginn hatte ich meinem Vater gegenüber Bedenken hinsichtlich meiner Berufswahl geäußert, worauf er zunächst darauf bestanden hatte, dass das angefangene Studium zu Ende gebracht werden müsse. Doch als er sah, dass ich mich nach allen Richtungen hin erkundigt und vergewissert hatte und genau wusste, wie die Harmonisierung meines jetzigen Studienanfangs mit dem weiteren Weg aussehen sollte, zeigte er großes Verständnis für meine Handlungsweise und bot mir seine Unterstützung an.

Mein Vater gab mir zu verstehen, dass er hinter mir stand. Zum ersten Mal in meinem Leben hatte ich das Gefühl, von meinem Vater ernst genommen zu werden. Er respektierte mich und meine Entscheidung, die ich nicht leichtfertig gefällt hatte.

Erfreut und beeindruckt zeigte er sich darüber, dass ich mich bereits um einen Platz für ein sechswöchiges Praktikum gekümmert hatte, das die Voraussetzung für mein weiteres Studium war. Dieses Praktikum sollte ich im Mai 1975 in Ursberg antreten.

Doch bei allem, was ich auch tat, die belastenden Erfahrungen meiner Kindheit, die Tatsache, vergewaltigt und missbraucht worden zu sein, begleiteten mich weiterhin in Träumen, tauchten in meinen Erinnerungen sporadisch wie aus dem Nichts auf. Die Vergangenheit war stets auf irgendeine Weise präsent. So sehr ich mich dagegen auch zu wehren versuchte, es gelang mir nicht, diese Gedanken auszublenden und Gefühle der Angst niederzudrücken; im Gegenteil, sie wurden zunehmend belastender.

In mein Tagebuch schrieb ich: „Diese furchtbaren Erlebnisse meiner Kindheit ... begleiten mich wie dunkle Schatten." Dennoch wehrte ich mich noch lange Zeit erfolgreich dagegen, dass mich diese Gefühle beherrschten, die mir zunehmend größere Angst machten, je stärker sie an die Oberfläche drängten. Dieses Wegdrücken der Gefühle kostete mich – das weiß ich heute – enorm viel Kraft.

Schien es bisher so, als seien die Bilder und Erinnerungen zwar da, aber dennoch in irgendeiner Weise „tot", fingen sie jetzt plötzlich in mir zu „leben" an und entwickelten ihre eigene Dynamik. Die dazugehörigen Gefühle erwachten zeitgleich langsam auf eine eigenartige Weise zum Leben. Trotzdem schob ich alle belastenden und quälenden Gedanken daran mit aller Vehemenz, deren ich fähig war, beiseite, redete mir ein, es sei schon so lange her und ich müsse verzeihen. Ich wollte nicht daran denken!

Schließlich gelang es mir damals noch recht gut, meine Aufmerksamkeit auf andere Bereiche meines Lebens zu lenken, um den bedrückenden Erinnerungen zu entfliehen, stand ich doch vor der wichtigen Frage meiner Berufsentscheidung und aller damit verbundenen Aktivitäten.

Ein wichtiger Schritt war die Exmatrikulation im März gewesen. Nun stand noch das sechswöchige Praktikum in Ursberg bevor. Das verletzte innere Kind, das nach Hilfe schrie, versuchte ich weiterhin zu ignorieren.

Doch zunächst freute ich mich riesig auf die „Rom-Fahrt", organisiert von der Schönstattbewegung. Ich war meinen Eltern sehr dankbar, dass ich an dieser Fahrt, die zehn Tage dauern sollte, teilnehmen durfte. Zudem war 1975 ein „Heiliges Jahr". Zu Beginn dieses Jahres war von Papst Paul VI. die „Heilige Pforte" geöffnet worden, durch die auch ich ging, für mich damals etwas ganz Besonderes und Eindrucksvolles.

Sehr ergreifend war der Karfreitagabend, als ich der Kreuzigungsfeier beiwohnen durfte. Ich war Zeuge, als Papst Paul VI. in Erinnerung an Jesu Leiden symbolisch ein schweres Holzkreuz auf seinen Schultern trug, während er – gebückt durch diese Last – einen schmalen Weg entlangging. Dabei glaubte ich, einen Hauch dessen zu erahnen, was Jesus erlitten haben musste, als er das Kreuz aus Liebe zu uns Menschen getragen und schließlich sein Leben für uns hingegeben hatte.

Unsere junge Pilgergruppe nahm am Ostersonntag bereits lange vor der eigentlichen Osterfeier die reservierten Stehplätze auf dem Petersplatz ein. Erbarmungslos schien die Sonne auf uns nieder. War es meine Aufregung, die Wärme der Sonne oder die vielen Leute um mich? Plötzlich spürte ich eine seltsame Schwäche in meinem Körper, begann zu zittern, die Bilder vor meinen Augen verschwammen. Zu einer jungen Frau neben mir konnte ich gerade noch sagen, mir sei „so komisch", da lag ich auch schon am Boden, kam jedoch nach einer kurzen Ohnmacht wieder zu mir und fand es ziemlich lustig, als ich nur Beine um mich sah. Nach diesem Zwischenfall wurde mir sogleich wieder auf die eigenen Beine geholfen, und ich verfolgte die Osterfeier mit der gleichen Begeisterung, die unter allen Pilgern wahrnehmbar war.

Die gesamte Organisation dieser Fahrt war prima, das Programm sehr kompakt. Wir waren den ganzen Tag unterwegs, besichtigten viele interessante Bauwerke und Stätten, sodass wir abends müde, aber rundum zufrieden in unsere Betten fielen.

Aus Italien wieder zurück, versuchte ich mich vollkommen auf das bevorstehende Praktikum in Ursberg zu konzentrieren. Dieser Zeit sah ich mit sehr viel Spannung, Idealismus und Optimismus entgegen. Ich freute mich auf die Arbeit mit behinderten Menschen, die von der Gesellschaft teilweise missachtet und nicht wertgeschätzt werden. In das Leben dieser Menschen wollte ich ein wenig Freude und Licht bringen. Bald sollte ich erfahren, dass diese Arbeit ungeheuer viel Kraft abverlangt und bei Weitem schwerer ist, als ich mir das jemals vorgestellt hatte beziehungsweise überhaupt vorstellen konnte.

Den bittersten Wermutstropfen hatte ich zu schlucken, als mir kurz nach meiner Ankunft ein Zimmer zugeteilt wurde und zwar in demselben Haus, in dem ich während der sechs Wochen auch arbeiten sollte. Das wäre nicht weiter schlimm gewesen, wenn mir ein eigenes Zimmer zur Verfügung gestellt worden wäre. Doch ich musste dieses mit zwei jungen Frauen teilen, welche die meiste Zeit ihres bisherigen Lebens in dieser Einrichtung verbracht hatten, da sie im Leben alleine nicht zurechtkamen. Ihnen wurde nun die Chance geboten, eine Ausbildung zu machen, die sie befähigen sollte, dort später im Rahmen ihrer Möglichkeiten mitzuarbeiten.

Für mich war es sehr unangenehm, keine Privatsphäre zu haben und nach einem harten Arbeitstag überhaupt nicht abschalten zu können, da ich mit diesen Menschen rund um die Uhr lebte. Meine Post wurde gelesen, wenn ich nicht anwesend war, Päckchen wurden durchsucht. Sogar mein Tagebuch war vor meinen Mitbewohnerinnen nicht sicher. Deshalb schickte ich umgehend alle persönlichen Sachen nach Hause.

Voller Hingabe und Mitgefühl widmete ich mich in den nächsten Wochen meiner Arbeit. Ich war einer jungen Klosterschwester zugeteilt, der die Betreuung einer Gruppe schwerstbehinderter Kinder oblag. Was ich dort sah und erlebte, erschütterte mich zutiefst.

Die Abteilung bestand aus drei Zimmern: An einen Raum, in dem sich das Tagesgeschehen abspielte, grenzte ein kleiner Raum mit Kochgelegenheit und einem Bett für die Klosterschwester, die sich auch nachts um die Kinder kümmerte. In einem weiteren Zimmer waren Kinder untergebracht, die nicht imstande waren aufzustehen und deshalb ihr ganzes Leben im Bett verbringen mussten. Teilweise konnten sie nicht einmal ihre Lage ohne fremde Hilfe verändern. Diese Kinder waren rund um die Uhr auf die Hilfe ihrer Mitmenschen angewiesen. So gehörte es unter anderem zu meinen täglichen Aufgaben, das eine oder andere Kind zu füttern. Ein Junge von ungefähr neun Jahren wuchs mir dabei besonders ans Herz. Geduldig lag er den ganzen Tag in seinem Bettchen, versuchte sich auf seine Weise durch unkontrollierte Bewegungen seiner Arme und Beine auszudrücken oder durch Laute, die ich nicht zu deuten vermochte.

Die größte Freude hatte er während der Mahlzeiten, die grundsätzlich aus einem Brei bestanden, den ich ihm vorsichtig löffelweise eingab. Gelang es ihm nämlich, mir den Brei ins Gesicht zu pusten, war seine Freude darüber unübersehbar. Dann ruderte er mit den Ärmchen und lachte. Obwohl ich zuvor regelmäßig den Oberkörper des Jungen und mich selbst mit Tüchern abgedeckt hatte, damit die „Bescherung" nicht allzu heftig wäre, hing mir der Brei oftmals in den Haaren und im Gesicht. Mich störte das nicht einmal sonderlich, ich wischte hinterher eben alles wieder ab. Denn in dem Moment sah ich nicht Bosheit, sondern die pure Freude eines glücklichen

Menschenkindes, das sich einfach nur über die Zuwendung freute, die es bekam. Diese Freude nahm ich im ganzen Wesen des kleinen Jungen wahr, wann immer ich mich ihm zuwandte, ihn streichelte oder mit ihm redete.

Alle Kinder dieser Abteilung waren nicht älter als zehn Jahre, mit einer Ausnahme. Im ersten Moment war ich schockiert über diesen Anblick, der sich mir bot: Da lag eine Frau von siebenundzwanzig Jahren mit einem „Wasserkopf". Mit dieser Frau konnte ich mich unterhalten, wenn ich mich auf den Entwicklungsstand eines dreijährigen Kindes einstellte. Ich wurde sehr nachdenklich, als ich auch bei diesem Menschen die ihm innewohnende Lebensfreude wahrnahm, und spürte gleichzeitig, wie in mir die Achtung und Ehrfurcht allem Leben gegenüber wuchs.

Sobald die Arbeit bei den bettlägerigen Kindern erledigt war, kümmerte ich mich in der Regel um sechs weitere Schützlinge, spielte mit ihnen oder ging spazieren. Eine Unterhaltung war nicht möglich, da sie sich nicht in der uns vertrauten Sprache auszudrücken vermochten, sondern nur unverständliche Laute von sich gaben. Zu dieser kleinen Gruppe zählten, neben in hohem Grade mongoloiden Kindern, ein autistisches Mädchen, das sich büschelweise die Haare ausriss, und ein kräftiger Junge, der plötzlich und unvorhersehbar massiv aggressive Gefühlsausbrüche zeigen konnte, begleitet von lautem Brüllen und Schreien.

In dieser Zeit, als ich so hilflose und trotzdem glückliche Menschen hautnah erlebte, stellte ich mir oft die Frage: Wie können sich „gesunde" Menschen anmaßen, über Wert und Unwert von hilfsbedürftigen Menschen zu urteilen? Ich erlebte gerade in Ursberg, wie viel Lebensfreude, wie viel Liebe, bedingungslose Liebe, Menschen auszustrahlen imstande sind, die von vielen unserer Mitmenschen missachtet oder für wertlos gehalten werden, weil sie nichts geben, nichts leisten können.

Wie viele selbst ernannte Richter würden lieber solche für die Gesellschaft „unbrauchbaren" Störenfriede, die in ihren Augen Belastung in jeglicher Hinsicht bedeuten, abschieben oder gar auslöschen, um sie nicht mehr sehen zu müssen, weil diese nicht in das Bild der normalen, „heilen" Welt passen?

Viele Fragen gingen mir gerade zu dieser Zeit durch den Kopf: Wer nimmt für sich das Recht in Anspruch, zu bestimmen, was wert ist, leben zu dürfen, und was nicht? Was ist denn überhaupt normal? Was ist Glück? Ist Glück nicht auch das, was diese Menschen hier empfanden, wenn ich in ihren Augen die Freude lesen konnte, sobald ich mich ihnen mit meiner ganzen Zuneigung und Liebe, deren ich fähig war, zuwandte? Oder bedeutet Glück die Jagd nach Geld, Besitz, Wohlstand, um dann eines Tages zu erkennen, dass man wirkliches Glück nicht kaufen kann? Glück kann man nicht erwerben; Glück kann man nur in sich selbst finden und im Mitmenschen, wenn man ihn mit dem Herzen ansieht.

So unglaublich es klingen mag: Wenn ich in die Augen dieser „schlichten" Menschenkinder sah, strahlten mir Freude und Glück entgegen, was ich bei manchen „normalen" Menschen oft nicht entdecken konnte.

Trotzdem waren die sechs Wochen Praktikum eine sehr harte Zeit. Es war eine Zeit voller Herausforderungen und Erfahrungen, die ich nicht missen möchte, während mir allerdings auch klar wurde, dass ich auf Dauer einer solchen Aufgabe, der Arbeit mit schwerstbehinderten Menschen, nicht gewachsen sein würde. Ich bewunderte und bewundere die Menschen, die ihr ganzes Leben voller Hingabe in den Dienst solcher Menschen stellen. Es gehört eine unendlich große innere Stärke und Kraft dazu.

In dieser Zeit wuchs meine Achtung einer Tante meiner Mutter gegenüber (einer Schwester meiner Großmutter), zu der ich während meines Praktikums in Ursberg in engeren und herzlichen Kontakt kam, nachdem sie mir vorher eher fremd gewesen war. „Tante Synthia" (so nannte ich sie) – inzwischen hochbetagt – war Klosterschwester bei den Franziskanerinnen und hatte ihr ganzes Leben in den Dienst von behinderten Menschen gestellt. Sie war 86 Jahre alt und lebte auf der Pflegestation für Klosterschwestern in Ursberg, da sie inzwischen selbst auf die Hilfe anderer Menschen angewiesen war.

So oft es meine Zeit erlaubte, besuchte ich sie und lernte sie eigentlich während dieser Zeit erst besser kennen, verstehen und auch schätzen. Entweder gingen wir bei sonnigem Wetter ein wenig spazieren oder unterhielten uns einfach nur. Sie erzählte mir viel von ihrer Arbeit, von den Werkstätten, in denen behinderte Menschen einen Arbeitsplatz fanden. Von ihr erfuhr ich viel von dem Leid und der Not der Menschen, mit denen sie ihr Leben verbracht hatte. Ich bekam auch einen kleinen Einblick in das tragische Schicksal einzelner Familien, welche mit der Betreuung eines behinderten Kindes mehr oder weniger gut zurechtkamen oder mit der Last dieser Aufgabe gänzlich überfordert waren.

„Tante Synthia" war eine bewundernswerte Frau. Ich war gerne in ihrer Nähe. Sie wuchs mir allmählich richtig ans Herz.

Nach sechs Wochen schließlich ging mein Praktikum in Ursberg zu Ende. Einerseits atmete ich auf, da diese Zeit sehr anstrengend gewesen war und viel Kraft gekostet hatte, mehr emotional als physisch, da mich die Hilflosigkeit dieser Menschen und das Leid, das ich dort erlebte, tief in der Seele trafen. Andererseits nahm ich mit Wehmut im Herzen Abschied von den behinderten Kindern, die ich während dieser Zeit in mein Herz geschlossen hatte.

Auch die Trennung von „Tante Synthia" fiel mir schwer, da ich sie in Zukunft nicht mehr so häufig sehen konnte. Während der folgenden Jahre besuchte ich sie so oft wie möglich, bis sie im Jahre 1982 starb.

Kurz vor ihrem Tod – sie ahnte wohl, dass sie nicht mehr lange leben würde – meinte sie fast feierlich, sie wolle mir, bevor sie sterbe, ein ganz persönliches Geschenk machen, etwas, das ihr selbst zu Lebzeiten sehr viel bedeutet habe. Sie übergab mir ihren Rosenkranz, den sie, seit sie ins Kloster eingetreten war, ständig bei sich getragen und täglich gebetet hatte. Dieses Geschenk meiner „Klostertante" halte ich noch heute hoch in Ehren.

Nachdem ich das Praktikum in Ursberg beendet hatte, kümmerte ich mich voller Optimismus erneut um einen Studienplatz und schickte meine Bewerbungsunterlagen an alle möglichen Fachhochschulen in ganz Deutschland. Wo ich letztlich unterkommen würde, war mir gleichgültig. Die Rückantworten ließen nicht lange auf sich warten. Doch wie war ich deprimiert und ratlos, als ich zunächst von sämtlichen angeschriebenen Fachhochschulen eine Absage erhielt! Mit meinem mittelmäßigen Notendurchschnitt im Reifezeugnis war ich am „Numerus clausus" gescheitert. Was sollte ich jetzt machen? Ich wusste überhaupt nicht mehr weiter.

Mein Vater bat mich erneut zu einem Gespräch, das – wie schon einige Wochen zuvor – in seinem Büro im Altenheim stattfand. Er machte den Vorschlag, ich solle eine Ausbildung machen, die mich befähigen würde, „in seine Fußstapfen" zu treten, indem ich nach seiner Pensionierung die Heimleitung übernähme. Bis dahin würde er diesen Platz noch innehaben und ihn anschließend für mich frei machen. Dass es mein Vater mit diesem Angebot nur gut meinte, wusste ich und schätzte dies auch sehr. Doch das war absolut nicht das, was ich später beruflich machen wollte. Zwar hatte ich oft in den Ferien dort gearbeitet, doch auf Dauer konnte ich mir das nicht vorstellen, und so schlug ich dieses Angebot aus.

Meine Zukunft war ungewiss. Wohin mein Weg führen würde, wusste ich nicht.

Meine Schwester Hermine, die ins Kloster eingetreten war, sah jedoch darin, dass meine Zukunft plötzlich so wenig gesichert war, ein deutliches Zeichen „von oben", über eine grundlegende Lebensentscheidung nachzudenken, und schrieb mir in dem bereits erwähnten Brief vom August 1975, ich solle mir ernsthaft überlegen, ob meine Situation nicht ein „deutlicher Fingerzeig Gottes und der Gottesmutter" sei, dass ich – ihrem Beispiel folgend – bei den Marienschwestern eintreten und somit den „jungfräulichen" Weg wählen solle. Das jedoch kam für mich nie in Betracht.

Stattdessen nahm ich umgehend telefonischen Kontakt mit der damaligen Gesamthochschule Eichstätt auf und bekam die mündliche Zusage für einen Studienplatz zum kommenden Wintersemester (Lehramt an Volksschulen), wenn ich die erforderlichen Unterlagen innerhalb einer Woche zurücksenden würde. Bereits am nächsten Tag hielt ich diese Unterlagen in den Händen und erledigte sogleich alle notwendigen Formalitäten.

Es war schon ein seltsames Gefühl, denn ich meldete mich zum gleichen Studium an, das ich im März desselben Jahres in Augsburg abgebrochen hatte. Zunächst jedoch überwog die Erleichterung darüber, doch noch einen Studienplatz gefunden zu haben, und ich dachte nicht weiter darüber nach.

Am nächsten Tag packte ich meine Koffer und fuhr mit einer Gruppe 13/14-jähriger Mädchen nach Schönstatt, um sie in meiner Funktion als Abteilungsträgerin zu einer Tagung zu begleiten.

Ich war nicht wenig erstaunt, als mir am gleichen Abend meine aufgeregte Mutter telefonisch mitteilte, es seien von mehreren Fachhochschulen Zusagen für das kommende Wintersemester eingetroffen. Im Laufe der nächsten Tage erreichte mich aufgrund des „Nachrückverfahrens" die Zusage jeder FH, die ich angeschrieben hatte. Nun hatte ich in beruflicher Hinsicht die freie Wahl. Viele Wege und Möglichkeiten standen mir plötzlich offen. Zunächst war ich ratlos, wusste nicht, wie ich mich entscheiden sollte. Doch bald stand mein Entschluss fest, den wohl mancher aus meinem Umfeld nicht ganz nachvollziehen konnte. Denn ich entschied mich mit einer mir innewohnenden Klarheit und Sicherheit und mit all den tief greifenden Erfahrungen, die ich während meines Praktikums in Ursberg hatte sammeln dürfen, für das Studium an der Gesamthochschule Eichstätt (Lehramt an Volksschulen). Somit knüpfte ich genau da an, wo ich im März desselben Jahres aufgehört hatte.

Bis heute habe ich diesen Schritt nicht bereut und übe den Beruf als Lehrerin nach wie vor aus tiefer Überzeugung und mit viel Liebe zu den Kindern aus.

Dieser August 1975 war in jeder Hinsicht ein bewegter Monat. Auch alte Bilder und Gedanken an den Missbrauch drängten sich wieder häufiger ins Bewusstsein. Vermehrt stieg in mir ein Gefühl von Angst hoch, die ich zunächst nicht benennen konnte. Nur in meinem Tagebuch ließ ich meinen Erinnerungen bezüglich der Kindheitserlebnisse freien Lauf. Hatte ich bis dahin nur vage Andeutungen gemacht, sprudelte es jetzt aus mir heraus. Ich konnte die Angst zuordnen, die Angst vor Bernhard, die immer gegenwärtig war, sobald mein Bruder zu

Hause war. Ich konnte über die Erinnerungen schreiben, die ich an den Ort und an das brutale Geschehen hatte. Ich konnte meinem Schmerz Ausdruck verleihen, dass meine Mutter (und vielleicht auch mein Vater) davon gewusst und doch nie mit mir darüber gesprochen hatten.

In mir wuchs das Bedürfnis, mich einem Menschen anzuvertrauen, von dem ich glaubte, in irgendeiner Weise Verständnis und Hilfe zu bekommen. So vertraute ich mich im August 1975 zum zweiten Mal einem Schönstattpriester an (wie bereits im vorigen Kapitel erwähnt). Wieder hörte ich: „Beten, aufopfern, verzeihen!" Heroische Worte! Eine solche Heldentat zu vollbringen, war ich offenbar nicht stark genug.

Weil ich in der Folgezeit dem Druck und der Belastung dieser Erlebnisse immer weniger gewachsen war, hatte ich das dringende Bedürfnis, endlich mit meiner Mutter über das zu reden, was mich seit meiner Kindheit so sehr belastete.

All die Jahre hatte ich so viele Ängste, so viele Fragen in meiner Seele eingeschlossen. Wie gerne hätte ich ihr schon längst all diese Fragen gestellt! Doch ich hatte mich bisher nicht getraut, dieses Thema anzusprechen, nachdem ich als Kind nicht gehört worden war.

Gerade weil ich glaubte, dass sie weit mehr wusste, als ich selbst in Erinnerung hatte, und weil mich das unbestimmte Gefühl nicht losließ, dass der Missbrauch durch Bernhard bereits vor meinem vierten Lebensjahr begonnen hatte, drängte es mich sehr, sie danach zu fragen. Dass sie Kenntnis davon hatte, stand für mich außer Frage, da ich es ihr als Kind erzählt und mich ihre Reaktion darauf mein Leben lang begleitet hatte.

Obwohl ich immer wieder all meinen Mut zusammennahm, dauerte es mehrere Monate, bis ich endlich die Kraft fand, meine Mutter darauf anzusprechen. Das war Ende 1975, kurz bevor mein Studium an der Gesamthochschule Eichstätt begann. Bis zu diesem Tag war der innere Druck diesbezüglich so stark geworden, dass ich nicht mehr anders konnte.

Mir gelang es, offen über den sexuellen Missbrauch durch Bernhard zu sprechen, dass ich die Geschehnisse nie hatte vergessen können. Und da ich ahnte, dass die sexuellen Übergriffe möglicherweise schon vor meiner bewussten Wahrnehmung begonnen hatten, fragte ich sie mit klopfendem Herzen: „Mama, kannst du mir sagen, was diesbezüglich noch alles vorgefallen ist?" Sie aber sah mich erstaunt an und meinte: „Ich habe immer aufpassen müssen, dass Bernhard dir nichts tut. Dass er aber so weit gegangen ist, habe ich nicht gewusst." Als ich sie daran erinnerte, dass ich es ihr doch damals erzählt hätte, meinte sie nur, daran könne sie sich nicht erinnern. Davon wisse sie nichts. Ich war fassungslos. „So etwas kann eine Mutter doch nicht vergessen!", schrie es in meinem Kopf. Meine Mutter hatte es offenbar „vergessen". Sie konnte sich nicht mehr daran erinnern. Sie konnte sich auch nicht daran erinnern, dass sie mich weggeschickt bzw. stehen gelassen hatte. Sie konnte sich nur daran erinnern, dass sie hatte „immer aufpassen" müssen, dass er sich nicht an mir verging.

Warum ich mich ihr denn nicht noch einmal anvertraut hätte, als die Übergriffe anhielten, fragte sie noch ungläubig. Ich entgegnete: „Du hast mich einmal abgewiesen. Ich konnte kein zweites Mal zu dir kommen." Somit war dieses Gespräch beendet.

Nun hatte ich zum dritten Mal versucht, über das zu reden, was mich schon seit meiner Kindheit quälte, und jedes Mal hatte ich das Gefühl, nicht ernst genommen, nicht verstanden zu werden. Von kirchlicher Seite hieß es, ich solle beten, aufopfern und verzeihen; meine Mutter hatte es vergessen. Es konnte also doch nicht so schlimm oder bedeutend gewesen sein. Wie damals als Kind war offenbar meine Wahrnehmung der Schwere des Vergehens bzw. des Erlebten eine andere als die meiner Umgebung. Jetzt reagierte ich genauso wie das Kind damals: Ich zog mich in mich zurück und schloss zum wiederholten Male die Ereignisse in meine Seele ein.

Und wieder fielen mir die Worte des Priesters ein, ich solle beten, opfern und meinem Bruder verzeihen. Und wieder versuchte ich am äußeren Leben teilzunehmen, als ob mir nie etwas Schlimmes widerfahren wäre. Die Stimme des kleinen Kindes in meinem Inneren, das litt und weinte, unterdrückte und ignorierte ich abermals. Dieses verletzte innere Kind behandelte ich genauso, wie ich von den Menschen meiner Umgebung behandelt wurde, sobald ich anfing, mich und meine Not mitzuteilen. Und je mehr sich diese Stimme meldete, je mehr schmerzliche Gefühle in mir hochstiegen, desto mehr nahm ich am lauten Leben teil, um nicht hören, wahrnehmen und fühlen zu müssen.

Im Grunde versuchte ich vor mir selbst davonzulaufen. Doch je schneller ich lief und rannte, desto schneller rannte auch mein verletztes Kind mit. Es ließ sich nicht abschütteln. Ich konnte es nicht irgendwo zurücklassen, einsperren. Zeitweise gelang es mir zwar, es zum Schweigen zu bringen, ganz entrinnen jedoch konnte ich ihm nie, wie sehr ich das auch hoffte und manchmal sogar glaubte.

Irgendwann war ich mit meiner Kraft am Ende, war ausgepowert, konnte nicht mehr davonlaufen. Das war die Zeit, da sich der ganze seelische Schmerz, gepaart mit einer unbeschreiblichen Verzweiflung, mit einer ungeahnten Wucht Bahn brach, einhergehend mit einem körperlichen und seelischen Zusammenbruch, den ich mit meiner ganzen Willenskraft nicht mehr aufhalten konnte.

Doch bis dahin sollten noch einige Jahre vergehen.

2. Studium an der Gesamthochschule Eichstätt und erste Lehrertätigkeit

Es war nicht ganz einfach, in Eichstätt ein Zimmer zu finden. Ich war ja nicht die Einzige, die diesbezüglich auf der Suche war. Zudem hatte ich mich praktisch „auf den letzten Drücker" für dieses Studium entschieden. So musste ich nehmen, was ich in der Kürze der Zeit eben bekommen konnte, und war froh und fürs Erste auch zufrieden, als ich kurz vor Studienbeginn in einem kleinen Ort vier Kilometer außerhalb der Bischofsstadt ein kleines Zimmer beziehen konnte. Der spartanisch eingerichtete Raum bot gerade Platz genug für ein Bett und erlaubte mir nur die Unterbringung der nötigsten Dinge. Doch sobald ich vor Ort wäre und mehr Zeit dafür hätte, so dachte ich, ließe sich mit Sicherheit eine passendere und gemütlichere Bleibe finden. Und so geschah es auch.

Damals fuhren mich meine Eltern nach Eichstätt. Darüber war ich sehr glücklich, weil sie mir das Gefühl gaben, ihnen doch etwas wert zu sein, da sie ihre Zeit für mich opferten und mich zu meinem neuen Zuhause begleiteten. An diesem Tag schien die Sonne nicht nur am Himmel, ihre Strahlen spürte ich auch in meiner Seele, weil ich mich von den Eltern angenommen fühlte. Warum sonst sollten sie die Strapazen auf sich nehmen, wenn ich ihnen gleichgültig wäre?

In dem Bewusstsein, die richtige Entscheidung getroffen zu haben, begann ich mein Studium Anfang November an der Gesamthochschule Eichstätt.

Die Familie, bei der ich wohnte, war sehr nett, lud mich manchmal zum Essen ein, und auch bei Kaffee und Kuchen ging uns der Gesprächsstoff nicht aus. Obwohl ich wusste, dass diese Menschen es gut meinten und es mir so gemütlich wie möglich machen wollten, suchte ich diese enge Bindung an die Familie nicht, sondern ging dem nach Möglichkeit aus dem Weg.

Bald lernte ich nette Leute kennen, ging ab und zu mit ihnen aus, besuchte Partys, oder wir trafen uns zu unterhaltsamen Gesprächen. Es begann eine sehr schöne Zeit. Noch schöner wurde es, als ich schließlich im Zentrum Eichstätts ein Zimmer in einer WG beziehen konnte. In dieser neuen Umgebung fühlte ich mich „pudelwohl". Zu Studentinnen wie zu Studenten hatte ich guten Kontakt. Zeiten intensiven Studiums wechselten ab mit fröhlichen gemeinsamen Unternehmungen. Ein allzu strenger Studententag wurde unterbrochen durch eine gemeinsame Kaffeepause oder einen ausgelassenen Spaziergang im Grünen.

Hin und wieder wurde ich von einem jungen Mann zum Tanzen eingeladen, was mich jedoch stets sehr verunsicherte, wenngleich ich dies nicht zeigte und mich nach außen hin bewusst unbeschwert gab, gleichzeitig aber auf „sicheren" Abstand achtete.

Nach Hause fuhr ich im ersten Studienjahr an den Wochenenden noch des Öfteren, zum einen, weil ich seit Februar 1976 meinen ersten „festen Freund" hatte, der in meinem Heimatort wohnte. Zum anderen hatte ich Verpflichtungen als Abteilungsträgerin, musste Termine wahrnehmen, die häufig an den Wochenenden stattfanden.

Doch dieses Amt wurde mir zunehmend zur Belastung, und es fiel mir immer schwerer, alles unter einen Hut zu bringen, weshalb ich Anfang 1977 dieses Amt abgab.

Schon zu Beginn meines Studiums in Eichstätt lernte ich Björn, meinen späteren Mann, kennen. Wir verstanden uns von Anfang an gut, engagierten uns beide bei der KSG (Katholische Studentengemeinde), worauf unser Kontakt zunächst beschränkt blieb. Unsere Beziehung begann etwa ein Jahr später, im Dezember 1976, nachdem ich mich schon längere Zeit vorher von meinem ersten Freund Frank getrennt hatte.

Aus anfänglicher Freundschaft zwischen Björn und mir wurde allmählich Liebe, und wir verbrachten viel Zeit miteinander. Dennoch vernachlässigte ich nicht die mir inzwischen lieb gewordenen Mitstudentinnen und Mitstudenten, die oft bei mir zu Gast waren und mit denen ich weiterhin viele fröhliche und gesellige Stunden erleben durfte.

Das Studium machte mir sehr viel Freude. Es war eine relativ unbeschwerte Zeit, abgesehen von den weiterhin bestehenden Knieproblemen, die mich in meiner Bewegungsfreiheit zeitweise ziemlich einschränkten. Die Ursache für die plötzlich auftretende, schmerzhafte Schwellung war bisher von keinem Arzt treffend diagnostiziert worden, bis schließlich ein Orthopäde, auf den ich nach den bis dato erfolglosen Behandlungsterminen meine ganze Hoffnung setzte, eine Arthroskopie veranlasste, worauf umgehend eine erste Meniskusoperation folgte, die allerdings nicht die letzte sein sollte.

Als zum Ende des Studiums die Prüfungen anstanden, unterstützten wir uns gegenseitig in jeglicher Hinsicht. Alle Prüfungen bestand ich ohne Schwierigkeiten, und so freute ich mich schließlich riesig über mein Zeugnis „Über die erste Prüfung für das Lehramt an Volksschulen 1978/II (Einstellungsprüfung)", das mir einen Notendurchschnitt von 1,68 bescheinigte, was bedeutete, dass ich im kommenden Schuljahr als LAA (Lehramtsanwärterin) in den Schuldienst übernommen wurde.

Mit etwas Wehmut im Herzen und doch voller Vorfreude auf meinen zukünftigen Beruf packte ich meine Koffer und verließ Eichstätt, den Ort, an dem ich mich drei Jahre lang unbeschreiblich wohlgefühlt hatte.

Mit Spannung sahen Björn und ich dem Bescheid entgegen, wo denn unser erster beruflicher Einsatzort sein würde.

Mein Freund fing seine Lehrertätigkeit im Allgäu an, mir wurde als Stammschule eine Grundschule meines Heimatortes zugewiesen, sodass sich unsere Wege in gewisser Weise trennten und wir uns nicht mehr täglich, sondern nur noch an den Wochenenden oder in den Ferien sehen konnten.

Nicht wenig aufgeregt machte ich mich auf den Weg zu meiner ersten Lehrerkonferenz. Es war gleichzeitig mein 25. Geburtstag. Wie erstaunt war ich, als mir zu Beginn der Konferenz der Direktor der Schule gratulierte und mir einen selbst gebackenen Geburtstagskuchen überreichte! Mit diesem Tag war auch schon mein erster Einsatz an dieser Schule beendet, da ich bereits am nächsten Tag, also am ersten Schultag, an eine andere Grundschule abgeordnet wurde, und zwar aufgrund der Erkrankung einer Lehrkraft, deren Vertretung ich übernehmen sollte. Unterstützt wurde ich durch eine ebenso „frischgebackene" Junglehrer-Kollegin, mit welcher die Zusammenarbeit prima funktionierte.

Jeden Tag spürte ich mehr, dass meine Entscheidung, diesen Beruf zu ergreifen, genau die richtige gewesen war. Von Anfang an fühlte ich mich den Kindern verbunden, spürte ihre Achtung, ihr Vertrauen und ihre Zuneigung. Es war einfach schön, Lehrerin zu sein. Diese Einstellung hat sich bis heute nicht geändert.

Mit Björn schmiedete ich währenddessen Zukunftspläne. Wir hatten vor, zwei Jahre lang unseren Beruf auszuüben, die zweite Lehramtsprüfung abzulegen und dann zu heiraten. Deshalb war ich sehr überrascht, als er mich an Weihnachten fragte, ob ich bereits im nächsten Sommer seine Frau werden wolle. Obwohl ich anfangs etwas unschlüssig war, gab ich nach kurzer Bedenkzeit meine Zustimmung.

Über die ganze Zeit meiner Ehe werde ich nur kurz schreiben aus Rücksichtnahme auf meine beiden Töchter und ebenso aus Rücksicht auf meinen geschiedenen Mann und seine neue Beziehung.

V. Ehe und Trennung

Am 3. August 1979 gaben wir uns vor dem Standesbeamten und acht Tage später in der Kirche das Jawort.

Meine Mutter sagte am Tag nach der kirchlichen Trauung in wehmütigem Ton zu mir: „Jetzt bist du also auch eine Frau." Mir war klar, was sie damit meinte. In ihren Augen war ich nun eine Frau, weil sie davon ausging, dass ich „in der Hochzeitsnacht" mit meinem Mann intim gewesen war, wie es sich für eine „brave Ehefrau" nun mal gehörte. Ich verstand diese Haltung nicht, weil sie doch wusste, dass mich mein Bruder als Kind bereits zur „Frau" gemacht hatte. Durch diese Äußerung wurde ihre Einstellung zu Ehe und Sexualität, die mir nicht fremd war, nochmals deutlich.

Unsere Hochzeitsreise führte uns – begleitet von den Schwiegereltern – nach Norwegen.

Wieder zu Hause, holte uns schnell der Schulalltag mit seinen vielfältigen Anforderungen ein. Inzwischen war ich – wie Björn ein Jahr zuvor – in einen Landkreis im Allgäu versetzt worden. In der Nähe der Berge wollten wir unser gemeinsames Leben aufbauen.

Obwohl dies nicht geplant war, wurde ich bald schwanger, was einen zusätzlichen Stressfaktor darstellte, da mein Mann und ich noch die zweite Lehramtsprüfung vor uns hatten. Doch schließlich siegte mein Optimismus. Ich war überzeugt, dass wir mit etwas gutem Willen, gegenseitiger Unterstützung und aufgrund unserer Liebe einen Weg finden würden, die kommenden Probleme gemeinsam zu meistern. Deshalb sah ich der Zukunft eher gelassen und bald in freudiger Erwartung unseres ersten Kindes entgegen.

Am Abend des 29. August 1980 hielt ich erschöpft, aber überglücklich unser gesundes Mädchen Mona in meinen Armen.

Im Hinblick auf die noch bevorstehende Prüfung nahm ich nur den gesetzlichen Mutterschutz in Anspruch.

Mit Björn atmete ich erleichtert auf, als wir im September 1981 das „Zeugnis über die zweite Prüfung für das Lehramt an Volksschulen (Anstellungsprüfung)" ausgehändigt bekamen. Damit endete das „Beamtenverhältnis auf Widerruf im Vorbereitungsdienst". Durch eine beiliegende Urkunde wurden wir „unter Berufung in das Beamtenverhältnis auf Probe zum Lehrer/zur Lehrerin ernannt". Diese Probezeit dauerte in der Regel zweieinhalb Jahre.

Zum gleichen Zeitpunkt wurden wir auf eigenen Wunsch einer Sondervolksschule in der Nähe eines Königsschlosses des Märchenkönigs Ludwig II. zur Dienstleistung zugeteilt. Zu Beginn des Schuljahres 1981/82 übernahm ich somit die Führung einer kombinierten Jahrgangsstufe (3/4) mit lernbehinderten Schülern. Nach einer anfänglich schwierigen Eingewöhnungszeit machte mir die Arbeit viel Spaß.

Ende 1983 wurde ich zum zweiten Mal schwanger. Ich freute mich riesig darüber, dass Mona ein Geschwisterchen bekommen sollte.

Doch zuvor wurden mein Mann und ich im Februar 1984 „in das Beamtenverhältnis auf Lebenszeit" berufen. Wir waren beide froh und glücklich, nun eine gesicherte Planstelle zu haben, was in unserem Bekanntenkreis nicht selbstverständlich war.

Am 23. August 1984 wurde unser zweiter Sonnenschein geboren. Mit der Geburt von Jutta begann meine „schulische Auszeit" von vier Jahren. Ich hatte Beurlaubung beantragt, um mich mehr meinen Pflichten als Ehefrau und Hausfrau widmen zu können, in erster Linie aber, um mehr Zeit für unsere Töchter zu haben.

Zu diesem Zeitpunkt war unsere Ehe im Grunde längst zum Scheitern verurteilt, was ich nicht wahrhaben wollte. Die Schwierigkeiten hatten schon bald nach der Hochzeit begonnen und schienen schließlich unüberwindbar. Dennoch glaubte ich mit der Geburt unserer zweiten Tochter an einen Neuanfang.

Die Vermutung liegt nahe und mag sich manchem geradezu aufdrängen, dass die Wurzel für das Misslingen dieser Ehe in dem Missbrauch meiner Kindheit zu suchen sei. Doch diese Ehe hätte nicht zuletzt aufgrund meiner großen Liebe, die ich zu Björn empfand, eine Chance sein können. Und ich weiß auch, dass mich mein Mann auf seine Weise liebte. Wie nie zuvor konnte ich mich auf einen Mann einlassen, konnte körperliche Nähe zulassen und Sexualität zeitweise genießen und somit ganz anders erleben, als mich die Erfahrung meiner Kindheit gelehrt hatte.

Eine Zeit lang konnten wir über alles reden, auch offene Gespräche über Sexualität waren möglich. So fragte mich Björn eines Tages, was eine Frau empfinde, wenn der Partner sich Sex wünsche, sie selbst hingegen keine Lust verspüre. Meine ehrliche Antwort war: „Wenn das zwischen uns so ist, habe ich kein Problem, es zuzulassen, sofern ich spüre, ich werde wirklich geliebt. Andernfalls würde ich mir benutzt vorkommen, gerade so wie ein Gegenstand, der nach Gebrauch in eine Ecke gestellt wird. Ich würde mich wie eine Nutte fühlen."

Diese Erfahrung musste ich in der Folgezeit leider oft machen. – So war jedenfalls mein subjektives Empfinden. – Umso schmerzlicher waren dann die seelischen Verletzungen, die zurückblieben.

Auch mein Mann brachte seinerseits Kindheitsverletzungen mit in die Beziehung, die wohl sehr tief gingen. Wir waren aber beide nicht in der Lage, zur Heilung der verwundeten Kinderseele des anderen beizutragen. Irgendwann hatte jeder von uns im Partner den empfindlichen Nerv der Kindheit getroffen. Obwohl wir um diese Ehe kämpften, scheiterten wir letztlich beide daran.

Ehrliche und offene Gespräche führten wir immer seltener, bis sie schließlich unmöglich wurden. So erfuhr ich auch nicht, wie mein Mann sich letztlich fühlte, und konnte nicht nachempfinden, wie sehr auch er litt. Ich selbst war maßlos enttäuscht und gedemütigt durch die Vorkommnisse während unseres gemeinsamen Lebens. Irgendwann war wahrscheinlich jeder in seinen eigenen Verletzungen derart gefangen, dass er den Blick für den Partner verlor.

Am 1. Juni 1986 – es war der letzte Tag der Pfingstferien – versuchte ich noch einmal mit Björn über unsere Beziehung zu reden, was jedoch nicht mehr möglich war. Offenbar hatten wir beide zu viele Fehler gemacht, uns gegenseitig zu sehr verletzt.

Die Situation zwischen uns hatte sich mit der Zeit derart zugespitzt, dass ich einen Ausweg nur noch in einer zeitweiligen räumlichen Trennung sah, die uns beiden die Chance geben sollte, zur Ruhe zu kommen und über uns und unsere Beziehung nachzudenken, bevor wir eine endgültige Entscheidung trafen.

Es war inzwischen auch unübersehbar, dass Mona und Jutta unter den ständigen Spannungen litten. Ich selbst war seelisch und körperlich am Ende. Und sicherlich litt mein Mann auf seine Art.

Deshalb zog ich am 2. Juni mit beiden Kindern aus der gemeinsamen Wohnung aus, um vorübergehend in meinem Elternhaus zu wohnen, bis klar wäre, wie die Zukunft unserer kleinen Familie aussehen würde. In dem Moment dachte ich nicht an Scheidung, sondern glaubte immer noch an einen Fortbestand unserer Ehe, nicht zuletzt unserer beiden Mädchen wegen.

Die enge Verbindung zwischen Körper und Seele zeigte mir mein Körper „hautnah". Als die Probleme in unserer Beziehung und somit die seelischen Belastungen immer größer wurden, begann sich rund um meinen Nabel ein Eiterherd zu bilden, gleichzeitig breitete sich an den Nasenschleimhäuten eine schmerzhafte Entzündung sukzessive stärker aus. Die Behandlungen ortsansässiger Hautärzte waren mehr als ein Jahr ebenso erfolglos wie die Bemühungen von Spezialisten in einer Münchner Hautklinik. Nachdem ich Björn verlassen hatte, verschwanden die Symptome binnen zweier Wochen ohne Salben und ohne Medikamente wie von selbst und traten nie wieder auf.

VI. Wieder im Elternhaus

Am 2.06.86 bezog ich mit beiden Töchtern die leer stehende Erdgeschosswohnung im Haus meiner Eltern. Sie selbst bewohnten die erste Etage. Mit dem Einzug fing ich finanziell bei null an. Ich besaß nur das Nötigste, das ich aus der gemeinsamen Wohnung mitgenommen hatte, um mit den Kindern einigermaßen über die Runden zu kommen. Eigenes Einkommen hatte ich damals nicht, da ich ohne Dienstbezüge vom Schuldienst beurlaubt war. Doch meine Kinder und ich stellten keine großen Ansprüche. Zudem glaubte ich, unser Aufenthalt sei nur vorübergehend und somit nicht von allzu langer Dauer.

Zeitgleich mit dem Einzug in das Haus, in welchem ich den größten Teil meiner Kindheit verbracht hatte, stiegen die Bilder der Vergangenheit massiv in mein Bewusstsein. Die Vergangenheit wurde plötzlich wieder lebendig, war ich doch zurückgekehrt an den Ort von Gewalt und Angst. Was sich in den einzelnen Räumen damals zugetragen hatte, war gegenwärtig, sobald ich mich dort aufhielt oder mich ihnen auch nur näherte. Befand ich mich im Esszimmer meiner Eltern, trat das kleine, wehrlose Mädchen, dem wehgetan wurde, vor mein geistiges Auge. Hielt ich mich in unserem Esszimmer auf, sah ich das kleine Mädchen, das vor seiner Mutter stand und ihr erzählte, was der Bruder mit ihm gemacht hatte, und das dann alleingelassen wurde. Im Grunde ließ die gesamte Umgebung die Vergangenheit erneut aufleben. Und wieder versuchte ich, die Erinnerung zu verdrängen, glaubte immer noch, alleine damit fertigzuwerden und auch fertigwerden zu müssen.

Eines Tages vermischte sich die Gegenwart mit der Vergangenheit unvorbereitet auf eine geradezu groteske Weise. Ich war alleine zu Hause. Weder meine Kinder waren da, noch hielten sich meine Eltern in ihrer Wohnung im ersten Stock auf. Als es an der Haustür klingelte, öffnete ich ahnungslos und erschrak furchtbar, als plötzlich Bernhard vor mir stand. In dem Moment flammte die Angst der Vergangenheit erneut auf, obwohl es keinen Grund dazu in der Gegenwart gab. Doch es war die Angst, die ich all die Kinderjahre vor meinem Bruder empfunden hatte und die in dem Moment wieder ganz präsent war. Den Grund seines Besuches weiß ich nicht mehr. Nur die Angst vor ihm blieb nachhaltig haften.

Eine andere Begebenheit holte ebenfalls die Angst und den Schmerz der Vergangenheit in die Gegenwart. Kurz nachdem wir eingezogen waren, kam Bernhard mit seiner Familie zu meinen Eltern zu Besuch. Seine beiden Söhne spielten ausgelassen mit meinen Töchtern im Garten, wie ich vom Fenster aus beobachten konnte. Plötzlich schoss es mir wie ein Blitz durch den Kopf: Als ich geboren wurde, war Bernhard etwa genauso alt wie sein ältester Sohn heute. Und dieser zwölfjährige Junge spielte nun mit meinen Kindern, die inzwischen zwei und sechs Jahre alt waren. Ich geriet fast in Panik, obwohl in der Gegenwart kein Grund zur Sorge bestand, und gesellte mich unter irgendeinem Vorwand zu ihnen.

Gesundheitlich ging es mir damals nicht besonders gut. Die Schlafstörungen, unter denen ich schon seit geraumer Zeit litt, hielten an, und mein Allgemeinbefinden verschlechterte sich merklich. Es wurde immer schwerer, dies vor anderen zu verbergen.

Es war am Abend des zweiten Weihnachtsfeiertages 1986. Wie so oft waren Björn und ich während eines seiner Besuche in eine heftige Auseinandersetzung geraten. Die Kinder hatte ich bereits zu Bett gebracht. Mein Mann konnte und wollte nicht akzeptieren, dass ich ihn verlassen hatte. Wieder einmal spielten sich hässliche Szenen ab. Plötzlich spürte ich, wie sich zunächst meine Hände zu verkrampfen begannen und dann allmählich mein ganzer Körper in diesen Zustand zu verfallen schien. Mir war, als ob sich eine eiserne Hand um mein Herz legen würde, um alles Leben, das noch in mir war, aus mir herauszupressen. Als Björn bemerkte, dass die Lage ernster war, als er anfangs gedacht hatte, verständigte er meine Eltern. Meine Mutter jedoch war vor lauter Aufregung nicht in der Lage, einen Arzt zu rufen. Nachdem sich die Verkrampfung schließlich von alleine wieder gelöst hatte, war ich körperlich zwar sehr geschwächt, wehrte aber trotzdem entschieden ab, ärztliche Hilfe in Anspruch zu nehmen, weil ich Angst hatte, ein Arzt würde einen Krankenhausaufenthalt anordnen. „Was geschieht dann mit meinen Töchtern?", war meine größte Sorge. Ich wollte sie nicht alleinlassen. Denn Mona, die inzwischen aufgewacht war, hatte mich am Boden liegen sehen und gedacht – wie sie mir in dieser Nacht, nachdem sie zu mir ins Bett geschlüpft war, unter Tränen erzählte –, ich sei tot.

Nach diesem „psychisch bedingten Tetanie-Anfall" (wie der Arzt später diagnostizierte) häuften sich Angstzustände, Panikattacken, verbunden mit Herzrasen und anschließender totaler körperlicher Erschöpfung. Sedative Medikamente bekam ich für den Notfall verschrieben.

Durch die Tage quälte ich mich irgendwie, fühlte mich morgens bereits völlig ausgepowert und kaputt, sodass ich nicht wusste, wie ich den Tag überstehen sollte. Den Abend sehnte ich regelrecht herbei. Andererseits war aber die Angst vor der Nacht da, in der mich wieder häufiger Albträume plagten, die mich schweißgebadet hochschrecken ließen, oder ich konnte, obwohl ich todmüde war, überhaupt keinen Schlaf finden. Es war eine grausame Zeit!

Und immer wieder liefen diese Erinnerungen gleich einem Film vor meinem inneren Auge ab: Dieser riesige, ekelhafte und bedrohliche Fleischkloß, der auf mich zurollt, mir fast die Luft zum Atmen nimmt! Die Angst vor der Hand, die unter meine Bettdecke greift! Wieder und wieder durchlebte ich die Gewalt meiner Kindheit neu.

All die Ängste, die mich vor allem nachts quälten, sowie die tagsüber auftretenden Schwächezustände versuchte ich vor meiner Umgebung, in erster Linie vor meinen Töchtern, zu verbergen. Hatten sie schon die Trennung ihrer Eltern zu verkraften, sollten sie nicht auch noch unter meiner Befindlichkeit leiden. Deshalb unternahm ich möglichst viel mit den Kindern. Wir fuhren beispielsweise zum Picknick in die Natur, gingen – begleitet von Nichten und Neffen – ins Schwimmbad, luden dieselben zum Übernachten ein, machten ein paar Tage Urlaub in Schönstatt oder im Allgäu oder auch mal „Urlaub auf dem Bauernhof". Das Highlight am Wochenende war das große, gemütliche Frühstück, wobei es immer sehr lustig zuging, wenn wir uns bei frischen Brötchen, Wurst, Käse und Eiern unendlich viel Zeit ließen. Eine Kerze fehlte dabei nie auf dem Tisch.

Allmählich begann ich die Wohnung gemütlicher auszugestalten, tapezierte zunächst das Kinderzimmer mit einer lustigen Clowntapete, damit sich die Kinder wohlfühlen konnten, und kaufte Kindermöbel. Das Geld dafür verdiente ich hauptsächlich durch Büroarbeiten im Unternehmen eines Schwagers. Diese Tätigkeit erlaubte mir, meine Kinder mitzunehmen, die zu meinem eigenen Erstaunen stundenlang brav in meiner Nähe spielten, malten oder Bücher anschauten.

Viel mehr investierte ich in die Wohnung nicht, weil ich immer noch überzeugt war, der Aufenthalt dort sei nur für begrenzte Zeit.

Anfangs, als ich sozusagen als Tochter in mein Elternhaus zurückkehrte, war es nicht leicht, meiner Mutter zu verstehen zu geben, dass ich großen Wert auf meine Selbständigkeit und Unabhängigkeit legte und somit auch weiterhin selbst für meine Töchter und mich sorgen wollte. Am liebsten hätte meine Mutter für uns gekocht, gewaschen, die anfallenden Hausarbeiten erledigt. Doch all das lehnte ich ab. Auch wollte ich nicht umsonst dort wohnen, wie mir angeboten wurde, sondern zahlte einen monatlichen Betrag, der jedoch angesichts meiner finanziellen Notlage nicht allzu hoch war.

Das Jahr 1986 war überschattet von der Sorge um unseren Vater. Aufgrund seines Gesundheitszustandes wurde im August eine lebensgefährliche Operation notwendig, von der er sich nicht mehr richtig erholte und schließlich im Mai 1987 starb. (Davon werde ich im nächsten Kapitel mehr schreiben.)

Zu Beginn des Schuljahres 1987/88 wurde Mona eingeschult. Nachdem ich den Schuldienst bisher nicht wieder angetreten hatte, genoss ich es, meine Tochter an diesem besonderen Tag zu begleiten. Als sie sich nach ihrem „ersten Schultag" voller Freude daran machte, ihre erste Hausaufgabe zu erledigen, setzte sich Jutta an ihren Kindertisch, um es der „großen Schwester" gleichzutun, indem sie voller Hingabe malte und „schrieb".

Wie unzählige Male zuvor führten Björn und ich weiterhin meist sehr nervenaufreibende Gespräche, die jedem von uns beiden sehr nahegingen und viel Kraft kosteten. Dennoch waren wir immer weniger in der Lage, die Scherben unserer Ehe wieder zusammenzusetzen. Selbst Termine bei einer Eheberatungsstelle, die wir wiederholt gemeinsam aufsuchten, konnten unsere Beziehung nicht mehr retten.

Anfang des Jahres 1988 kam es schließlich zwischen uns zu einem letzten klärenden Gespräch, was den Fortbestand unserer Ehe betraf. Weil wir uns einig waren, dass wir unser Leben nicht mehr gemeinsam fortsetzen wollten, reichte ich bald darauf die Scheidung ein, die mit dem 1.01.1989 rechtskräftig wurde.

Zu viel Schmerzliches und Gravierendes war während unseres Zusammenlebens vorgefallen. Dabei möchte ich keinem von uns beiden die größere Schuld zuweisen. Denn zum Scheitern einer Ehe gehören immer beide Partner, die die Trennung letztlich jeder für sich, aber sicherlich gleichermaßen schmerzvoll erleben und einen Verlust in vielfacher Hinsicht verkraften und verarbeiten müssen.

Als die endgültige Trennung sicher war, meldete ich mich zum Beginn des Schuljahres 1988/89 zum Schuldienst zurück und stellte gleichzeitig den Antrag auf Versetzung in den Landkreis meines Heimatortes, dem ohne Probleme stattgegeben wurde.

VII. Die Beziehung zu meinem Vater

Mein Vater spielte in meinem Leben emotional anfangs keine allzu bedeutende Rolle. Ich hatte keine tiefe Beziehung zu ihm, obwohl ich mir das als Kind von Herzen wünschte. Er war kaum zu Hause, da er politisch sehr eingebunden war. Die Kindererziehung oblag dem Zuständigkeitsbereich meiner Mutter. Vater schaltete sich erst ein, wenn es größere Probleme gab.

Eigentlich war mein Vater für mich als Kind unerreichbar, unnahbar. Doch es gab einige wenige Momente, in denen ich ihn als „fühlenden", warmherzigen Menschen erlebte und in denen ich ihn liebte. Es waren die seltenen Sonntage, an denen mein Vater und ich sehr früh zu einem Waldspaziergang aufbrachen. Das waren für mich ganz besondere und wertvolle Stunden. Ich erlebte meinen Vater da ganz anders. Wenngleich er sonst sehr viel rauchte, im Wald habe ich das nie erlebt. Wir hörten auf das Zwitschern der Vögel. Manchmal versuchte mein Vater auch die Vogelstimmen nachzuahmen oder erklärte mir die „Sprache" der vielen verschiedenen Vögel. In solchen Augenblicken bewunderte ich ihn, lief dann ganz ruhig und fast feierlich neben ihm her und wünschte mir, dieser Spaziergang würde nie enden, obwohl ich kaum mit ihm Schritt halten konnte. Mein Vater war in diesen seltenen Momenten so ganz anders. Ich erlebte ihn innerlich freier, ausgeglichener und auch fröhlicher als sonst. Trotzdem blieb auch während dieser kleinen Waldwanderungen stets ein schier unüberwindbarer Abstand zwischen meinem Vater und mir. So sehr ich mir auch wünschte, dass er mich an der Hand nehmen, mich halten würde, er tat es nie. Und ich wartete so sehr darauf! Obwohl ich mich so sehr danach sehnte, traute ich mich nicht, einfach meine Hand in die seine zu legen, aus Angst, von ihm zurückgewiesen zu werden.

Ich wünschte mir damals, mein Vater würde sich öfter die Zeit nehmen, um mit mir in die Natur zu gehen. Dass ich deswegen schon sehr früh aufstehen musste, nahm ich gerne in Kauf. Doch solche Erlebnisse waren leider ganz selten.

Viele Jahre vergingen, ohne dass ich wirklich in Kontakt zu meinem Vater kam, abgesehen von diesen unvergesslichen Spaziergängen.

Als ich älter wurde, war er aufgrund seines politischen Engagements immer weniger zu Hause. Die gesamte Familie war politisch sehr eingebunden und stand mehr in der Öffentlichkeit, als mir lieb war.

Eigentlich war mein Vater gelernter Elektrotechniker, der sich in der Firma erfolgreich hocharbeitete, sich in der Kommunalpolitik einen Namen machte und schließlich, nach einiger Zeit als „stellvertretender Landrat", von der Bevölkerung zum Landrat gewählt wurde. Im Zuge der Gebietsreform im Jahre 1972 lehnte er für die kommende Legislaturperiode eine erneute Kandidatur ab und widmete seine Zeit und Kraft stattdessen in erster Linie der Planung und Erbauung eines Altenheimes in der Region, welchem er bis zu seiner Pensionierung als Heimleiter vorstand.

Ich selbst fand die Zeit, als unsere Familie im Fokus der Öffentlichkeit stand, nicht so toll. Zur Wahlkampfzeit begegnete ich an jeder Straßenecke dem Bild meines Vaters. Von irgendeiner Plakatwand oder Litfasssäule schaute er mich immer an, wenn ich morgens auf dem Weg zum Bahnhof war. Für mich war es schrecklich. Oft hieß es: „Was werden die Leute denken!" Und die Leute schauten auf unsere Familie, sie orientierten sich zum Teil an uns, an den Maßstäben meiner Herkunftsfamilie.

Als „Vater" hatte ich kein Bild von diesem stattlichen Mann. Als Arbeitskollege, Chef oder Landrat war er eine Persönlichkeit, die ihre Mitmenschen, Mitarbeiter, Kollegen oder „Untergebenen" stets fair und korrekt behandelte. Er war ein Mann, dem die Leute Respekt und Hochachtung entgegenbrachten, der aber gleichzeitig von anderen nie etwas verlangte, was er nicht selbst lebte.

Auch ich hatte zeitlebens großen Respekt vor meinem Vater, hielt mich stets an die wenigen Vorschriften, die er mir machte. Dazu gehörte vor allem, dass ich abends zu einer genau festgelegten Zeit zu Hause sein musste.

Nachdem ich einundzwanzig Jahre alt geworden war, machte mir mein Vater plötzlich keine Vorschriften mehr. Ich sei volljährig und somit für mich alleine verantwortlich, meinte er. Das war ganz schön komisch. Plötzlich konnte ich gehen und kommen, wann ich wollte. Andererseits aber schien er sehr genau zu registrieren, wenn es am Wochenende abends doch einmal ziemlich spät geworden war. Dann klopfte er frühmorgens lautstark an die Zimmertüre und meinte nur lachend: „Wenn du es nachts so lange ausgehalten hast, kannst du morgens auch aufstehen." Dieser unsanfte Weckruf am frühen Morgen störte mich offenbar weniger als meine Geschwister, denn eine Langschläferin war ich noch nie.

Das Gefühl, von meinem Vater gehört, verstanden und auch respektiert zu werden, hatte ich das erste Mal im Jahre 1974 nach der Exmatrikulation an der Universität Augsburg. Meine Mutter reagierte mit sichtbarer Fassungslosigkeit, da ich einen sicheren Studienplatz gegen eine ungewisse Zukunft eingetauscht hatte. Anders verhielt sich mein Vater. Er zeigte für mein Verhalten plötzlich Verständnis, nachdem ich ihm ausführlich die Beweggründe dargelegt hatte, die mich zu diesem Schritt veranlasst hatten. Als er sah, dass ich nicht unüberlegt gehandelt, sondern nach vielen Gesprächen mit kompetenten Leuten diese Entscheidung getroffen hatte, schien er sogar sehr beeindruckt und gab mir zu verstehen, dass er meine Entscheidung respektieren, sie sogar befürworten würde. Zudem bot er mir seine Hilfe an, sollte ich diese auf meinem weiteren Weg benötigen. Nach diesem Gespräch sah ich meinen Vater in einem anderen Licht. Ich war einem Vater begegnet, der mir gegenüber verständnisvoll war, der mir einen Rat erteilte. Ich hatte einen Vater kennen gelernt, der mich ernst nahm, respektierte, der mir plötzlich ein Freund war.

Obwohl in der Folgezeit eine gewisse Distanz bestehen blieb, hatte sich durch diese positive Erfahrung in mir etwas verändert. Weil ich es erlebt hatte, wusste ich, dass ich mich in schwierigen Situationen auf die Hilfe und auf den Rat meines Vaters verlassen konnte. Für mich war das von unschätzbarem Wert.

Während dieser Zeit erhielt mein Vater vonseiten der Kirche eine außergewöhnliche Auszeichnung. Vom damaligen Weihbischof wurde ihm im Namen von Papst Johannes Paul II. der

Orden „pro ecclesia et pontifice" verliehen, eine der höchsten Ehrungen des Vatikans. Der Vertreter der Kirche würdigte bei seiner Laudatio die Verdienste meines Vaters, „… der aus der katholischen Jugendbewegung kommend schon sehr früh mit viel Engagement seinen Glauben vertreten hat." Er „hat sich um Staat und Kirche gleichermaßen verdient gemacht. Ein lauterer Demokrat mit großem Sinn für Gerechtigkeit, der stets treu zur Kirche stand und sein Engagement aus dem katholischen Glauben schöpfte." (So berichtete kurz darauf die aktuelle örtliche Tagespresse.)

Engeren Kontakt zu meinem Vater hatte ich eigentlich erst ungefähr ein Jahr vor seinem Tod, nachdem ich 1986 mit meinen beiden Töchtern vorübergehend in die leer stehende Wohnung im Hause meiner Eltern gezogen war.

Das Angebot, mit meinen Töchtern diese Räume zu beziehen, hatte er mir längere Zeit zuvor schon gemacht mit den Worten: „Wenn es nicht mehr geht, die untere Wohnung ist frei." Dieser Satz hatte mich sehr verblüfft, kannte ich doch seine Meinung: Eine Ehe, die einmal am Altar geschlossen wurde, hat Gültigkeit für ewig. Und trotzdem hatte er – ein eher konservativer Katholik, für den eine Scheidung im Grunde nicht infrage kam – mir Unterstützung und Hilfe im Falle einer Trennung angeboten? Zum damaligen Zeitpunkt hatte ich noch nicht an Trennung gedacht, sondern krampfhaft an der Ehe festgehalten, hatte auch die großen Probleme verschwiegen, die wir in unserer Beziehung schon lange hatten. Offenbar jedoch war dies meinem Vater nicht verborgen geblieben.

Im Juni 1986 kam ich auf sein Angebot zurück und bezog mit meinen beiden Töchtern die leer stehende Wohnung. Mir fiel es nicht leicht, dorthin zurückzukehren, da mich mit diesem Haus unangenehme Erinnerungen meiner Kinderzeit verbanden. Zu diesem Zeitpunkt jedoch hatte ich keine andere Wahl, da ich finanziell am absoluten Nullpunkt stand.

Bereits vom ersten Tag an spürte ich, dass mein Vater mit großer Liebe an meinen beiden Töchtern hing. Eine solche Zuneigung seinerseits hatte ich selbst als Kind nie erfahren. Morgens wartete er schon auf unser „Guten Morgen", abends auf das „Gute Nacht". Vergaßen wir das einmal, fragte er sehr enttäuscht, wo wir denn blieben.

Im August desselben Jahres begann der Leidensweg meines Vaters, der neun lange Monate dauern sollte. Sein Gesundheitszustand machte einen schwierigen chirurgischen Eingriff nötig, von dem er sich nicht mehr richtig erholte.

An einem Vormittag im August fuhr ich ihn in ein Krankenhaus, in dem die lebensgefährliche Operation durchgeführt werden sollte. Zum ersten Mal sah ich Hilflosigkeit, sogar Angst in den Augen meines Vaters, was mich tief berührte. So hatte ich ihn noch nie gesehen.

Einige Tage vor der Operation gab es während eines Besuches meiner Mutter Differenzen zwischen meinen Eltern, sodass sich meine Mutter am nächsten Tag weigerte, ihren Mann im Krankenhaus zu besuchen. Also fuhr ich alleine zu meinem Vater und erklärte ihm, dass Mutter nicht käme, da er sie tief gekränkt habe. Dann sah ich meinen Vater, wie ich ihn nie zuvor gesehen hatte: Er weinte. In dem Moment spürte ich die ganze Hilflosigkeit, den inneren Schmerz, die Angst meines Vaters. Innerlich tief ergriffen setzte ich mich neben ihn auf die Bettkante und nahm ihn in die Arme, um ihn zu trösten. Er tat mir unendlich leid. So gut ich es vermochte, versuchte ich ihm möglichst behutsam klarzumachen, dass er durch seine Worte Mama offenbar sehr getroffen hatte. Ich schlug ihm vor, für seine Frau (ihr 73. Geburtstag stand bevor) in seinem Namen einen schönen Rosenstrauß zu besorgen. Ich fühlte, wie schwer es ihm fiel, sein Fehlverhalten einzugestehen. Er lächelte mich nur dankbar an, weitere Worte waren nicht nötig. Da meine beiden Kinder, die bei der Oma geblieben waren, auf mich warteten, verabschiedete ich mich kurz darauf mit einem herzlichen Kuss auf die Wange.

Die fast neunstündige Operation, deren Ausgang nicht vorhersehbar war, verlief ohne nennenswerte Komplikationen.

Täglich fuhr ich meine Mutter in der Folgezeit zu meinem Vater ins Krankenhaus. Meine Geschwister waren anscheinend der Ansicht, ich hätte die meiste Zeit von allen, da ich damals noch vom Dienst beurlaubt war. Ich jedoch merkte, wie mir das alles allmählich an die Substanz ging und an meinen Kräften zehrte. Schließlich kamen wir überein, dass wir uns abwechseln wollten, wer Mutter ins Krankenhaus fuhr.

Schließlich wurde mein Vater aus dem Krankenhaus entlassen und sollte kurz darauf eine Anschlussheilbehandlung antreten. Meine Mutter hätte die Möglichkeit gehabt, ihren Gatten für eine oder zwei Wochen zu begleiten, was dieser auch sehr begrüßt hätte. Sie jedoch weigerte sich mit den Worten, sie ließe sich von ihm nicht „schikanieren“. Was sie zu dieser Härte veranlasste, weiß ich nicht. Es steht mir auch nicht zu, darüber zu urteilen. Verstanden habe ich es nicht. Deshalb fuhr ich mit den Kindern für eine Woche zu meinem Vater, damit er nicht alleine war.

Dass die ganze Entwicklung der Dinge nicht spurlos an mir vorüberging, mir offenbar doch einiges mehr an Kraft abverlangte, als ich mir eingestehen wollte, zeigte sich eines Nachts während dieses einwöchigen Besuches bei meinem Vater. Ich erwachte mit rasendem Herzklopfen, was lange eineinhalb Stunden anhielt, in denen ich Todesängste ausstand. Der Arzt, den ich am nächsten Tag auf Drängen meines Vaters aufsuchte, riet mir, mich zu Hause aufgrund meines ziemlich erschöpften Zustandes – den ich bisher jedoch sehr gut hatte überspielen können – in ärztliche Behandlung zu begeben, um mich diesbezüglich genauestens untersuchen zu lassen.

Als ich bald darauf mit meinen Töchtern wieder nach Hause fuhr, ließ ich einen einsamen und traurigen alten Mann zurück, der im Grunde mit dem Leben abgeschlossen hatte. Mir tat es in der Seele weh, ihn so zu sehen und zu erleben und vor allem, ihn so einsam zurücklassen zu müssen.

Nachdem mein Vater wieder nach Hause zurückgekehrt war, wurde aufgrund unklarer Blutungen im Januar 1987 ein erneuter Krankenhausaufenthalt nötig, von dem er nicht mehr zurückkehrte. Die Zeit bis zu seinem Tod verbrachte er in verschiedenen Krankenhäusern. Er muss sehr gelitten haben, musste ein um die andere Operation über sich ergehen lassen, die meist spontan durchgeführt wurde, um sein Leben zu retten. Wie mein Vater körperlich immer mehr verfiel, war für alle Beteiligten schlimm anzusehen. Am schlimmsten jedoch war es wahrscheinlich für ihn selbst.

Die letzten Wochen seines Lebens reagierte mein Vater überhaupt nicht mehr, war nicht mehr ansprechbar. Dennoch war ich überzeugt, dass er noch etwas fühlte und hörte. Ich erinnere mich an einen Besuch: Meine Mutter saß mit Strickzeug neben seinem Bett und beklagte sich, es sei sinnlos, ihn täglich zu besuchen. Er bekäme sowieso nichts mehr mit. Ich war da anderer Ansicht, was ich ihr klarzumachen versuchte. Sie aber verstand mich nicht. Daraufhin hielt ich einfach nur die Hand meines Vaters und redete leise mit ihm. Plötzlich spürte ich, wie er auf meine Frage, ob er mich verstehe, ein paar Mal leicht meine Hand drückte. Da wusste ich, mein Vater hörte mich und nahm seine Umwelt auf seine Weise wahr.

In der Nacht zum 28. Mai 1987 – es war das Fest Christi Himmelfahrt – verstarb mein Vater, was für ihn sicherlich eine

Erlösung war. Obwohl ich geglaubt hatte, die meiste Zeit meines Lebens keinen richtigen Bezug zu ihm gehabt zu haben, trauerte ich sehr um ihn. Bis zum heutigen Tag spreche ich täglich ein kurzes Gebet für meinen Vater.

VIII. Wiederaufnahme des Schuldienstes

Nach vierjähriger Beurlaubung trat ich zu Beginn des Schuljahres 1988/89 meinen Schuldienst als Vollzeitkraft erneut an, und zwar an derselben Schule, an der ich genau zehn Jahre zuvor als Junglehrerin begonnen hatte.

Mit Wiederaufnahme meiner beruflichen Tätigkeit trat die Sorge um das Wohlergehen meiner Töchter keineswegs in den Hintergrund. Mona, die nun die zweite Klasse besuchte, machte sich morgens meist mit einer Freundin aus der Nachbarschaft auf den Weg zur Schule, oder ich nahm sie im Auto mit und setzte sie an ihrer Schule ab, um dann mit Jutta, für die ich einen Platz im Kindergarten neben meiner Schule bekommen hatte, weiterzufahren. Jutta ging stets gerne in den Kindergarten. Nach Beendigung des Vormittagsprogramms schlich sie leise in mein Klassenzimmer, setzte sich stillschweigend auf „ihren Platz", hörte zu oder malte und wartete, bis mein Unterricht zu Ende war. Weil meine Schüler dadurch nicht gestört wurden, hatte ich die Zustimmung des Rektors, allerdings nur so lange, bis die Mutter eines Schülers Einwände erhob. So fand ich bald eine liebevolle Frau, die meine Jüngste täglich nach dem Kindergarten in ihre Obhut nahm. Nach Beendigung meines Unterrichts machte ich mich sogleich auf den Weg, um sie abzuholen. Meist trafen dann Mona, Jutta und ich fast gleichzeitig zu Hause ein und ließen uns das Mittagessen, das die Oma inzwischen zubereitet hatte, schmecken. (Bevor ich meinen Dienst wieder angetreten hatte, hatte meine Mutter angeboten, für uns mittags zu kochen, damit der Stress für mich nicht allzu groß wäre. Dafür war ich sehr dankbar, ebenso dafür, dass sie die Aufsicht der Kinder übernahm, wenn ich einen schulischen Termin wahrnehmen musste oder anderweitig verhindert war.)

Manchmal musste meine Jüngste allerdings vor dem Mittagessen erst gründlich gewaschen und umgezogen werden, da sie nicht selten den penetranten Eigengeruch eines Ziegenbocks an sich trug, der nicht anders zu beseitigen war. Denn meine kleine Tochter beschäftigte sich mit Vorliebe, während sie nach dem Kindergarten bei ihrer Betreuerin auf mich wartete, mit den verschiedenen Tieren, die dort gehalten wurden. Darunter war eben auch ein Ziegenbock, den zu streicheln und zu umarmen sie einfach nicht lassen konnte.

In der Regel kümmerte ich mich nachmittags um Haushalt und Kinder, brachte Mona zum Akkordeonunterricht und holte sie wieder ab, half meiner Mutter oder unterstützte Freunde und Bekannte.

Meine schulischen Arbeiten erledigte ich vorwiegend abends und nachts, wenn die Kinder im Bett waren. Ich stürzte mich regelrecht in die Arbeit – oft half ich anderen, selbst wenn ich nicht wusste, wie ich mein eigenes Arbeitspensum bewältigen sollte –, um keine Zeit zum Nachdenken zu haben, nicht fühlen zu müssen. Denn ich spürte, dass ich die Kindheitserlebnisse immer weniger ignorieren konnte. Abend für Abend, Nacht für Nacht holte mich diese Hölle ein, aus der es scheinbar kein Entrinnen gab. Angst, die zunehmend mächtiger zu werden und mich zu beherrschen schien, schlaflose Nächte, in denen mich die Bilder der Vergangenheit erbarmungslos verfolgten, Albträume, aus denen ich schließlich schweißgebadet und mit rasendem Herzen erwachte. All dies versuchte ich immer noch alleine zu bewältigen, stand all dem jedoch zunehmend hilfloser gegenüber.

Gleichzeitig hatte ich, was meine Person betraf, ein hohes Anspruchsdenken und setzte mich dadurch selbst unter enormen Stress. In jeder Hinsicht glaubte ich perfekt sein zu müssen. Den Kindern wollte ich eine gute Mutter sein und glaubte, zugleich den Vater ersetzen zu müssen, was jedoch nicht möglich sein konnte. In der Schule wollte ich die perfekte Lehrerin sein, zugleich aber eine Frau, die sich vom Leben nicht unterkriegen ließ und ihre Probleme löste, ohne auf die Hilfe anderer angewiesen zu sein. Ansprüche, denen ich auf Dauer nicht gerecht werden konnte.

In gesundheitlicher Hinsicht befand ich mich auf einer Art Gratwanderung. Häufiger musste ich mich an der Schule krankmelden, weil ich einfach nicht mehr konnte. Ich glich jedoch einem „Steh-auf-Männchen". Fühlte ich mich richtig am Boden, rappelte ich mich schnell wieder auf und „kämpfte" weiter. Mein Leben glich in der Tat einem Kampf, den ich im Grunde gegen mich selbst führte. Meiner damaligen Ärztin blieb das nicht verborgen. Sie allerdings führte die Schwächezustände, Panikattacken und die besorgniserregende Schlaflosigkeit ausschließlich auf die seelische Belastung hinsichtlich der Scheidung und auf die Doppelbelastung durch Familie und Beruf zurück. Deswegen legte sie mir einen Kuraufenthalt nahe, um mein körperliches und seelisches Gleichgewicht wiederzuerlangen. Zunächst lehnte ich spontan ab mit der Begründung, eine Kur sei doch nur etwas für alte, kranke Leute. Für mich doch nicht! Mir ging es schließlich noch nicht schlecht genug. Wie schlecht es mir im Grunde wirklich ging, konnte ich damals nicht ahnen, da ich gar nicht mehr wusste, wie es sich überhaupt anfühlt, wenn es einem tatsächlich gut geht.

Erst als ich mich nach einem erneuten Schwächeanfall nicht mehr richtig erholte und somit der Schule auf unbestimmte Zeit fernbleiben musste, stimmte ich einer Kneipp-Kur in Bad Wörishofen zu, die ich im Mai 1989 antrat. Im Grunde war ich körperlich und seelisch am Ende, was ich jedoch nicht wahrhaben, nicht akzeptieren wollte. Ich schämte mich meiner Schwäche, die nun auch für meine Mitmenschen sichtbar war.

Nach Antritt der Kur dauerte es fast drei Wochen, bis ich innerlich überhaupt etwas zur Ruhe kam. Es gab Momente, in denen ich dachte: „Ich schaffe es nicht mehr!" Zum ersten Mal in meinem Leben hatte ich Suizidgedanken, als ich auf dem Balkon meines Zimmers im dritten Stock stand. Mir schoss plötzlich durch den Kopf: „Wenn ich jetzt runterspringe, hat die ganze Qual ein Ende." Es waren zwar nur Sekunden, in denen ich darin einen möglichen Ausweg aus meiner inneren Hölle sah, doch der Gedanke war zum ersten Mal bewusst da und jagte mir erheblichen Schrecken ein.

Neben den dort üblichen Kneippschen Anwendungen wurde auch Autogenes Training angeboten. Nicht einmal die erste Sitzung stand ich durch. Sobald ich auf Anweisung des Arztes, der mit beruhigender Stimme die Gruppe in die Entspannung führte, die Augen geschlossen hatte, schossen Bilder der Vergangenheit durch meinen Kopf, mein Herz raste wild in meiner Brust. In panischer Angst öffnete ich die Augen und hatte trotz verständnisvoller Unterstützung des Arztes Mühe, mich einigermaßen zu beruhigen.

Der behandelnde Arzt, der schon zu Beginn meines Sanatoriumsaufenthaltes erkannt hatte, wie es wirklich um mich stand, wie er mir beim Abschlussgespräch erzählte, riet mir dringend, einen Termin mit einem Psychotherapeuten, der einmal wöchentlich zu Gesprächen in die Klinik kam, zu vereinbaren. Spontan lehnte ich ab. Was ging mein Leben einen völlig fremden Menschen an! Mein Innenleben ging überhaupt niemanden etwas an! Im Übrigen war ich hier, um mich körperlich zu erholen, redete ich mir ein. Nachdem der Arzt jedoch nicht lockerließ, stimmte ich, um endlich meine Ruhe zu haben, einem ersten Gespräch bei diesem „Psychoklempner" zu, dem dann noch einige, jeweils im Abstand von einer Woche, folgten. Im Mittelpunkt der Gespräche standen überwiegend Probleme bezüglich meiner gescheiterten Ehe. Über meine Kindheit zu reden, war ich noch nicht bereit und zum damaligen Zeitpunkt auch nicht in der Lage.

Wie verabscheute ich diesen Therapeuten, der mich offensichtlich derart provozierte, dass ich ihm einmal einen Brief meines geschiedenen Mannes, der gerade Gegenstand unseres Gesprächs war, mit den Worten auf den Tisch knallte: „Sie verstehen überhaupt nichts!" Wenngleich ich nicht die besten Erinnerungen an diese Gespräche habe, so hatten sie zumindest den Vorteil, dass ich anfing, über mich und meine Gefühle zu reden. Denn diese Gespräche weckten meine Bereitschaft, mich zu Hause nach einem geeigneten Therapeuten umzusehen.

Diesen Mann meines Vertrauens fand ich in einem ortsnahen Frauenarzt und Psychotherapeuten, den ich von September 1989 bis Mai 1991 regelmäßig einmal wöchentlich aufsuchte. Im Brennpunkt der Gespräche stand auch hier zunächst meine gescheiterte Ehe. Erst nach etlichen Sitzungen war es mir möglich auszusprechen, was mir als Kind widerfahren war. Nur dieser eine Satz, dass mich mein Bruder sexuell missbraucht habe, wühlte mich dermaßen auf, dass ich am ganzen Körper zitternd und von Schluchzen geschüttelt derart hilflos dastand, wie ich dies noch nie zuvor erlebt hatte. Auf eine so heftige

Körperreaktion war ich nicht gefasst. Ich schämte mich so sehr, weil ich meine Gefühle nicht mehr unter Kontrolle zu halten vermochte. Nach diesem „Geständnis" konnte ich dem Arzt nicht mehr in die Augen schauen, so beschämend empfand ich die Situation. Gleichzeitig plagten mich Schuldgefühle, weil ich darüber überhaupt gesprochen hatte.

Zum ersten Mal spürte und fühlte ich bewusst den tiefen Schmerz und die Hilflosigkeit des kleinen Mädchens, ließ zum ersten Mal den Schmerz des Alleingelassenseins ansatzweise zu und war diesem wahnsinnigen Gefühl gleichzeitig ausgeliefert. Im Grunde fühlte ich das Kind, das in mir schrie. Ein Kind, das geliebt, das angenommen werden wollte, das sich nach Geborgenheit und Schutz sehnte. Da stand das Kind, das die Mutter vergeblich suchte.

Wenngleich ich noch nicht bereit war, ganz in die Geschehnisse meiner Kindheit einzutauchen, so war ich doch überrascht und innerlich berührt, dass hier ein Mensch war, der mir nicht nur einen „frommen" Rat erteilte, der nicht urteilte, der mich vor allem nicht verurteilte, sondern der Verständnis zeigte. Es war das erste Mal in meinem Leben, dass ein Mensch mich und meine Gefühle bezüglich meiner Kindheitserlebnisse ernst nahm, dass mir ein Mensch zu verstehen gab, dass hier ein großes Unrecht geschehen war, dass *mir* Unrecht geschehen war. Für mich war es so, als ob sich damit eine Tür aufgetan hätte, durch die ich Schritt für Schritt weitergehen konnte.

Als ich dem wachsenden inneren Leidensdruck schließlich fast nicht mehr standhalten konnte – das muss um das Jahr 1990 gewesen sein –, vertraute ich mich in meiner Verzweiflung unter Tränen im Abstand von einigen Wochen am Telefon zwei meiner älteren Schwestern an, später auch meinem ältesten Bruder Hartmut, als er mich abends einmal besuchte.

Ich erzählte allen dreien unabhängig voneinander, was mir in der Kindheit widerfahren war, dass ich damit aber immer weniger alleine fertigwerden könne. Die Reaktion war jedes Mal die gleiche: „Ach Gott!" „Das gibt es doch nicht!" „Das hätte ich nicht gedacht!" Mehr hatte keiner dazu zu sagen.

Anscheinend konnte keines dieser drei Geschwister meine innere Not wirklich erreichen. Für sie war es wohl nicht wichtig, was in mir los war. Denn sie hatten – alle drei – offenbar bald „vergessen", was ich ihnen anvertraut hatte; so wie auch meine Mutter „vergessen" hatte, dass ich ihr als Kind bereits von den sexuellen Übergriffen meines Bruders erzählt und Jahre später als Jugendliche diesbezüglich nochmals das Gespräch mit ihr gesucht hatte.

Diese „Kleinigkeit" war es ihnen nicht wert, dass sie es im Gedächtnis behielten, wie sich Jahre später zeigte. Denn nachdem ich im Jahre 2000 das Unrecht offen ausgesprochen und somit alle aus der Familie damit konfrontiert hatte, behaupteten sie, ich hätte mir diese Ungeheuerlichkeit vor fünf Jahren von einem Therapeuten „einreden" lassen. Das war für mich dermaßen verletzend, weil sich offenbar keines dieser drei Geschwister daran erinnern konnte oder wollte, was ich ihnen unter Tränen Jahre zuvor bereits anvertraut hatte.

Im November des Jahres 1990 hatte ich einen ersten Hörsturz. War er ausgelöst worden durch eine nicht ernst genommene Virusinfektion, das ständige Schlafdefizit oder durch den enormen psychischen Stress, unter dem ich stand? Mehrere Faktoren gaben wohl den Ausschlag. Zunächst konnte ich meine Beschwerden nicht einordnen, weil ich sie wieder einmal als „nicht so schlimm" empfand: Hören wie durch eine Glaswand, Schwindel mit Gleichgewichtsstörungen. Ein Facharzt, den ich konsultierte, diagnostizierte „Hörsturz" und verschrieb mir Tabletten mit der Bemerkung, das sei nicht weiter schlimm. So ging ich weiterhin meiner Arbeit nach. Als die Beschwerden anhielten, wurde ich in einer Klinik zehn Tage lang gezielt mit Infusionen behandelt, wodurch jedoch eine irreversible Schädigung des Hörvermögens nicht verhindert werden konnte, da – so die Meinung des behandelnden Arztes – die Maßnahme zu spät erfolgt war.

Nach diesem Krankenhausaufenthalt blieb mein Gesundheitszustand sehr labil. Ich fühlte mich ausgepowert, kam nicht mehr recht auf die Beine. Bald war es mir nicht mehr möglich, in der Schule meinen Dienst zu tun. So sehr ich mich auch gegen meinen körperlichen Zustand wehrte und alles versuchte, um wieder fit zu werden, es half alles nichts. Mein Körper, der Spiegel meiner Seele, machte einfach nicht mehr mit.

Meine Herkunftsfamilie machte allein die gescheiterte Ehe und alles, was damit in Zusammenhang stand, für meine schlechte Verfassung verantwortlich. Auch hieß es, ich hätte „zu wenig auf den Knochen", weswegen ich nicht stabil genug sei.

Meine Ärztin gab mir schließlich den dringenden Rat, mich in einer psychosomatischen Klinik einer überwiegend psychotherapeutischen Behandlung zu unterziehen. „Sie schaffen das alleine nicht mehr", meinte sie. „Sie brauchen Hilfe. Glauben Sie mir!", drängte sie. Doch davon wollte ich nichts wissen! „Ich bin doch nicht psychisch krank oder verrückt! Ich geh doch nicht in eine Klapsmühle!", wehrte ich mich heftig. Gleichzeitig sträubte sich in mir alles dagegen, irgendjemanden in die Tiefen meiner Seele blicken zu lassen. „Mein Innenleben geht niemanden etwas an!", war meine feste Meinung. Mit meinem Leben wollte ich alleine zurechtkommen.

Überdies hatte ich ja schon einige Gespräche mit einem Therapeuten. Das musste genügen. Zu mehr war ich noch nicht bereit.

Im Grunde aber hatte ich, wenn auch unbewusst, eine schreckliche Angst, meine Vergangenheit mit all dem seelischen Schmerz anzuschauen und somit ein Stück weit einzutauchen in die Geschehnisse meiner Kindheit, was aber zur Heilung unumgänglich war. Doch als Tag um Tag und Woche um Woche vergingen, ohne dass sich eine gesundheitliche Besserung einstellen wollte, als die körperlichen Schwächezustände und Panikattacken unvermindert anhielten, zeitweise sogar noch verstärkt auftraten, bat ich darum, den Aufenthalt in einer geeigneten Klinik zu beantragen, was von den zuständigen Stellen sogleich genehmigt wurde.

IX. Die Macht der Vergangenheit

1. Erster Aufenthalt in einer psychosomatischen Klinik (Mai bis Juli 1991)

Mit Beginn des Aufenthaltes in einer psychosomatischen Klinik im Allgäu war meine erste ambulante Therapie beendet. Zum ersten Mal begab ich mich in die Obhut erfahrener Fachleute, um mich meiner Vergangenheit – wenngleich aus der heutigen Sicht noch ganz vorsichtig, zögerlich und ängstlich – zu stellen. Aber es sollte ein kleiner, dennoch wesentlicher Schritt auf dem Weg meiner Heilung sein.

Allerdings maß ich damals dem körperlichen Aspekt weit größere Bedeutung bei als dem seelischen, glaubte, dass mein Leben in geordneten Bahnen verlaufen würde, wenn der Körper wieder stark genug wäre. Dass mein schlechter physischer Zustand hingegen in erster Linie Ausdruck meiner zutiefst verwundeten Seele war, erkannte ich noch nicht.

Mit gemischten Gefühlen fuhr ich schließlich Anfang Mai 1991 in die Klinik, in der ich die folgenden drei Monate verbrachte. Meine Töchter wurden während dieser Zeit von einer meiner Schwestern betreut, wofür ich sehr dankbar war.

Die anfangs übliche Kontaktsperre von drei Wochen wurde aus Rücksicht auf meine Kinder aufgehoben, sodass wir jederzeit miteinander telefonisch in Verbindung treten konnten.

Bevor ich meine beiden Mädchen in die Obhut meiner Schwester gab, fragte Mona: „Was ist, wenn ich ins Krankenhaus muss, und du bist nicht da?" Erstaunt über diese Frage, versicherte ich ihr, dass ich in diesem Falle mit Sicherheit bei ihr sein würde. Und tatsächlich musste sie während meiner Abwesenheit in ein Krankenhaus, da sie aufgrund einer Blinddarmentzündung umgehend operiert werden musste. Dem verständnisvollen Therapeutenteam hatte ich es zu verdanken, dass ich das Versprechen einlösen konnte, das ich meiner Tochter gegeben hatte. Eine Unterbrechung des Klinikaufenthaltes aus familiären Gründen wurde genehmigt, und so war ich bei meinem Mädchen, noch bevor dieses aus der Narkose erwachte. Ganz liebevoll und behutsam streichelte ich meiner kleinen Tochter über den Kopf. Als sie endlich die Augen öffnete, schaute sie mich an, lächelte und schlief sogleich weiter.

Auf Einzelgespräche mit meinem Bezugstherapeuten konnte ich mich langsam einlassen. Hingegen während einer Gruppensitzung, die zum täglichen Programm zählte, über meine Probleme zu reden, war mir nicht möglich. Dabei blieb ich stets in der Rolle des passiven Beobachters.

Die heftigen Gefühlsausbrüche von Patienten, die ihrer Wut oder ihrem Schmerz Ausdruck verliehen, indem sie brüllten oder auf Kissen einschlugen, entlockten mir nur ein stummes Kopfschütteln, da mich diese Art der Therapie abstieß. Das wurde auch respektiert und ich wurde zu dergleichen nie gedrängt.

Über die Probleme, die meine gescheiterte Ehe betrafen, konnte ich sprechen und diesbezüglich sicherlich einiges aufarbeiten. Jedoch war ich zu der Zeit noch nicht in der Lage, dem sexuellen Missbrauch mit all seiner Bitterkeit ins Auge zu sehen. Mir war es lediglich nach einiger Zeit, nachdem ich ein wenig Vertrauen zu meinem Einzeltherapeuten gefasst hatte, möglich, diesen dunklen Punkt meiner Kindheit kurz zu erwähnen. Der Therapeut hatte dafür offenbar ein feines Gespür, weil er nicht weiter in mich drang und mir die Zeit ließ, die ich brauchte. Letztendlich war dann nicht die Aufarbeitung meiner Kindheit Hauptgegenstand der Therapie, sondern im Vordergrund standen die Verwundungen, die in meiner Seele im Laufe einer vielleicht von Anfang an zum Scheitern verurteilten Ehe zurückgeblieben waren.

Da ich im Gespräch äußerst zurückhaltend bezüglich der Missbrauchserlebnisse meiner Kindheit war, besser gesagt, diesem Thema bewusst aus dem Weg ging, schlug mein Einzeltherapeut die Teilnahme am sogenannten „Bonding" vor. Es sollte ein Versuch sein, auf gefühlsmäßiger Ebene eine Tür zu meiner Vergangenheit aufzustoßen.

„Bonding" erfolgte mit einem Partner oder mit einer Partnerin. Meine Partnerin war eine sehr kräftige Frau, die mich, die ich am Boden unter ihr lag, mit beiden Armen fest umklammern sollte. Das war der Horror für mich! Zudem war es dunkel. Wilde Panik erfasste mich. In dem Moment war ich nicht mehr Frau, sondern das kleine, hilflose Kind von damals.

Doch in dieser Situation entwickelte ich ungeahnte Kräfte, und es gelang mir in kürzester Zeit, mich aus den schraubstockgleichen, kräftigen Armen dieser Person, der ich an Körperkraft weit unterlegen war, zu befreien und sie mit aller Kraft von mir zu stoßen. Von Krämpfen geschüttelt und unfähig, diese heftigen Emotionen, die sich mit einem Schlag Bahn brachen, in den Griff zu bekommen, wurde für mich diese Therapie sogleich abgebrochen. Eine derart massive Konfrontation mit meinen Gefühlen, denen ich damals einfach noch nicht gewachsen war, war schließlich nach Ansicht der Therapeuten verfrüht oder aber der falsche Weg. So wurde ich ein zweites Mal von der Teilnahme verschont.

Die Therapie musste für eine Woche unterbrochen werden, da akute Knieprobleme eine erneute Operation unumgänglich machten. Als ich auf Krücken gestützt aus dem Krankenhaus zurückkehrte, wurde ich von meinen Mitpatienten überaus herzlich empfangen, wobei sie zum Ausdruck brachten, wie sehr sie sich freuten, mich wieder bei sich zu haben. Das war für mich ein wunderschönes Gefühl des Angenommenseins.

Aufgrund der unvorhersehbaren Umstände wurde mir eine Verlängerung der Therapie angeboten. Doch ich lehnte ab mit der Begründung, für mich das erreicht zu haben, was mir in diesem Rahmen möglich war, womit ich auch auf Zustimmung stieß. Ich selbst war wirklich überzeugt davon, „gesund" zu sein, was vom physischen Standpunkt aus betrachtet im Moment sicherlich zutraf. Ich fühlte mich kräftig, gestärkt und empfand auch so etwas wie Lebensfreude, wie ich dies lange nicht mehr empfunden hatte. Jedoch war ich noch nicht in der Lage, dem verletzten, verängstigten Kind zuzuhören, geschweige denn, es sprechen zu lassen und seinen Schmerz zu fühlen, um auch an der Seele gesunden zu können. Diese Erkenntnis hatte ich damals nicht.

Als ich nach drei Monaten die Klinik verließ, war ich von der vollständigen Heilung noch weit entfernt, was ich allerdings nicht einschätzen konnte. Doch ich hatte einen nächsten, wichtigen Schritt auf diesem Wege getan. Mir war es gelungen, mich ein Stück weiter zu öffnen und ein Stück mehr von mir zu zeigen. Und ich hatte begonnen, über Gefühle, die ich bisher nie jemandem mitgeteilt hatte, zu sprechen, und hatte dabei die Erfahrung machen dürfen, dass mir Verständnis entgegengebracht wurde. Auch hatte ich erleben dürfen, wie viel leichter manches Schwere wird, wenn man es ausspricht und mit anderen „teilt", sich „mit-teilt".

Mein Leben war um ein Stück Lebensfreude reicher geworden. Ich war überzeugt, nun nicht mehr auf therapeutische Hilfe angewiesen zu sein. Wie sehr sollte ich mich irren! Stand ich doch gerade erst am Anfang auf dem langen Weg der Heilung.

In der Klinik hatte ich Benny kennen und lieben gelernt, soweit ich einen Mann überhaupt lieben konnte. Diesem einfühlsamen Mann konnte ich die Tatsache, missbraucht worden zu sein, während eines kurzen Gesprächs anvertrauen, da ich auch jetzt wieder in der „Nähe-Distanz-Regulierung" sehr unsicher und hilflos war.

Diese Beziehung, die ich als geschiedene Frau zu einem geschiedenen Mann unterhielt, war allerdings meiner Mutter und einigen meiner Geschwister offensichtlich ein Dorn im Auge, da sie sehr um mein „Seelenheil" bangten.

Mit Benny war ich gerade mal vier Wochen zusammen, als meine Schwester Hermine, die auf Heimaturlaub war, sich dazu verpflichtet sah, mir ins Gewissen zu reden, um mir den „rechten Weg" zu weisen. Ob ich nun die Absicht hätte, ihn zu heiraten oder nicht, wollte sie wissen. Ich müsse mich schon entscheiden. Schließlich könne ich nicht nur „die Sahne vom Kuchen schlecken", meinte sie und fuhr erbarmungslos fort: „Aber dann wirst du von der Kirche exkommuniziert!"

Bald darauf glaubte mich auch meine Mutter mit besorgter Miene auf mein „sündiges" Leben, das vonseiten der Kirche nicht geduldet werden könne, aufmerksam machen zu müssen. Ich würde exkommuniziert, also von den Sakramenten ausgeschlossen, sollte ich diesen Mann heiraten, drohte auch sie. Mit Sicherheit könne ich so nicht glücklich werden, ereiferte sie sich weiter. Als mir diese Einmischung in mein Leben allmählich zu viel wurde, entgegnete ich ziemlich wütend: „Es ist alleine meine Angelegenheit und liegt in meiner Verantwortung, wie ich mich entscheide. Im Übrigen werde ich nie mehr heiraten, so auch Benny nicht, sondern höchstens mit ihm zusammenleben. Wenn es dich aber beruhigt, so versichere ich dir, dass ich, sollte ich mit ihm zusammenziehen, ab und zu zur Beichte gehen werde, um diese in deinen Augen „schwere Sünde" zu beichten. Denn das ist seitens der Kirche ja dann in Ordnung." In ihren Ohren waren das sicher harte Worte, doch sie brachte mich mit ihrer Bevormundung auf die Palme.

Als Folge dieses Gesprächs hielt sich meine Mutter mit ihrer Meinung zurück, lief dafür aber meist mit Tränen in den Augen im Haus umher, wenn Benny bei mir war, vor allem wenn er bei mir übernachtete. Da platzte mir ein weiteres Mal der Kragen und ich erinnerte sie daran: „Als ich klein war und deinem Sohn Bernhard ausgeliefert, hat mich keiner geschützt, auch du nicht! Es drang ja nichts nach außen an die Öffentlichkeit. Jetzt aber sehen die Leute, dass ich als geschiedene Frau einen Freund habe. Und ihr wollt mit Fingern auf mich zeigen, weil es euren Moralvorstellungen nicht entspricht?! Diese doppelte Moral könnt ihr euch an den Hut stecken!"

Wie war ich wütend! Von da an sagte meine Mutter nichts mehr.

Ein weiteres Mal zog mir meine fromme Schwester einen „moralischen Hammer" über. Es war kurz bevor meine jüngere Tochter Jutta im April 1994 ihre erste heilige Kommunion empfing. Wieder einmal war Hermine auf Heimaturlaub und wohnte wie üblich bei meiner Mutter im ersten Stock.

Zu dieser Zeit steckte ich zu alledem gerade in einer tiefen Glaubenskrise, die mir sehr zu schaffen machte. Wodurch sie ausgelöst worden war, weiß ich bis heute nicht. Es herrschte plötzlich in mir ein heilloses Durcheinander, ich suchte verzweifelt nach der „Wahrheit" und fand sie nicht mehr. Da kam mir ein Buch in den Sinn, welches ich Jahre zuvor gelesen hatte. Darin beschrieb ein Mann seine Schwierigkeiten mit der Glaubensgemeinschaft, in die er hineingeboren war. Damals konnte ich bei der Lektüre dieses Buches nicht verstehen, dass ein Mensch krank werden, ja fast den Verstand verlieren konnte, weil er seinen Platz in seiner Kirche nicht mehr fand. Nun ging es mir genauso.

Um ein wenig Klarheit zu bekommen, bat ich einen Priester um ein Gespräch. Als ich pünktlich zum vereinbarten Termin erschien, den er von sich aus vorgeschlagen hatte, wurde ich jedoch mit den Worten abgewiesen, er habe heute seinen freien Tag und müsse auch mal ausspannen. Ich war wie vor den Kopf gestoßen, entschuldigte mich für die Störung. Für sein Verhalten bekam ich nicht einmal eine Erklärung. Etwas verwirrt und auch gedemütigt angesichts dieser Härte verließ ich das Pfarrhaus möglichst schnell mit den Worten, ihn mit Sicherheit nicht mehr zu belästigen, und versuchte, diese Krise selbst zu überwinden. Von „Gottesmännern" jedoch nahm ich, was meine Fragen und Zweifel betraf, ab diesem Zeitpunkt noch mehr Abstand.

Meiner Schwester Hermine blieb natürlich nicht verborgen, dass ich nicht mehr jeden Sonntag die heilige Messe besuchte. „Du bist auf dem Weg zur Hölle!", versuchte sie mich zu ängstigen und ereiferte sich weiter: „Du nimmst den Segen von der Familie!"

Woher nahm sie das Recht, auf eine derart anmaßende, überhebliche Weise ein solches Urteil zu sprechen? Woher nahm sie das Recht, den Stab über mich zu brechen, über mich zu richten?

2. Optimistischer Neuanfang und der lauter werdende Schrei meiner Seele

In dem festen Glauben, meine „therapeutische Laufbahn" beendet und somit die Vergangenheit endgültig überwunden und verarbeitet zu haben, stürzte ich mich zu Beginn des Schuljahres 1991/92 als Klassenlehrerin einer dritten Klasse voller Elan und Engagement in die Arbeit, die mir mehr denn je Spaß machte. Dass ich mich regelrecht in die Arbeit flüchtete, um keine Zeit zum Nachdenken zu haben, war mir nicht bewusst. Ich wollte meinen Blick nicht mehr zurück, sondern nur noch nach vorne richten. Dabei merkte ich nicht, wie ich dem Schmerz, der Trauer und der Einsamkeit, die unverarbeitet in den Tiefen meiner Seele verborgen waren, nach wie vor zu entrinnen versuchte. Immer noch schob ich den Gedanken weit von mir, die Ursache meiner Ängste in erster Linie in den Erlebnissen meiner Kindheit zu sehen.

Was meine Arbeit betraf, war mir nichts zu viel. Meine Aufgaben als Hausfrau und Mutter konnte ich sehr gut mit meinem Beruf in Einklang bringen. Alles schien mir spielend von der Hand zu gehen. Der Umgang mit zum Teil sehr schwierigen Schülern, was zeitweise viel Einfühlungsvermögen und Verständnis verlangte, ferner Elternabende und zahlreiche Gespräche mit Erziehungsberechtigten forderten mich in gleicher Weise, wie es mich beglückte. Die Zusammenarbeit mit den Eltern während dieser zwei Jahre klappte von Anfang an prima. Es war eine wahre Freude! Ich fühlte mich so fit wie schon lange nicht mehr. Zusammen mit Eltern und Schülern investierte ich sehr viel Freizeit in gemeinsame Aktivitäten und in die Vorbereitung jahreszeitlich passender Feste und Feiern. Mit Begeisterung waren ferner alle beteiligt, als die Kinder meiner Klasse als „Rasende Reporter" beim Festzug anlässlich des alljährlich stattfindenden Kinderfestes mitwirkten. Auf Rollschuhen und mit Kassettenrekorder und Mikrofon bewaffnet, interviewten die einen die Zuschauer am Straßenrand, die anderen bewiesen ihr Talent als Fotografen. Es war ein Spaß für alle.

In Zusammenarbeit mit den Eltern stellte ich mithilfe dieses Materials eine lustige Zeitung zusammen, deren Verkaufserlös von 300 DM auf das Konto eines Arbeitskreises für die Behindertenhilfe überwiesen wurde. „Wir sind ein tolles Team!", schwärmten einige Mütter. Und das waren wir in der Tat.

Das Thema „Missbrauch", das in mir nach wie vor wie eine Zeitbombe tickte, versuchte ich – körperlich in gewisser Weise erholt und gestärkt durch den zurückliegenden Klinikaufenthalt – zu ignorieren, obwohl es zeitweise erbarmungslos an die Oberfläche drängte.

Panikattacken und Schwächezustände, die anhaltenden Schlafstörungen und nächtlichen Angstzustände ließen sich nicht leugnen und zehrten weiterhin an meiner Kraft, sodass ich bald wieder gezwungen war, einen Arzt aufzusuchen.

Aufgrund meines abermals labilen körperlichen Zustandes veranlasste dieser erneut einen Kuraufenthalt zur Wiederherstellung beziehungsweise weiterer Stabilisierung meiner Gesundheit. Um erneute Fehlzeiten in der Schule zu vermeiden, trat ich die Kur erst in den Sommerferien an. Vier Wochen folgte ich also im Jahre 1992 noch einmal den Spuren des berühmten „Wasserdoktors" Sebastian Kneipp. Für kurze Zeit hielt die positive Wirkung auf Körper und Seele an, dauerhafter Erfolg stellte sich jedoch nicht ein.

Mit Ende des Jahres spürte ich, dass sich die Kindheitserlebnisse immer weniger ignorieren ließen. Ich war wie ein Dampfkessel, der mehr und mehr unter Druck zu geraten schien und kurz vor dem Explodieren stand. Den schlaflosen Nächten, Panikattacken und Angstzuständen stand ich immer hilfloser, machtloser gegenüber. Meine Kraft, gegen meine Gefühle anzukämpfen, die ich bisher noch relativ erfolgreich unterdrückt hatte, schien erschöpft. Es war mir nicht mehr möglich, die Gedanken an die zahlreichen Missbrauchserlebnisse meiner Kindheit beiseitezuschieben. Sie ließen sich nicht mehr niederdrücken, schienen unerbittlich nach Beachtung, nach Aufarbeitung zu drängen.

Erst zu diesem Zeitpunkt begann ich, die Wurzel meiner Ängste in den unverarbeiteten Erlebnissen meiner frühen Kindheit zu sehen, wirklich akzeptieren konnte ich dies noch nicht.

Tagsüber gelang es mir anscheinend noch recht gut, diese bedrohlichen Dämonen in Schach zu halten, indem ich mich in die verschiedensten Aktivitäten flüchtete. Doch irgendwann musste ich mich schlafen legen, und da war es unmöglich, der Konfrontation mit meinen innersten Gefühlen, vor denen ich solch große Angst hatte und die mich mit ungeheurer Macht in einen Abgrund zu ziehen vermochten, zu entrinnen.

Doch anstatt mich endlich in kompetente therapeutische Behandlung zu begeben, glaubte ich immer noch, alleine mit meiner Vergangenheit fertigzuwerden und auch fertigwerden zu müssen. Mit wem hätte ich auch darüber reden, wem mich anvertrauen können? Ich wusste niemanden.

Um der Angst, die sich kontinuierlich zu steigern schien und mich immer noch weniger schlafen ließ, zu entfliehen und ein wenig Ruhe und Erholung im Schlaf zu finden, begann ich, mich abends mit Alkohol zu betäuben, verspürte anfangs auch Erleichterung, die jedoch nicht lange anhielt. Das Erwachen war umso schlimmer.

Obwohl mir die Arbeit in der Schule immer sehr viel Freude machte, fiel es mir zunehmend schwerer, die Arbeit, die ein voller Lehrauftrag von einem abverlangt, zu bewältigen. Ich musste mich wegen Krankheit des Öfteren entschuldigen oder schleppte mich zum Unterricht mit dem Gefühl, kaum noch Kraft zu haben. Dennoch schien ich meine Rolle weiterhin perfekt zu spielen. Selbst wenn mich morgens die Angst beschlich, diesen Tag nicht mehr durchzustehen, weil ich mich so elend, schlapp und kraftlos fühlte, zeigte ich nach außen ein völlig anderes Gesicht. Lachend und freundlich grüßend betrat ich morgens das Schulhaus und stellte mir dabei bildlich vor, alles Schwere und Belastende draußen zu lassen, sobald sich die Eingangstür hinter mir geschlossen hatte.

An einem Morgen wurde mir die Tatsache, dass ich wirklich eine Rolle spielte und nur in dieser von meiner Umgebung wahrgenommen wurde, deutlich bewusst: Bereits in der Früh ging ich völlig erschöpft zum Unterricht, wusste nicht, wie ich den Tag mit all seinen Anforderungen überstehen sollte. Nachdem ich das Schulhaus betreten hatte, rief mir die Sekretärin erfreut zu: „Jetzt kommt ja unser Sonnenschein!" Etwas überrascht fragte ich mich, warum mich diese Frau so ganz anders sah, als ich mich fühlte. Von Sonnenschein oder der Frohnatur, die ich in ihren Augen verkörperte, konnte absolut nicht die Rede sein. Ich fühlte mich total am Boden, hatte kaum die Kraft, mich aufrecht zu halten.

An diesem Tag hielt ich gerade noch die ersten beiden Schulstunden bis zur Pause durch, danach brach ich zusammen. Zum erstaunten Rektor, der bis zu diesem Zeitpunkt nur meine nach außen sichtbare „Maske" kannte, sagte ich in dem Moment die wohl ehrlichsten Worte: „Ich kann nicht mehr."

Ein weiterer Zusammenbruch in der Schule folgte bald darauf am „Tag der Hausmusik", als ich auf der Bühne während einer musikalischen Darbietung der Lehrkräfte vor dem gesamten Publikum einfach „umkippte".

Eine deutlichere Sprache hätte meine Seele durch meinen Körper nicht mehr sprechen können.

So konnte es nicht weitergehen! Ich kam mit meinem Leben, mit meiner unbewältigten Vergangenheit alleine nicht mehr klar. Ich brauchte kompetente Hilfe. Es ging allmählich fast über meine Kräfte, die Aufgaben als Hausfrau und Mutter und dazu den schulischen Alltag mit seinen vielfältigen Anforderungen zu bewältigen. Jetzt war ich bereit, zu akzeptieren, dass meine gesundheitlichen Probleme in engem Zusammenhang mit meiner unbewältigten Kindheit standen.

Der Missbrauch hatte in all den Jahren seine eigene Dynamik entwickelt und folgte seinen eigenen Gesetzen.

Ich gestand mir ein, warum ich abends zeitweise Alkohol trank, an dem ich zuvor nie Gefallen gefunden hatte: Die erwachsene Frau von heute wurde mit dem Missbrauch, obwohl schon Jahre zuvor dem kleinen Mädchen geschehen, nicht mehr fertig. Ich begriff, dass diese erwachsene Frau sich der Vergangenheit endlich stellen musste, damit die tiefen Wunden in der Seele des kleinen Kindes zu heilen beginnen konnten.

Deshalb brauchte ich schnellstmöglich Hilfe. Umgehend kümmerte ich mich darum.

Meine Mutter sowie meine Schwester Rosa empfahlen mir einen Heilpraktiker und Psychotherapeuten, bei welchem beide damals aus unterschiedlichen Gründen in Behandlung waren. Obwohl ich zunächst Bedenken hatte, dass eventuell hinter meinem Rücken über mich geredet werden könnte, ließ ich mir einen ersten Termin geben, weil es mir absolut „dreckig" ging und ich nicht mehr ein noch aus wusste.

Bereits während des ersten, dreistündigen Gespräches mit Herrn Berg beschönigte ich nichts, verschwieg auch nicht, dass ich seit einiger Zeit des Öfteren im Alkohol Vergessen suchte, weil ich vor den Bildern der Vergangenheit keine Ruhe fände, erwähnte die massiven Angstzustände und Panikattacken und bat um Hilfe, was mir sehr schwerfiel.

Da er kein anerkannter Psychotherapeut war, bezahlte ich diese Therapie aus eigener Tasche. Finanziell würde ich das schon irgendwie hinkriegen, dachte ich; denn ich wollte endlich *leben* und griff in dem Moment nach jedem Strohhalm.

Anfangs taten mir die Gespräche gut. Mir ging es zunehmend besser, Alkohol war kein Thema mehr. Die Arbeit ging mir in jeder Hinsicht wieder leichter von der Hand. Das „Steh-auf-Männchen" hatte wieder Oberwasser. Auf Anregung von Herrn Berg schrieb ich während der großen Ferien einen ausführlichen Lebensbericht. Wie sehr mich die unverarbeiteten Erlebnisse, die sexuellen Übergriffe durch meinen Bruder belasteten, wurde deutlich, als ich detailliert darüber zu schreiben versuchte und somit das Geschehen in die Gegenwart holte. Während des Schreibens steigerte sich eine wachsende innere Unruhe zur Panik, was es mir unmöglich machte, weiterzuschreiben. Völlig erschöpft legte ich mich ins Bett, wo ich erst recht keine Ruhe finden konnte.

Leider verbrannte ich diese Seiten wie auch die meisten meiner Tagebücher und sonstige schriftliche Unterlagen kurze Zeit später, als ich mir selbst einredete, meine Vergangenheit endgültig bewältigt zu haben. Denn indem ich „mein altes Leben" in Form meiner Schriften symbolisch den Flammen übergab, hoffte ich, damit gleichsam allen Schmerz, alle Trauer, alle Verwundungen, die noch tief in meiner Seele lebten, zu verbrennen und auszulöschen. Doch in Wirklichkeit hatte ich bisher lediglich aussprechen können, was mir zugestoßen war; tatsächlich einzutauchen in die Geschehnisse meiner Kindheit, damit Heilung beginnen konnte, dazu war ich bis zu diesem Zeitpunkt noch nicht in der Lage gewesen.

Irgendwann wurde ich skeptisch ob der Vertrauenswürdigkeit und Integrität des Herrn Berg. Zum ersten Mal horchte ich auf, als er wiederholt den Wunsch äußerte, mit mir tanzen gehen zu wollen, was für mich jedoch überhaupt nicht infrage kam. Kurze Zeit später versuchte er, mir in einer Weise nahezutreten, die für eine therapeutische Beziehung mit Sicherheit weder akzeptabel noch förderlich ist. Als er sich mir während eines entspannten Zustandes – wobei ich allerdings nie die „Kontrolle abgab", wie er wiederholt forderte – körperlich näherte, stieß ich ihn mit einem heftigen Stoß reflexartig von mir, wie er es offensichtlich nicht erwartet hatte.

Schließlich reihte sich ein Mosaiksteinchen an das andere und ließ mich diesen Menschen bald mit anderen Augen sehen. Als ich schließlich noch erfuhr, dass er mit Rosa – derzeit ebenfalls noch in seiner medizinischen Obhut – eine sexuelle Beziehung eingegangen war, stellte ich ihn sogleich zur Rede und beendete das therapeutische Verhältnis auf der Stelle. Er versuchte, mir daraufhin ziemlich lautstark und mit hochrotem Kopf zu erklären, dass dieses „Stückchen Fleisch in einem Menschen" überhaupt nichts zu bedeuten und dass meine Schwester „das gebraucht" habe, was auf mich nur noch lächerlich wirkte.

Nach diesem Gespräch suchte ich umgehend meine Schwester Rosa auf, um sie zu fragen, warum sie sich auf diese Beziehung eingelassen und warum sie mir das verschwiegen habe. Ob sie nicht daran gedacht hätte, dass mir das ebenso hätte passieren können, wollte ich wissen. „Ich wusste, du bist stärker", war ihre Antwort.

Nach dem abrupten Abbruch dieser Therapie, auf die ich zu Beginn so große Hoffnung gesetzt hatte, kam ich mir ziemlich verloren vor, hatte das Gefühl, „in der Luft" zu hängen. Doch ich schwor mir, keinem Therapeuten mehr zu vertrauen; denn auf zusätzliche Probleme konnte ich gerne verzichten.

Da ich jedoch nach einiger Zeit spürte, ich schaffe es nicht allein, vereinbarte ich auf Empfehlung eines Arztes, der mein Vertrauen besaß, einen Termin mit einem Therapeuten eines Nachbarortes. Doch mir fehlte von Anfang an das Vertrauen, um mich wirklich öffnen zu können. Vielleicht hinderte mich die Erfahrung der missglückten Therapie daran.

Dennoch waren die wenigen Gespräche, die ich mit ihm führte, nicht ganz nutzlos. Körperlich stabilisierte ich mich vorübergehend wieder einigermaßen. Auch mein seelisches Befinden besserte sich, sodass ich mir – einem spontanen Entschluss folgend – meinen Jugendtraum erfüllte und eine zweiwöchige Reise nach Griechenland buchte. Mein erster Urlaub seit zehn Jahren! Ich freute mich riesig auf diese Reise, hatte auch keine Bedenken, ganz alleine zu reisen. Ich würde schon jemanden kennen lernen, der auch alleine unterwegs war. Und so kam es auch. Eine Frau meines Alters hatte sich wie ich alleine auf den Weg gemacht. Schon am ersten Abend erkundeten wir gemeinsam Athen und blieben während der einwöchi-

gen Rundreise durch den Peloponnes, diese sehenswerte süd-
griechische Halbinsel, unzertrennlich.

Während meine neue Freundin nach einer Woche zurück
nach Deutschland flog, genoss ich noch eine Woche Badeur-
laub auf der griechischen Insel Ägina.

Erholt und braungebrannt landete ich schließlich wieder auf
dem Münchner Flugplatz, wo ich nach viel Sonne zum ersten
Mal wieder Regen auf der Haut spürte.

Körperlich gut in Form stürzte ich mich wieder in die Arbeit.
Eine Zeit lang ging ich zwar weiterhin einmal wöchentlich zu
der Therapiestunde, was mir aber überhaupt nicht mehr wei-
terhalf.

Wohin aber sollte ich mich wenden? Ich wusste es einfach
nicht.

Um den Bildern meiner Kindheit und dieser Angst vor einer
grauenvollen Nacht, dem trostlosen Gefühl von Einsamkeit,
das auszuhalten ich immer weniger imstande war, ein wenig zu
entfliehen, suchte ich wieder zeitweise Vergessen im Alkohol.
Mitunter kam es zu regelrechten Alkoholexzessen, was meiner
Mutter nicht verborgen blieb. Doch darüber wurde nicht *mit
mir* geredet und es wurde nicht nach dem Warum gefragt. Offenbar aber redete meine Herkunftsfamilie in meiner Abwesenheit sehr wohl *über mich.*

Und weil meine Schwester Irmgard sich anmaßte, den
Scharfblick für den „geborenen Alkoholiker" zu haben, zu dem
sie mich kurzerhand brandmarkte, und auch gleich die Lösung
für dieses „Problem" parat hatte, wusste sie natürlich genau,
dass mir nur mit einer gezielten Maßnahme ihrerseits geholfen
werden konnte, um diese „unglückselige Neigung" bereits im
Keime zu ersticken. Von ihren therapeutischen Fähigkeiten
überzeugt und mit der laienhaften Gewissheit, sehr schlau zu

handeln, stellte sie mir vor meine Wohnungstür eine Flasche mit Alkohol, an die sie einen Zettel geheftet hatte mit der Bemerkung „Gut Schluck!". Hätte sie mir direkt ins Gesicht geschlagen, hätte sie mich nicht so hart treffen können. Denn zu keiner Zeit hatte sie das Gespräch mit mir gesucht oder auch nur nachgefragt, was in meiner Seele wirklich los war, was ich nicht mehr ertragen konnte und somit „runterzuspülen" versuchte. Dass ich ihr bereits vor ein paar Jahren unter Tränen von dem Missbrauch erzählt hatte, hatte sie sowieso schon „vergessen". Sie war nur in der Lage, zu demütigen, zu urteilen und zu verurteilen.

Weil ich die ewige Einmischung, den Druck vonseiten der Familie ebenso satt hatte wie die Umgebung, die so viele schmerzliche Erinnerungen in mir ständig wachhielt, suchte ich mit meinen Kindern ein neues Zuhause, in dem wir endlich Luft zum Atmen hätten. Zu dritt gingen wir auf Wohnungssuche, hatten bald Glück, sodass ich den Mietvertrag für eine Fünf-Zimmer-Wohnung im November 1994 unterzeichnen konnte. Wie freuten wir uns alle drei auf die neue Umgebung!

Mit dem Umzug hoffte ich gleichzeitig, alles hinter mir lassen zu können, was mich belastete und mich nicht mehr zur Ruhe kommen ließ. Welch ein Irrtum!

Als Irmgard erfuhr, dass ich zum Februar des nächsten Jahres ausziehen würde, meinte sie auf ihre sehr verletzende, überhebliche und herablassende Art: „Ich weiß schon, weshalb du umziehst. Dann können wir dich nicht mehr kontrollieren." Ich entgegnete: „Ich bin alt genug. Ich weiß schon selbst, was ich zu tun habe." Sie wusste es aber wieder besser, indem sie wiederum sehr anmaßend entgegnete: „Da bin ich mir gar nicht so sicher, ob du weißt, was du zu tun hast." Ich glaubte, mich verhört zu haben!

Mit Eifer und Freude machte ich mich mit meinen beiden Töchtern daran, alles in Umzugskartons zu packen, und warteten schließlich am Morgen des 10. Februar 1995 ungeduldig auf den Möbelwagen. Als ich mich schließlich von meiner Mutter verabschiedete und ihr versicherte, so oft es meine Zeit erlauben würde, zu kommen, um ihr behilflich zu sein, weinte sie, sodass sie mir zutiefst leidtat und mich eine Zeit lang noch große Schuldgefühle plagten, weil ich offenbar an ihrem Schmerz und Kummer die Schuld hatte. Dennoch wusste ich in meinem Innersten, es war an der Zeit zu gehen.

3. Umzug – Schaffung einer räumlichen Distanz zur Herkunftsfamilie (Februar 1995)

Mit Begeisterung richtete ich mich mit meinen Töchtern in der neuen Wohnung ein. Alle drei hatten wir das Gefühl, frei zu sein, endlich wieder atmen zu können.

Doch die Hölle, die mich Abend für Abend, Nacht für Nacht einholte, ließ nicht lange auf sich warten: Panikattacken, extreme Ein- und Durchschlafstörungen oder Nächte, in denen ich überhaupt nicht schlafen konnte, Herzrasen, Zusammenbrüche, Albträume. Überall lauerte Angst, überall schien sie zugegen zu sein und doch konnte ich sie nicht konkret benennen, konnte sie nicht greifen.

Wieder war ich gezwungen, einen Arzt zu konsultieren, da ich trotz aller inneren Widerstände sehr wohl spürte, wie ich seelisch und körperlich stetig näher an meine Grenzen stieß. Und doch wollte ich mir nicht eingestehen, dass die Seele sich im Körper auszudrücken versuchte, dass das innere Kind in mir geradezu verzweifelt nach Hilfe schrie. Also kämpfte ich weiter, bis ich irgendwann die Sinnlosigkeit dieses Mühens einsehen musste. Doch so weit war ich zum damaligen Zeitpunkt noch nicht.

„Larvierte Depression, akute Bronchitis, Gastroenteritis, Panikattacken, extreme Schlafstörungen, Überforderungs- und Erschöpfungssyndrom, Erschöpfungsdepression", das waren einige der damaligen medizinischen Diagnosen.

Weil ich mir selbst immer noch glauben machen wollte, dass die genannten Symptome, die mir so viel von meiner Lebenskraft raubten, verschwinden würden, wenn nur mein Körper wieder widerstandsfähiger und stabiler wäre, fuhr ich in den Sommerferien zu einer „Schrothkur" nach Oberstaufen.

Dass jedoch nicht der Körper an sich litt, sondern dass meine Seele „krank" war und somit immer massivere körperliche Signale setzte, erkannte ich nicht. Demzufolge konnte auch dieser Kurerfolg nicht von Dauer sein.

Die bekannten körperlichen Symptome traten kurze Zeit nach der Heilbehandlung sogar vermehrt auf. Damit zu leben, wurde immer schwieriger, und ich griff in meiner Hilflosigkeit abends des Öfteren erneut zur Flasche, weil ich keinen Ausweg mehr sah, die in mir tobenden Gefühle, den fast unerträglich gewordenen inneren Schmerz zum Schweigen zu bringen. Ich wollte dieser seelischen Hölle entfliehen, und doch kannte ich den Weg nicht, der von dort herausführte. Wenn die Angst übermächtig wurde, kam es zeitweise wiederum zu Alkoholexzessen, was für mich dem Zustand des „Totseins" gleichkam, wenngleich ich mich nicht bewusst aufgeben und meinem Leben ein Ende setzen wollte. Aber ich konnte nicht mehr!

Auf meiner verzweifelten Suche nach einer Lösung dieser schier ausweglosen Situation gedachte ich der Worte jenes Priesters, dem ich mich vor Jahren anvertraut hatte: „Beten, aufopfern, verzeihen!" Doch welcher Weg führte dahin?

Unendlich viel Kraft wandte ich dafür auf, mein Leben in den Griff zu bekommen, um endlich leben zu können – bis der Tag kam, da mein Kampf ums Überleben fast verloren schien.

Es war am Morgen des 23. November 1995. Bereits in aller Frühe erwachte ich mit rasendem Herzklopfen und mit einer panischen Angst, für die ich in dem Moment keine Erklärung fand. Als es an der Zeit war, zur Schule zu gehen, musste ich mich krankmelden, weil sich mein Zustand zusehends verschlimmerte, mein Herz nach wie vor raste und ich das Gefühl hatte, mein Leben ginge endgültig zu Ende.

Völlig verzweifelt rief ich, nachdem meine Kinder das Haus verlassen hatten, meine Schwester Rosa an, schilderte ihr kurz meine Situation und sagte, dass ich nicht wisse, was mit mir los sei, ich würde, sobald die Sprechstunde beginne, meinen Hausarzt anrufen, damit er vorbeikomme. Selbst die Praxis aufzusuchen, dazu war ich nicht mehr in der Lage.

Ab diesem Zeitpunkt habe ich keine Erinnerung mehr. Ich muss wohl die Telefonnummer des Arztes herausgesucht haben, denn einen Zettel mit dieser Nummer hatte ich auf meinem Schreibtisch liegen. Angerufen habe ich ihn offenbar jedoch nicht mehr. Denn als ich wieder zu mir kam, befand ich mich auf der Intensivstation des örtlichen Krankenhauses. Ständig kamen Ärzte, Pfleger oder Krankenschwestern an mein Bett, um mit mir zu reden. Was mich denn so sehr bedrücke, wollte der eine wissen. Wovor ich so große Angst hätte, fragte der andere. „Was wollen die denn alle von mir?", ging es mir durch den Kopf. Bis ich schließlich erfuhr, dass ich mit einer Überdosis Tabletten von Mona nach ihrer Rückkehr aus der Schule – sie hatte an diesem Tag zufällig eine Stunde früher Schluss als gewöhnlich – bewusstlos aufgefunden und mit dem Krankenwagen unverzüglich ins nächstliegende Krankenhaus gebracht worden sei. Hätte mich meine Tochter eine Stunde später gefunden, wäre es zu spät gewesen, erklärte der Arzt. Noch einmal wurde mir die Frage gestellt, was mich denn so sehr belaste, dass ich dieses Leben nicht mehr aushalten könne. Dies hätte ich kurz nach der Einlieferung ins Krankenhaus immer wieder geäußert, hätte furchtbar geschrien und sei selbst von zwei Pflegern, die mich festzuhalten versuchten, kaum zu bändigen gewesen. „Sie müssen ein schreckliches traumatisches Erlebnis gehabt haben und brauchen dringend therapeutische Hilfe", versuchten sie mir klarzumachen. Diese Aussage erschreckte mich. Mir war nicht bewusst, dass ich meinem Leben wirklich hatte ein Ende setzen wollen.

Die Vergangenheit war offenbar stärker, als ich bis zu diesem Zeitpunkt gedacht hatte. Wollte ich leben, musste ich das düstere Kapitel meines Lebens erneut aufschlagen, dessen Seiten ich am liebsten ausgelöscht und vernichtet wissen wollte. Erst jetzt war ich bereit, mich „umzudrehen" und die Vergangenheit mit all ihrem Schmerz und ihrer Tragik anzuschauen, wovor ich so lange davongelaufen war, bis sie mich erbarmungslos eingeholt hatte und mich fast in den Suizid getrieben hätte.

Ich hatte außerdem eingesehen, dass nicht alles auf intellektuellem Wege zu lösen und zu meistern war, sondern dass ich den Gefühlen erlauben musste, an die Oberfläche zu kommen. Bisher hatte ich den Kontakt zu meinen Gefühlen weitgehend abgeschnitten, um diese nicht spüren zu müssen, weil ich den Schmerz darüber fürchtete. Erst als ich aufhörte, vor diesem Schmerz davonzulaufen, konnte Heilung beginnen.

Nach meiner Entlassung aus dem Krankenhaus machte ich mich sogleich auf die Suche nach einem Therapeuten, der mir Hilfe sein könnte.

Ich hatte einige probatorische Sitzungen sowohl bei einer Therapeutin als auch bei einem Therapeuten, doch war es mir bei beiden nicht möglich, auch nur annähernd Vertrauen aufzubauen. Die negativen Erfahrungen der missglückten Therapie bei Herrn Berg hatten mich sehr misstrauisch und vorsichtig gemacht. Dennoch gab ich die Hoffnung nicht auf.

Schließlich empfahl mir ein erfahrener Heilpraktiker, der mir oft Hilfe und Stütze gewesen, wenn ich körperlich und auch seelisch an meine Grenzen gestoßen war, seinen Berufskollegen Herrn Maltner, den er gleichzeitig als sehr guten Psychotherapeuten schätzte. Dieser habe seine Praxis allerdings nahezu einhundert Kilometer von meinem Wohnort entfernt.

Das war mir egal. Wenn es hilfreich sein würde, wollte ich die Fahrt in Kauf nehmen. Nachdem ich den Suizidversuch überlebt hatte, was hatte ich zu verlieren? Ich war bereit, alles zu tun, um endlich *leben* zu können, und nahm deshalb unverzüglich telefonischen Kontakt mit diesem Mann auf.

4. Erster bewusster Blick „zurück" (Januar 1996 bis Dezember 1997)

Den ersten Termin mit Herrn Maltner vereinbarte ich für Anfang Januar. Bereits bei diesem Gespräch hatte ich das Gefühl, diesem Mann vertrauen zu können. So begann meine erste längerfristige Therapie, in deren Verlauf ich bewusst in die schmerzvollen Erfahrungen meiner Kindheit eintauchen wollte, um endlich frei von den Fesseln der Vergangenheit zu sein, um endlich leben zu können.

Mit allem, was mir damals einzubringen möglich war, und mit einer schonungslosen Ehrlichkeit, meine Schwierigkeiten und Probleme betreffend, begann ich diese Zeit. Anfangs nahm ich wöchentlich zwei Termine wahr, später noch einen.

Wie ich diese zeitaufwendige Therapie neben meinen Verpflichtungen als Mutter, neben Haushalt und Beruf zeitlich zu bewältigen vermochte, wundert mich heute noch. Doch ich hatte von meinen beiden wunderbaren Töchtern jegliche Unterstützung.

Zu Beginn der Therapie stand weniger der Missbrauch im Vordergrund als meine gescheiterte Ehe, wobei es noch einiges aufzuarbeiten galt.

Erst mit der Zeit näherte ich mich vorsichtig diesem Thema an und mir wurde bewusst, dass ich im Laufe meines Lebens jegliches Gefühl für meinen Unterkörper verloren hatte. Meinen Unterkörper konnte ich als Teil meines Körpers überhaupt nicht mehr wahrnehmen, geschweige denn akzeptieren. Ich erlebte ihn über viele Sitzungen hinweg wie abgespalten von mir. Anstelle meines Bauches „fühlte" ich nur ein großes, dunkles Loch.

Sexualität hatte ich kaum als etwas Positives empfinden können. Im Gegenteil: Vorherrschend war das Gefühl von Ekel und Abscheu. Mich fallen zu lassen? Dieses Gefühl war mir fremd. Ich kannte nur das ständige Bedürfnis der absoluten Kontrolle und „es" möge schnell vorbei sein.

Zeitweise empfand ich während einer Therapiesitzung plötzlich fast unerträgliche körperliche Schmerzen im gesamten Unterleib, gerade so, als ob mir jemand mit voller Wucht ein Messer in den Bauch rammen würde. Woher rührte dieser Schmerz, zumal niemand zugegen war, der mir, der Frau von 42 Jahren, diesen in dem Moment zufügte? Dennoch fühlte ich ihn, spürte die körperlichen Schmerzen, durchlitt körperliche Qualen. Es war grausam!

Zum ersten Mal tauchte ich ein Stück weit ein in die Geschehnisse der Kindheit und durchlebte sie bewusst. Niemals zuvor hätte ich es für möglich gehalten, körperliche Schmerzen in einer solchen Intensität zu spüren angesichts der gewaltigen Erinnerungen an die zahlreichen sexuellen Übergriffe. Begleitet wurden die körperlichen Schmerzen von Übelkeit, Erbrechen, Ekel.

So geschah es einmal im Anschluss an eine sehr anstrengende Sitzung während der Heimfahrt: Mein gesamter Unterleib schmerzte, wie ich es in dieser Weise nie zuvor erlebt hatte. Gleichzeitig wurde mir derart übel, dass ich umgehend den nächsten Parkplatz anfahren und mich übergeben musste, obwohl ich schon seit Stunden nichts gegessen hatte. Nahezu jeden Parkplatz lernte ich auf ähnliche Weise kennen. In mir fühlte ich gleichzeitig eine unsägliche Trauer, die mir ununterbrochen die Tränen über die Wangen laufen ließ. Bis zum nächsten Tag hatte sich eine Zyste am Scheidenausgang gebildet, die kurze Zeit später operativ entfernt werden musste.

Während einer weiteren Sitzung befand ich mich gefühlsmäßig plötzlich mittendrin in den seelischen Qualen meiner Kindheit. Mein Körper und meine Seele erzählten die Geschichte der Vergewaltigung, ohne dass ich Einfluss darauf nehmen konnte. Der Schmerz, den ich dabei empfand, war unbeschreiblich. Am ganzen Körper zitternd und wie von Todesangst getrieben, glaubte ich, die Situation nicht mehr ertragen zu können, wollte nur noch weg. Gleichzeitig hatte ich das Gefühl, dem, was geschehen war und sich nun zu wiederholen schien, nicht entrinnen zu können, erlebte mich als Gefangene meiner Vergangenheit, die in dem Moment übermächtig war. Um dem Schmerz zu entfliehen, sprang ich in meiner Verzweiflung auf, rannte zur Tür, riss sie auf, knallte jedoch sogleich mit dem Kopf gegen eine zweite Tür und glitt benommen langsam zu Boden, fühlte mich hilflos, ausgeliefert. Bis zu diesem Zeitpunkt war mir nicht bewusst, welche Macht die Vergangenheit tatsächlich über mich hatte.

Die Hand, die mir der Therapeut zur Hilfestellung reichte, konnte ich nicht ergreifen. Ich hatte nur Angst, riesengroße Angst, war Gefangene meiner Gefühle, die ich hinausschreien wollte und doch nicht dazu in der Lage war.

Während der folgenden Zeit begann ich den seelischen Schmerz stärker zu fühlen. Er glich einer langsam anrollenden Welle, die alles zu überschwemmen und schließlich unter sich zu begraben drohte. Mich zerriss es fast! Doch genau in diesem Augenblick, als ich das Gefühl hatte, diesen Schmerz nicht mehr aushalten zu können, geschah etwas Unfassbares: Von einem Moment auf den anderen waren mit einem Schlag alle Gefühle weg, gerade so, als ob jemand ganz plötzlich einen Schalter umgelegt hätte. Tot! So fühlte ich mich, abgetrennt von jeglichem Gefühl. Dieser Zustand hielt einige Tage an. Ich lebte und fühlte mich dennoch tot, jeden Lebens beraubt. Mir war, als wären alle Emotionen, alles Leben aus mir „herausgesogen" worden und hätten nichts als absolute Leere hinterlassen. Wäre ich nur deprimiert gewesen, das wäre wenigstens eine Empfindung gewesen! Ich aber fühlte nichts mehr, war nur leer, vollkommen leer. Da wünschte ich mir, wieder fühlen zu können, lieber den Schmerz zu fühlen, Emotionen zu haben, als überhaupt nichts mehr zu fühlen. Denn dieser Zustand war weitaus schlimmer.

Irgendein Mechanismus war offenbar in Gang gesetzt worden, der mich von jeglichem Gefühl abgeschnitten hatte.

Erlebte ich jetzt eine Art „Seelenmord", den das kleine Kind damals durchlitten hatte? Erlebte ich jetzt, welchen Schutzmechanismus das kleine Kind gewählt hatte, um überhaupt zu überleben? War dieser Schutzmechanismus damals in dem Augenblick ausgelöst worden, als mich meine Mutter im Stich gelassen hatte? In meiner Erinnerung ging damals ein Licht aus. Alles war grau und trostlos. Tot! Hatte ich all die Jahre so

„gelebt", funktioniert wie eine Maschine und mich bewegt wie eine Marionette, weil der Zugang zur kleinen Kinderseele schon bald versperrt, die Türe verschlossen war?

„Ich habe noch nie ein solch einsames Kind gesehen", meinte Herr Maltner, was ich zunächst nicht verstand, da mir das Gefühl von Einsamkeit von jeher vertraut war, selbst wenn ich mich unter vielen Menschen befand. Geweint über diese Tatsache habe ich später, als ich alleine war, denn damit hatte er genau das ausgesprochen, was ich tief in mir fühlte, was ich aber nicht hören wollte.

Mit dem Ende des Jahres 1997 ging auch diese Therapie ihrem Ende entgegen. Es war eine sehr harte Zeit gewesen. Vor allem körperlich hatte ich den Missbrauch noch einmal durchlebt und begonnen, einen Teil des seelischen Schmerzes, die tiefen seelischen Verwundungen, die ich so lange Zeit in meiner Seele verschlossen hatte, zu fühlen – eben in dem Maße, wie ich es zu dieser Zeit gerade noch ertragen konnte.

Das ganze Ausmaß des Schmerzes, des seelischen Leides, durch welches das kleine Mädchen damals gegangen war, erlebte ich erst später bewusst, als ich auch den letzten Schritt zu gehen bereit war.

Doch jetzt war ich überzeugt, hinsichtlich der Aufarbeitung meiner Vergangenheit alles mir Mögliche gegeben und es endgültig „geschafft" zu haben.

Als ich nach der letzten Therapiestunde mein Auto startete, stellte ich mir vor, gleichsam in ein neues Leben zu starten, in ein Leben frei von Angst und Trauer, frei von den quälenden Erinnerungen der Kindheit. So fuhr ich voller Optimismus nach Hause zu meinen beiden prächtigen Kindern, die es mehr als verdient hatten, in eine glückliche Zukunft zu blicken, ohne Sorgen um das Leben ihrer Mutter.

Ich hätte ihnen nur allzu gern die Erfahrungen erspart, die sie diesbezüglich machen mussten, hätte die Vergangenheit gern wie ein altes Kleidungsstück abgelegt und vergessen. Doch das funktionierte nicht. Ob dies anderen, die dieses Schicksal mit mir teilen, möglich ist, weiß ich nicht. Ich konnte es jedenfalls nicht. Mich holte die Vergangenheit so lange immer wieder ein, bis ich mich ihr stellte und sie letztlich so weit verarbeitete, dass ich mit ihr leben konnte.

Mit der nun abgeschlossenen Therapie, die zeitweise physisch und psychisch das Äußerste von mir gefordert hatte, glaubte ich genau das erreicht zu haben. Doch ich sollte mich irren. Ich war nur ein weiteres Stück eines harten Weges gegangen.

Zunächst war ich jedoch voller Optimismus und voll neu gewonnener Lebensfreude.

5. Neuanfang im Schuljahr 1997/98

Das Schuljahr 1997/98 hatte bereits sehr vielversprechend, wenngleich auch sehr arbeitsintensiv, begonnen. Zum ersten Mal in meiner schulischen Laufbahn war mir, nachdem ich bisher fast ausschließlich in der dritten und vierten Jahrgangsstufe tätig gewesen war, die Klassenführung einer ersten Jahrgangsstufe übertragen worden. Mich in den neuen Unterrichtsstoff einzuarbeiten, fiel mir nicht schwer. Jeden Morgen betrat ich gut gelaunt das Klassenzimmer und hieß wenig später die kleinen ABC-Schützen zu diesem neuen Schultag herzlich willkommen. Die Arbeit machte wieder Spaß und ließ sich mit meiner Verantwortung als Hausfrau und Mutter gut vereinbaren.

Vormittags gingen sowohl meine Töchter als auch ich zur Schule. Danach saßen wir am gemeinsamen Mittagstisch, wobei es immer recht lustig zuging. Es wurde viel geredet, und nicht selten wurden Tränen gelacht. Das war die Zeit des Tages, die wir als kleine Familie sehr genossen. Nach dieser fröhlichen Runde ging jeder von uns dreien seinen eigenen Arbeiten und Verpflichtungen nach.

Dass ich mich wieder regelrecht in die Arbeit stürzte, war mir nicht bewusst, bis sich meine Kinder eines Tages beklagten, ich würde zu viel Zeit in die Schule investieren, nicht einmal in den Ferien würde ich ausspannen. Ich war wie vor den Kopf gestoßen, als sie mich fragten: „Wo bleiben denn wir? Für uns hast du gar nicht mehr viel Zeit!"

Und ich hatte gedacht, sie bräuchten mich nicht mehr so wie früher, hatte auch nicht das Gefühl, sie in irgendeiner Weise zu vernachlässigen. Mona war immerhin schon siebzehn, Jutta dreizehn Jahre alt geworden, und beide gingen in gewisser Weise ihre eigenen Wege. Doch ich ließ mich von meinen Töchtern eines Besseren belehren, reduzierte Schule auf ein vernünftigeres Maß und verbrachte wieder mehr Zeit mit ihnen. Weiterhin half ich meiner Mutter bei Einkäufen oder anfallenden Hausarbeiten, unterstützte Freunde und Bekannte. Irgendjemand brauchte mich immer. Ich hetzte geradezu durch den Tag, floh regelrecht vor der Freizeit, was mir aber nicht bewusst war.

Für jede Aktivität hatte ich eine plausible Erklärung parat, weswegen dies oder jenes unbedingt erledigt werden müsste. Im Grunde belog ich mich selbst. Nur – ich wusste es nicht.

In der festen Überzeugung, meine Vergangenheit endgültig verarbeitet und bewältigt zu haben, und körperlich topfit gelang es mir zunächst, alte, langsam wiederkehrende Ängste erfolgreich zu verdrängen, indem mein Arbeitseifer wieder in dem Maße wuchs, wie die bedrohlichen Gefühle zunahmen.

Zu mehr Ruhe gezwungen wurde ich erst wieder, als mich erneut massive Knieprobleme erheblich ausbremsten. Den Unterricht im Stehen zu halten, war mir nicht mehr möglich. Das durfte doch nicht wahr sein! Ich konnte nicht mehr gehen! Angesichts der ärztlichen Diagnose war eine baldige Operation unvermeidbar. Wie hasste ich mich in meiner Schwäche! Aber was blieb mir anderes übrig, als mich zu fügen?

Eine rezidivierende Ergussbildung – wahrscheinlich die Folge einer Infektion während dieses Eingriffs – zwang mich vier Wochen später ein weiteres Mal „unters Messer". Als auch diese Operation sowie eine Rehabilitationsnachbehandlung von drei Wochen nicht den erwünschten Erfolg zeigten, wurde ich an einen namhaften Professor verwiesen. Seine Diagnose und eine weitere Operation standen für ihn kurz nach der Untersuchung fest. Zum dritten Mal innerhalb dieses Jahres begab ich mich im November 1998 in ein Krankenhaus. Inzwischen war durch die andauernde Überbelastung das andere Knie derart in Mitleidenschaft gezogen, sodass der Professor kurzfristig die Operation beider Knie gleichzeitig vornahm. Dem zweiwöchigen Klinikaufenthalt sollte eine Anschlussheilbehandlung folgen. An Schule war also in der nächsten Zeit nicht zu denken. Stattdessen machte ich mich kurze Zeit später auf den Weg nach Bad Wiessee am Tegernsee, um mich in einer Klinik fünf Wochen lang nachbehandeln zu lassen.

Während meiner Abwesenheit hatten meine Töchter häufiger als bisher unter den unberechenbaren Launen des Sohnes unseres Vermieters, der mit seiner Frau das Erdgeschoss bewohnte, zu leiden, wobei er auch mit Schimpfwörtern meinen Töchtern gegenüber nicht sparte. Begonnen hatten seine verbalen Schikanen, nachdem ich mich im Sommer zuvor gegen seine sehr aggressive und unfaire Art erfolgreich zur Wehr gesetzt hatte. Das schien dieser „Pascha" ebenso wenig verkraftet zu haben wie die Tatsache, dass bei uns „eine Frau das Geld nach Hause bringt". Die Probleme hatten sich bis zu meiner Rückkehr aus Bad Wiessee derart zugespitzt – ein vernünftiges oder gar klärendes Gespräch war nicht annähernd möglich –, dass wir nicht lange zögerten und nach einer neuen Wohnung Ausschau hielten. Wir hatten bald Glück, und ich unterschrieb im Mai 1999 den Mietvertrag für eine Doppelhaushälfte in der Mozartstraße, die wir drei Monate später beziehen konnten.

Und wieder verstauten wir all unsere Sachen in zahlreichen Umzugskartons mit der Vorfreude auf unser neues Zuhause.

6. Umzug in die Mozartstraße (August 1999) und körperlicher Zusammenbruch

Dass Schwächezustände und Panikattacken, die mitunter heftiger als zuvor auftraten, inzwischen wieder zu meinen ständigen Begleitern geworden waren, erklärte ich mit der momentanen Stresssituation ebenso wie die Tatsache, dass ich nachts nicht mehr als zwei bis maximal drei Stunden Schlaf fand. Trotzdem arbeitete ich wie besessen, versuchte wieder, vor den qualvollen Gefühlen, die in mir tobten, davonzulaufen, was kaum noch gelang. Einen Zusammenhang mit meiner noch unbewältigten Vergangenheit wollte ich nicht mehr sehen. Die Einsicht, dass mit der Therapie bei Herrn Maltner nur ein Schritt der Vergangenheitsbewältigung getan war, hatte ich nicht.

Mit meinen beiden Töchtern – inzwischen neunzehn und fünfzehn Jahre alt – bezog ich schließlich im August 1999 unser neues Domizil in der Mozartstraße. Mit dem Transport der größeren Möbelstücke hatte ich eine Umzugsfirma beauftragt.

Alles andere erledigten meine Töchter und ich mit vereinten Kräften und mit der Unterstützung von Freunden.

Auf die Hilfe meiner Geschwister, die von unserem Umzug wussten, wartete ich vergebens.

Neben den Umzugsarbeiten half ich – wie die Jahre zuvor – auch jetzt meinem Bruder Hartmut bei der sehr zeitaufwendigen Erstellung der Stundenpläne für die Schule, an der er als Schulleiter tätig war. Nebenbei erledigte ich für meine Mutter Hausarbeiten oder Einkäufe, weil ihr beides zunehmend schwerer fiel.

Heute weiß ich, dass ich dies alles tat, um die Anerkennung und die Liebe vonseiten der Herkunftsfamilie zu bekommen. Diesem Wunsch, dieser Illusion war ich jahrelang nachgerannt und hatte dafür vieles in Kauf genommen. Auch jetzt noch war ich bereit, für die Zuneigung dieser Menschen, die mir zu dieser Zeit noch über die Maßen wichtig waren, alles zu tun.

Dieses Ziel verfolgte ich fast bis zur Selbstaufgabe und hatte dennoch bei allem, was ich machte, stets das Gefühl: Es ist nie genug!

Ende August 1999 machte mein Körper endgültig nicht mehr mit und reagierte mit einem totalen Zusammenbruch. Obwohl die Anzeichen der Erschöpfung schon Tage zuvor deutlich waren, wollte ich diese nicht wahrhaben, versuchte sie zu bagatellisieren.

Schließlich wartete der Inhalt zahlreicher Umzugskartons noch darauf, an Ort und Stelle geräumt zu werden. Mit dem Einrichten der Wohnung hatte ich wahrlich noch alle Hände voll zu tun. Neben den Panikattacken, den Todesängsten und dem extremen Schlafdefizit mutete ich meinem Körper zusätzlich ein Höchstmaß an Belastung zu.

Als mich Hartmut noch einmal um Hilfe bat, sagte ich ihm diese noch für einen letzten Tag zu, da ich mich dann jedoch dringend um meine eigenen Angelegenheiten kümmern musste. Meine Töchter reagierten darauf sehr ungehalten, geradezu wütend, dass ich Hartmut ein weiteres Mal die Hilfe nicht verweigerte, und hielten mir vor, ich würde immer nur an andere denken und mich dabei vergessen. Das wies ich entschieden zurück. Mein Bruder brauche jetzt eben meine Hilfe, die ich ihm nicht abschlagen könne, verteidigte ich mich, gab ihnen aber gleichzeitig das Versprechen, dass diese Arbeit nur noch einen einzigen Tag in Anspruch nehmen würde.

Inzwischen hatte ich bereits vier Tage und vier Nächte überhaupt nicht mehr geschlafen, fühlte mich völlig erschöpft, arbeitete und funktionierte aber dennoch wie eine Maschine. Das konnte nicht mehr lange gut gehen. Selbst ein Schwächeanfall im Beisein von Hartmut am Spätnachmittag hielt mich nicht davon ab, die begonnene Arbeit am Stundenplan zu Ende zu führen. Der endgültige Zusammenbruch erfolgte in der kommenden Nacht. Es war der 30. August. Nachdem wir gegen 22.00 Uhr das Schulhaus verlassen hatten, fuhr ich zu meiner Mutter, um bei ihr zu übernachten, da Mona an diesem Abend mit Freunden ihren neunzehnten Geburtstag feierte und ich ihr eine „sturmfreie Bude" gönnte.

O je, war ich fertig! Doch wie die vier Nächte zuvor konnte ich trotzdem nicht schlafen. Schweißausbrüche, innere Unruhe, Angst. Und plötzlich sah ich Dinge, die ich noch nie gesehen hatte. Gegenstände bewegten sich oder veränderten ihre Gestalt. Mein Kopf fühlte sich an, als wolle er im nächsten Augenblick zerplatzen. Ich fürchtete, verrückt zu werden.

Noch in derselben Nacht wurde ich ins Krankenhaus gebracht. Ich war am Ende, hatte keine Kraft mehr. Der Arzt, dem ich nach anfänglichem Zögern meine ungewöhnlichen Wahrnehmungen schilderte, klärte mich auf. Dies seien Halluzinationen, die nach einer so langen Zeit des Schlafentzugs zwingend aufträten, sich aber in Kürze legen würden. Überdies sei er verwundert, dass sich nach diesem enormen Schlafdefizit derartige Phänomene nicht schon längst eingestellt hätten.

Erst ab diesem Zeitpunkt wurde ich von ärztlicher Seite hinsichtlich der extremen Schlafstörungen ernst genommen, nachdem ich mir zuvor wiederholt hatte anhören müssen, der Körper hole sich schon den nötigen Schlaf. Dessen sei ich mir nur nicht bewusst.

Ich war dermaßen ausgepowert, dass ich nahezu eine Woche lang zu nichts anderem fähig war, als apathisch im Bett zu liegen, um meinem Körper die Ruhe zu gönnen, die er offenbar so dringend brauchte. Nicht einmal zum Lesen war ich in der Lage, was für eine „Leseratte" wie mich sehr ungewöhnlich war, da ich Bücher in der Regel geradezu verschlang. Jetzt wollte ich einfach nur meine Ruhe haben.

Einen Tag nach meiner Einlieferung ins Krankenhaus besuchte mich Mona. Unter Tränen sagte sie: „Du tust für andere alles. Dir aber hilft niemand. Ich hatte solche Angst um dich! Was soll ich denn ohne dich machen?" Zum ersten Mal hörte ich aus dem Mund meiner Tochter, wie wichtig ich für sie sei.

Kurz danach besuchte mich Hartmut und entschuldigte sich, weil er die deutlichen Anzeichen von Erschöpfung bereits am Nachmittag unseres letzten gemeinsamen Arbeitstages nicht ernst genug genommen hatte. Doch ich wusste, ich war alleine für meine Handlungen und Entscheidungen verantwortlich, hätte auf meinen Körper viel eher hören sollen, was ich meinem Bruder auch zu verstehen gab.

Nach meiner Entlassung aus dem Krankenhaus suchte ich den Neurologen Herrn Dr. Degman auf, der neurologische Untersuchungen vornahm, um sicherzugehen, dass mein Zusammenbruch mit sämtlichen Begleiterscheinungen vom

Schlafdefizit herrührte und keine weiteren Ursachen hatte, was sich auch bestätigte.

Ab diesem Zeitpunkt legte mir dieser Arzt allerdings sehr nahe, noch einmal mit therapeutischer Unterstützung an meiner Vergangenheit zu arbeiten. Auslöser meiner körperlichen Schwäche sei nur die momentane Arbeitsüberlastung gewesen, hielt ich ihm hartnäckig entgegen. Seine Ansicht, dass die unverarbeiteten Kindheitserlebnisse mein Leben immer noch nachhaltig beeinflussen würden, wollte ich nicht gelten lassen.

Damals konnte ich noch nicht einsehen, dass der Weg der Heilung ein sehr, sehr langer ist, der Schritt für Schritt gegangen werden muss und der viel Geduld seitens eines Betroffenen erfordert.

Herr Dr. Degman, der darum wohl wusste, ließ nicht locker, gab mir schließlich eine lange Liste ortsnaher Therapeuten, die ich widerwillig entgegennahm, um sie zunächst in meiner Schreibtischschublade verschwinden zu lassen. Entgegen aller Vernunft war ich überzeugt davon, keine weitere Therapie zu brauchen.

Heute weiß ich, dass letztlich eine große, unbewusste Angst die erwachsene Frau der Gegenwart daran hinderte, sich der Konfrontation mit den tiefen, seelischen Verletzungen des Kindes gänzlich und mit aller Konsequenz zu stellen.

So sehr ich es auch hoffte und versuchte, indem ich mich wieder in die Arbeit stürzte und alle körperlichen Alarmsignale mit unwahrscheinlicher Hartnäckigkeit ignorierte, auf Dauer entrinnen konnte ich dieser Auseinandersetzung mit mir selbst nicht. Auch wenn ich mich im Moment noch nach einem „kleinen" Zusammenbruch relativ schnell wieder aufrappelte, tickte in mir eine Zeitbombe, die ihren eigenen Gesetzen folgte.

Meinen Töchtern blieb die enorme Belastung, die auf meiner Seele lag, nicht verborgen. „Du hast schon lange nicht mehr so richtig von Herzen gelacht", erinnerten sie mich, und ich glaubte ein wenig Trauer in ihrer Stimme zu hören.

Meine bis dahin vorwiegend nächtliche „treue Begleiterin", die Angst, wich inzwischen auch tagsüber nicht mehr von meiner Seite, wurde eher noch bedrohlicher und steigerte sich sukzessive zur Todesangst. Wieder griff ich zur Flasche, da ich mir nicht mehr anders zu helfen wusste. Trotzdem wehrte ich mich immer noch gegen eine erneute Therapie.

X. Die Auseinandersetzung mit der Herkunftsfamilie beginnt

Schließlich rief ich auf hartnäckiges Drängen von Herrn Dr. Degman Anfang Februar 2000 etwas widerwillig bei dem Arzt und Therapeuten Herrn Reiter an und bat ihn um einen ersten Gesprächstermin.

Ich selbst war – wie bereits erwähnt – von der Notwendigkeit einer weiteren Therapie keineswegs überzeugt. Andererseits war ich angesichts der seelischen Belastungen, deren Wurzeln in meiner unbewältigten Vergangenheit lagen, den familiären wie beruflichen Anforderungen nicht länger gewachsen, was ich allerdings nicht wahrhaben wollte, Herr Dr. Degman hingegen schon längst erkannt hatte.

Zunächst bedauerte Herr Reiter, er habe im Moment leider keinen Therapieplatz frei. Sollte sich dies jedoch ändern, gebe er mir sogleich Bescheid. Noch am selben Nachmittag rief er zurück, um mich wissen zu lassen, dass er mich als Patientin aufnehmen könne. Den ersten Termin könne ich bereits in einer Stunde wahrnehmen. Das ging mir dann doch etwas zu schnell. Zudem war ich gerade mit dem Schreiben der Zwischenzeugnisse beschäftigt, sodass wir den Termin um eine Woche verschoben.

Mit diesem Tag begann eine sehr harte Zeit, wohl die härteste meines Lebens überhaupt, die mich mehr als einmal an meine Grenzen führte und mich schließlich schmerzhaft erfahren ließ, wie wichtig es meiner Herkunftsfamilie war, der Umwelt eine saubere Außenfassade zu präsentieren, ungeachtet dessen, wie viel Schmutz sich darunter wirklich befand. Sie nahm es lieber in Kauf, mich aus ihren Reihen auszuschließen, als zuzugeben, dass hier ein Unrecht geschehen war.

Doch gerade diese Tatsache und diese Erfahrung – so schmerzlich sie auch war – bedeutete für mich den Beginn eines neuen Lebens. Es war der Beginn *meines Lebens*, wenngleich ich noch einen harten, einsamen Weg gehen musste.

Mit gemischten Gefühlen stellte ich mich an einem Freitagnachmittag bei Herrn Reiter vor. Er war ein Therapeut, der tief in die Seele seines Gegenübers blickte. Bereits im Laufe dieses ersten Gespräches erkannte er, wie es mir tatsächlich ging, obwohl ich mich bewusst unbeschwert gab, wodurch er sich jedoch nicht täuschen ließ. Ich war nicht wenig überrascht, als er mich direkt fragte, ob ich mich zu einer stationären Therapie in einer psychosomatischen Klinik entschließen könne, um meine Vergangenheit in geschütztem Rahmen aufzuarbeiten. „Ich brauche keine stationäre Therapie!", widersprach ich heftig, weil ich der Ansicht war, dass es mir so schlecht nun auch wieder nicht ginge. Schließlich hätte ich bereits während der Therapie bei Herrn Maltner sehr hart an mir gearbeitet, argumentierte ich weiter. Überdies wolle ich erneute Fehlzeiten an der Schule vermeiden.

Die Praxis verließ ich schließlich mit der festen Überzeugung, eine ambulante Therapie würde genügen, um mein Leben endlich auf die Reihe zu kriegen.

Drei Tage später bereits erlebte ich in schmerzvoller Tiefe erneut meine Macht- und Hilflosigkeit in Bezug auf meine frühen sexuellen Erlebnisse, was in mir die Bereitschaft weckte, den nächsten, wie sich zeigen sollte, schwereren Schritt zu tun. Nun war ich bereit, mich in einer psychosomatischen Klinik mit kompetenter therapeutischer Hilfe der Vergangenheit mit all ihrem Schmerz noch einmal – wenn auch auf eine andere, tiefere Weise, als dies bisher geschehen war – zu stellen. Umgehend setzte ich mich mit Herrn Reiter in Verbindung, der noch am selben Abend eine sofortige Aufnahme in einer psychosomatischen Klinik in Bad Saulgau veranlasste, da er – wie ich später erfuhr – einen Suizidversuch befürchtete.

Bevor ich am nächsten Vormittag losfuhr, teilte ich meiner Mutter telefonisch mit: „Mama, was Bernhard mir angetan hat, packe ich alleine nicht mehr. Ich fahre jetzt in eine Klinik, in der ich Hilfe bekomme. Ich kann nicht mehr." Sie antwortete mir mit der Frage: „Bin ich jetzt daran schuld?" Ich versuchte sie zu beruhigen, weil ich ihr keinen Kummer bereiten wollte. „Ich rede nicht von Schuld und weise sie dir auch nicht zu. Doch ich werde mit der Vergangenheit alleine nicht mehr fertig. Ich kann damit nicht mehr leben." Ob ich noch bei ihr vorbeikäme, wollte sie wissen. „Nein, ich habe keine Zeit mehr, werde dort bereits erwartet." Damit verabschiedete ich mich von ihr und fuhr sogleich los.

Dass mit dieser Zeit im Grunde die Auseinandersetzung mit der Herkunftsfamilie begann, die das Verbrechen mit einer erbarmungslosen Vehemenz leugnete, konnte ich nicht ahnen. Ebenso wenig konnte ich ahnen, dass die Familie den Spieß einfach umdrehte und mich an den Pranger stellte, indem sie mich kurzerhand zum Täter und Verursacher allen Unheils machte.

1. Der erste Klinikaufenthalt in Bad Saulgau (Ende Februar bis Anfang Mai 2000)

Kurz nach meiner Ankunft in der Klinik in Bad Saulgau wurde ich vom Klinikchef zu einem Gespräch gebeten. Nach einigen grundsätzlichen Erklärungen und Hinweisen fragte er mich, ob ich an der Gruppentherapie teilnehmen wolle. „Um Himmels willen! Bloß das nicht!", schoss es mir durch den Kopf. „Es reicht schon, wenn ich mit einem Therapeuten über meine Kindheit rede." Ich wollte doch nicht einer Gruppe von wildfremden Menschen von meinem Leben erzählen. Mein Leben ging diese Leute nichts an! Und dann sollte ich mir womöglich noch die Probleme der anderen Gruppenmitglieder anhören? Dazu hatte ich absolut keine Lust. Meine eigenen Schwierigkeiten reichten im Moment völlig. Schließlich akzeptierte ich den Vorschlag, mich erst für oder gegen dieses Angebot zu entscheiden, wenn ich – um die Gruppe zu erleben – probeweise an ein oder zwei Sitzungen teilgenommen hätte. Heute bin ich froh, dieses Angebot genutzt zu haben. Denn die Gruppe war für mich letztlich eine sehr große Hilfe.

Mein Therapieprogramm bestand aus drei bis fünf tiefenpsychologisch fundierten Einzelgesprächen wöchentlich, analytisch orientierter Gruppentherapie (viermal pro Woche), dazu Atemtherapie, Ergometertraining, Muskelaufbautraining, medizinisches Bad, Kneippsche Güsse und Massagen.

Während der Einzeltherapiesitzungen war ich anfangs sehr zurückhaltend, projizierte auf den Bezugstherapeuten mein ganzes Misstrauen Menschen gegenüber. Erst als ein fundamentales Vertrauen geschaffen war, konnte ich mich langsam öffnen. Dennoch verliefen die Gespräche über lange Zeit oft lähmend und zäh. Ich war zeitweise derart blockiert, sodass ein Gespräch nahezu unmöglich war, obwohl es mich innerlich mitunter fast zerriss. Ich wollte reden, wollte meine Not am liebsten hinausschreien und war doch nicht in der Lage, meinen Gefühlen mit Worten Ausdruck zu verleihen.

An den Gruppensitzungen nahm ich während der ersten drei Wochen nur passiv, absolut schweigend teil. Auf die Gruppenmitglieder sowie auf Therapeuten musste ich wie versteinert gewirkt haben. Das Geschehen verfolgte ich zwar sehr aufmerksam und mit innerer Anteilnahme – und manches, was ich da zu hören bekam, erschütterte mich auch –, doch war ich nicht in der Lage, mich am Gespräch zu beteiligen. Dem Gruppentherapeuten rechne ich hoch an, dass er mir die Zeit ließ, die ich brauchte. Zu keiner Zeit wurde ich bedrängt, sondern erfuhr Verständnis.

Nach drei Wochen war der Leidensdruck so groß geworden, dass ich nicht mehr anders konnte, als das Schweigen zu brechen.

Dennoch kostete es mich ungeheuer viel Überwindung, der Gruppe mitzuteilen, was mir in meiner Kindheit widerfahren war. Mit wenigen knappen Worten versuchte ich zu berichten, was ich erlebt hatte. Doch in mir brachte es gleichsam einen „Vulkan" zum Ausbrechen. Alle bisher zurückgehaltenen Gefühle, aller Schmerz, das ganze Leid, einfach alles brach sich in dem Moment Bahn, überrollte mich mit einer Heftigkeit, auf die ich nicht vorbereitet und die zu steuern ich nicht imstande war. Ununterbrochen liefen mir die Tränen über die Wangen. Den Schmerz zu beschreiben, den ich in dem Augenblick fühlte, fehlen mir die richtigen Worte. Mit meinen Tränen floss auch – im wahrsten Sinne des Wortes – die ganze „Maske" davon, die ich mir mit Make-up und Schminke all die Jahre täglich aufgetragen hatte, um nicht mein „wahres Gesicht" zeigen zu müssen.

Nachdem ich geendet hatte, schwieg die ganze Gruppe. Keiner sagte ein Wort. In dem Moment kam ich mir so schlecht vor, hatte das Gefühl, alle schauen voller Verachtung auf mich. Wie ein aufgeschlagenes Buch fühlte ich mich, das – zuvor fest versiegelt – nun offen und für alle Beteiligten einsehbar auf dem Präsentierteller lag.

Als die Situation unerträglich und das Schweigen immer drückender wurde, hielt ich es nicht mehr aus und rannte voller Verzweiflung aus dem Raum. Leider hatte ich meinen Zimmerschlüssel zurückgelassen, konnte mich nicht verstecken. Also lief ich irgendwohin, um alleine zu sein und der beschämenden Situation, wie ich sie empfand, zu entrinnen. Irgendwann holte mich die Stationsschwester ein und bat mich, in die Gruppe zurückzukommen. Diese habe so reagiert, weil sie sehr betroffen sei, nicht weil sie mich verurteile, erklärte sie. Voller Scham- und Schuldgefühle, verheult und mit verquollenen Augen kostete es mich große Überwindung, meinen Platz in der Gruppe wieder einzunehmen – ohne „Maske", authentisch.

Ab diesem Zeitpunkt, als es mir gelungen war, mich der Gruppe ein Stück weit zu öffnen, konnte ich aktiv am Gruppengeschehen teilnehmen, konnte mich und meine Erfahrungen einbringen oder auch ganz auf die Probleme der anderen eingehen, was vorher nicht möglich gewesen war. Ich entwickelte eine unerwartete Kontaktfreudigkeit und aktive Mitarbeit in der Gruppe, die allen Beteiligten auffiel. Mich selbst erreichten Verständnis und ehrliche Anteilnahme an meinem Schicksal, wie ich es nicht erwartet hatte.

Trotzdem fiel ich bald darauf in ein tiefes Loch, sah mein Leben, wenn ich alleine war, hoffnungsloser als jemals zuvor.

Mit dem Tag, an dem ich das „Schweigen gebrochen" hatte, wurde gleichsam eine Tür zu dem tiefen seelischen Leid des Kindes aufgestoßen, zu dem ich nun Schritt für Schritt mehr Zugang bekam. Wie konnte ein Kind einen solchen Schmerz überhaupt überleben?

Jetzt erst begann ich die Worte von Herrn Reiter zu verstehen, als er einmal im Hinblick auf das damalige Geschehen von „Seelenmord" gesprochen hatte.

Durch die Konfrontation und den bewussten Blick auf die frühen Erlebnisse und Geschehnisse durchlitt ich als erwachsene Frau die seelischen Qualen des kleinen Mädchens, das sich offenbar aus Selbstschutz, um überhaupt überleben zu können, von diesem Schmerz regelrecht abgeschnitten und deshalb angefangen hatte, zu „funktionieren", so wie die Umwelt es haben wollte.

Diesen jahrelang verschütteten und zurückgehaltenen Gefühlen, die sich nun nahezu explosionsartig Freiheit zu verschaffen schienen, stand ich völlig hilflos gegenüber. Die Einsamkeit und Hoffnungslosigkeit des Kindes waren derart präsent, dass ich glaubte, diese Gefühle würden meine Seele zerreißen.

Der Gedanke, mich in dieser Not meinem zuständigen Therapeuten, der jederzeit ein offenes Ohr für mich gehabt hätte, anzuvertrauen, kam mir überhaupt nicht in den Sinn.

Ich wollte nur noch davonrennen: vor der Erinnerung, vor dem Schmerz, vor dem Leben. Dieses unsägliche innere Leid ließ mich in einen endlosen Abgrund sinken, wo es nichts als Dunkelheit und unendliche Traurigkeit gab.

In diesem Zustand setzte ich mich in mein Auto und fuhr ziellos irgendwohin, gefangen im Strudel meiner aussichtslos erscheinenden Gefühle. Auf einem Parkplatz am Rande eines

Sees hielt ich an, stand lange am Ufer mit dem Gedanken, hier meinem Leben ein Ende zu setzen. Hier stand nicht die erwachsene Frau, hier stand das kleine Kind – alleine, verlassen.

Meine Seele schrie immer und immer wieder nur ein einziges Wort. Sie schrie nach der Frau, von deren Seite es nur einer einzigen liebevollen Geste bedurft hätte, um das Kind, um mich aus dieser Verzweiflung herauszuholen: „MAMA! MAMA! MAMA!!!", schrie es unentwegt in mir. Doch so wie damals hörte sie mich auch heute nicht. Grenzenlose Einsamkeit! Maßlose Trauer!

Plötzlich bemerkte ich in der Nähe ein anderes Auto. Wie lange es schon dastand, wusste ich nicht. Tränenüberströmt flüchtete ich in mein Auto und fuhr weiter.

Diese Qual zu beenden, war in diesem Moment das Einzige, was mich beherrschte. Während ich über die Landstraßen raste, hatte ich nur ein Bild vor Augen: vor mir eine riesige Mauer oder ein Baum. Ich rase ungebremst dagegen. Gleichzeitig ein ungeheurer, explosionsartiger Knall, der meinem Leben und den unsäglichen Schmerzen in meiner Seele ein für alle Mal ein Ende setzt. Ich stellte mir vor, wie auch mein Körper gleichsam „explodieren" dürfte, sodass der ganze Schmerz, die ganze Qual aus meinem Inneren herausgeschleudert und somit freigesetzt würde.

In diesem Dunkel totaler Verzweiflung dachte ich nicht einmal mehr an meine beiden Töchter, obwohl sie immer das Wichtigste in meinem Leben waren und alles für mich bedeuten. Doch in dieser Situation sah ich keinen Ausweg mehr, wollte nur noch, dass es vorbei sei, wollte tot sein! Nie mehr den Schmerz fühlen, der in meinem Inneren tobte!

Zwei rote Bremslichter eines vor mir fahrenden Autos brachten mich schlagartig in die Realität zurück. Vollbremsung! Erst jetzt kam ich wieder zu mir, und mir wurde bewusst, was ich eigentlich zu tun im Begriffe gewesen war. Ich erschrak über mich selbst.

Wie groß muss die Verzweiflung, wie tief der Schmerz in den Seelen so vieler armer Menschenkinder gewesen sein, die vor mir den Freitod gewählt hatten? Jetzt konnte ich sie verstehen.

Nachdem ich mich meinem zuständigen Therapeuten anvertraut hatte, übergab ich ihm meinen Autoschlüssel, um eine ähnliche Kurzschlusshandlung zu vermeiden. Ich hatte nicht nur mich in große Gefahr gebracht, sondern zugleich andere Verkehrsteilnehmer gefährdet. Außerdem war ich dabei gewesen, meinen Kindern, den beiden wichtigsten Menschen in meinem Leben, die Mutter zu nehmen.

Allmählich nahm ein völlig neuer Gedanke in mir Gestalt an. Nie hätte ich gedacht, dass ich überhaupt einmal die Möglichkeit in Erwägung ziehen würde, mit dem Menschen, der mir Gewalt angetan hatte, über die Kindheitserlebnisse zu reden. Doch jetzt glaubte und hoffte ich, dass der Mensch, von dem ich so viel Leid erfahren hatte, zur Gesundung meiner Seele beitragen könnte. „Nur derjenige kann die Wunden letztlich heilen, der sie geschlagen hat!", so dachte ich. Deshalb schrieb ich Bernhard einen kurzen Brief, in dem ich ihm den Grund meines Klinikaufenthaltes mitteilte, und bat ihn, zu einem Gespräch in die Klinik zu kommen, um mir zu helfen. Einige Tage später rief er an. Kaum hatte ich seine Stimme am anderen Ende der Leitung erkannt, begann ich am ganzen Körper zu zittern. Auf eine so heftige Körperreaktion war ich nicht gefasst. Ehrlicher und spontaner, als mein Verstand erlauben wollte, reagierte offenbar mein Körper, indem er nur noch Signale der Angst aussandte.

Auf die Frage, was ich ihm denn vorwerfe, antwortete ich: „Du weißt genau, du hast mich vergewaltigt. Alleine schaffe ich das nicht mehr." Ich wisse doch genau, dass das nicht stimme, meinte Bernhard. Weiter bagatellisierte er seine Untaten: „Was ich mit dir gemacht habe, macht doch jeder Bruder mit seiner Schwester." „Bernhard, du weißt, dass du zu weit gegangen bist", erwiderte ich. „Im Übrigen habe ich Mama damals genau erzählt, was du mit mir gemacht hast." Unüberlegt platzte er heraus, das könne gar nicht sein, da er von unserem Vater erwischt worden sei. Hatte auch mein Vater davon gewusst? Hatte er wirklich Kenntnis davon und nichts unternommen? Leider konnte ich ihn nicht mehr danach fragen, da er bereits verstorben war.

Bernhard stritt alles ab und meinte schließlich, wir hätten doch vereinbart, immer die Wahrheit zu sagen. Ich sei nun die Erste aus der Familie, die aus der Reihe tanzen würde. Nachdem ich die Sinnlosigkeit dieses Gespräches eingesehen hatte, legte ich auf, ging auch nicht mehr ans Telefon, als es sogleich wiederholt klingelte.

Nun wusste ich endgültig, dass ich von ihm keine Hilfe erwarten konnte. Er leugnete und stritt alles ab. Später erzählte er sogar meiner Mutter und meinen Geschwistern, ich hätte ihm gegenüber sowohl während des Gesprächs als auch in dem kurzen Brief, den ich ihm geschrieben hatte, geäußert, ich sei mir überhaupt nicht sicher, ob meine „Vermutung", von ihm sexuell missbraucht worden zu sein, überhaupt stimme. Eine bodenlose Lüge!!!

In der Folgezeit wurde der innere Druck fortwährend größer, es wurde immer schwieriger, mich mitzuteilen, wirklich zu sagen, was in mir vorging. Meine Seele schrie nach der Hilfe meiner Familie. Doch keiner meldete sich. Alle wussten, dass ich in der Klinik war. Alle kannten den Grund dafür. Dennoch war keiner bereit, mir zu helfen. Ich verstand es nicht.

Dann kam der Nachmittag, an dem der innere Schmerz mich ein zweites Mal überwältigte und schließlich übermächtig wurde, sodass mich kein menschliches Mitgefühl seitens der Therapeuten oder irgendeines Menschen mehr erreichen konnte. Verzweifelt versuchte ich mir mit einer Schere die Pulsader aufzuschneiden. Die Schere war nicht scharf genug. Ich schaffte es nicht. Die vergeblichen Versuche verursachten zwar körperliche Schmerzen, die jedoch nichts waren im Vergleich zu dem seelischen Schmerz, den ich empfand.

In diesem Zustand totaler Verzweiflung besorgte ich mir Rasierklingen, um meinem Leben ein Ende zu setzen, damit die Qual endlich vorbei sei. Ich konnte nicht mehr! Ich war gerade im Begriff, mein Vorhaben in die Tat umzusetzen, als überraschend die Stationsschwester an meine Tür klopfte. Schnell versteckte ich alles, denn mit ihrem Besuch hatte ich überhaupt nicht gerechnet. (Bis heute weiß ich nicht, warum sie mich gerade zu diesem Zeitpunkt sehen wollte. Als ich sie später nach dem Grund fragte, meinte sie, sie habe plötzlich das Gefühl gehabt, zu mir kommen zu müssen. Einen wirklichen Grund habe es nicht gegeben.) Dass mein linker Arm total zerschnitten war, bemerkte sie, obwohl ich ihn so hindrehte, dass sie dies gar nicht sehen konnte. Direkt fragte sie mich, was ich vorhätte und was das solle.

Ein langes Gespräch folgte, wobei mir die Tragweite meines Ansinnens bewusst wurde und was ich zudem meinen Kindern ein zweites Mal anzutun im Begriffe gewesen war.

In meiner ausweglosen Situation rief ich meine Mutter an, weil ich von ihr endlich Hilfe erhoffte. So dringend hätte ich sie jetzt gebraucht. Ich flehte: „Mama, hilf mir! Ich kann nicht mehr!" Im Grunde war es die Bitte des verzweifelten Kindes, endlich von der Mutter gehört zu werden. Dann erzählte ich ihr unter Tränen, was nachmittags vorgefallen war. Ihre einzige

Reaktion: „Mädchen, tu mir das nicht an!" Ich blieb wieder genauso hilflos und schutzlos zurück wie als Kind.

In den nächsten Tagen hörte ich weder von meiner Mutter noch von meinen Geschwistern etwas.

Schließlich wandte ich mich an meine älteste Schwester Margot und vertraute mich ihr an. Ich suchte einen einzigen Menschen aus der Familie, der zu mir stehen würde. Im Laufe des Gesprächs versprach sie mir ihre Hilfe. Nichts geschah. Auch von ihr hörte ich nichts mehr. Schließlich wurde ich in der Karwoche aufgrund eines Zusammenbruchs ins Krankenhaus Sigmaringen eingeliefert. Während dieser Tage beherrschte mich ein Gefühl vollkommener Verlassenheit, des Verlassenseins von der Mutter und nun auch von den Geschwistern.

Hatte sich bis zu meiner Entlassung am Karsamstag niemand aus der Herkunftsfamilie gemeldet, so hoffte ich wenigstens während der Feiertage auf ein Zeichen von Anteilnahme, von Verständnis und Liebe. Ostersonntag, Ostermontag. Nichts! Ich verstand es nicht. Ostern war doch immer ein Tag der Familie! So dachte ich wenigstens. Offenbar ein Irrtum. Für mich der schmerzlichste Irrtum, was meine Herkunftsfamilie betraf. War das die „gelebte Nächstenliebe"?

Über die Feiertage waren meine Töchter zu Besuch. Bevor sie am Ostermontag wieder nach Hause fuhren, rief Jutta meine Mutter an, um ihr mitzuteilen, dass ich aus dem Krankenhaus wieder zurück sei. „Oma, ruf doch die Mami an! Sie würde sich freuen, wenn du dich melden würdest." Meine Mutter ließ sich noch einmal meine Telefonnummer geben, da sie diese momentan nicht griffbereit habe, und versprach, sich bei mir zu melden.

Und wieder wartete ich auf ein Zeichen meiner Mutter, verließ den ganzen Nachmittag mein Zimmer nicht, weil ich den

Anruf meiner Mutter auf keinen Fall verpassen wollte. Doch wieder wartete ich vergebens. Sie ließ nichts hören.

Noch am Dienstag nach Ostern fieberte ich der Post entgegen, weil ich dachte, wenn meine Mutter oder eines meiner Geschwister vielleicht aufgrund ihrer vielen Arbeit es nicht rechtzeitig geschafft hatten, mir zu schreiben, würde mich wenigstens nach den Feiertagen Post erreichen. Ich war überzeugt, spätestens an diesem Tag würde sich jemand melden. Ich wartete auf ein einziges Zeichen von einem einzigen Mitglied der Familie. Vergebens. Es kam nichts. Kein Anruf. Keine Karte. Kein Brief. Ich war unendlich enttäuscht. So alleine und verlassen, von der ganzen Familie verraten, hatte ich mich noch nie in meinem Leben gefühlt.

Fürchtete meine Herkunftsfamilie um ihren guten Ruf, der durch mich ins Wanken geraten könnte? Distanzierte sie sich lieber, damit dies nicht geschehen konnte, vorher von einem „schwarzen Schaf", das sowieso nicht in diesen Rahmen passte? Ich konnte ihr Verhalten nicht deuten.

Der einzige Mensch, dem ich inzwischen vertraute und mit dem ich darüber hätte reden können, war mein Bezugstherapeut Herr Dr. Fischer, der jedoch über die Feiertage in Urlaub war.

So schrieb ich in dieser Nacht, nachdem mich der Schmerz und die Enttäuschung nicht schlafen ließen, einen Brief an meine Herkunftsfamilie, in dem ich versuchte, meine grenzenlose Enttäuschung, meine innere Not und meine Verzweiflung mitzuteilen.

Zum ersten Mal „erzählte" ich darin der ganzen Familie, was damals geschehen war. Es würde doch wenigstens danach einen Einzigen aus der Familie geben, der zu mir stehen würde, so hoffte ich.

Zu dieser Zeit kreisten meine Gedanken nahezu zwanghaft um meine Herkunftsfamilie und den Wunsch, Mutter, Geschwister und vor allem der Täter möchten endlich das Unrecht einsehen, mich unterstützen und vielleicht sogar um Verzeihung bitten.

Am nächsten Tag hatte ich vormittags einen Termin bei meinem Bezugstherapeuten, der nach seinem Urlaub seinen ersten Arbeitstag hatte. Ich erzählte von dem Brief, den ich in der vergangenen Nacht geschrieben hatte. Auf seine Frage, ob er ihn lesen dürfe, gab ich ihm diese Zeilen mit der Bemerkung, ich würde jedoch nichts streichen und auch nichts hinzufügen, würde nur etwas ändern, wenn meine Sprache verletzend wäre. Denn jemanden zu verletzen, war nie meine Absicht. Allein meine verletzten Gefühle wollte ich zum Ausdruck bringen.

Während Herr Dr. Fischer den Brief anschließend halblaut vorlas, hörte ich aus dem Mund des Therapeuten meine eigene Geschichte, und mir wurde mehr als jemals zuvor das ganze Ausmaß des Geschehens bewusst. Wenn ich im Verborgenen schon viel geweint hatte, so viele Tränen auf einmal habe ich noch nie vergossen.

Herr Dr. Fischer las, was ich geschrieben hatte:

25.04.00

Dieser Brief ist meinerseits der letzte Kontakt, den ich zu euch aufnehme. Durch euer Verhalten zeigt ihr mir deutlich, dass ihr mir nicht glaubt, obwohl sich keiner von euch wirklich je die Mühe gemacht hat, alles zu erfahren – und zwar von mir.
Ich selbst hätte auch nie davon geredet, wenn ich alleine damit fertiggeworden wäre. Mein ganzes Leben lang habe ich es versucht. Ich habe versucht, mit etwas fertigzuwerden, woran ich keine Schuld hatte. Und jetzt kann ich nicht mehr!

Die Erinnerung, den Schmerz und die Qualen trage ich seit meiner Kindheit täglich mit mir herum. Bis heute habe ich das ganze Theater mitgespielt, das Theater der „heilen Familie", einer Familie, die ich gerne gehabt hätte. Auch deshalb habe ich versucht, alles mit mir alleine auszumachen, damit klarzukommen. Jetzt geht das nicht mehr, und ich werde nun alles erzählen, was sich bis zu meinem sechsten Lebensjahr zugetragen hat, d. h. ich erzähle nur das, an das ich mich hundertprozentig erinnere:

Ich spüre etwas riesengroßes Fleischiges auf mir. Es erdrückt mich fast! Ich kann mich fast nicht bewegen. In mir fühle ich einen tiefen, brennenden Schmerz. Ich weiß nicht, was mit mir geschieht. Das Zimmer ist dunkel. Ich bin ungefähr vier Jahre alt.

Mama erzähle ich es. Ich habe ein rotes Strickkleid an. (Jedes Wort, das ich ihr sagte, ist mir heute noch genau im Gedächtnis, ich konnte diesen Satz aber bisher nie aussprechen, weil es innerlich zu wehtat. Aber jetzt habe ich nichts mehr zu verlieren!)

Ich sage: ... Daraufhin lässt Mama mich stehen, lässt mich alleine. In dem Moment stirbt etwas in mir. Ich habe das Gefühl, jetzt keinen Menschen mehr zu haben, dem ich vertrauen kann. Und das Schlimmste ist: Ich bleibe mit ungefähr vier Jahren mit dem Gefühl zurück, als habe ich etwas Schlimmes getan. Ich sei an etwas schuld, was ich gar nicht verstand und woran ich doch keine Schuld hatte!

Deshalb habe ich danach nie mehr mit jemandem darüber gesprochen. Und ich fühlte mich von da an schutzlos, ausgeliefert. Denn ab diesem Zeitpunkt war die Angst vor Bernhard mein ständiger Begleiter. Er ließ mich in der Folgezeit auch nicht in Ruhe, die sexuellen Übergriffe gingen weiter. Mehr als nur einmal kam er an mein Bett, griff unter meine Decke ... Erleichtert war ich erst, als er mit ungefähr achtzehn Jahren das Haus verließ.

Das sind die Bilder und Erinnerungen, die ich seit meiner Kindheit tagtäglich vor mir sehe.

Bernhard nennt das, was er mit mir gemacht hat, „kindliche Spielereien", was ja jeder mache und ganz normal sei. Ich aber musste und muss damit leben!

Erst als ich etwa zwanzig Jahre alt war, fand ich den Mut, Mama danach zu fragen, was denn noch alles gewesen sei. Sie erklärte mir, sie habe immer aufpassen müssen, dass Bernhard mir nichts tue, dass er aber so weit gegangen sei, habe sie nicht gewusst. (Aber auch an dieses Gespräch kann sie sich heute nicht mehr erinnern.)

All die Jahre versuchte ich das Ganze zu verdrängen, zu vergessen und zu verzeihen. Das funktionierte lange, wenngleich es immer vor Augen war. Als ich dann ganz verzweifelt war, erzählte ich es Hermine. (Das war vor etwa zehn Jahren.) Ich hoffte, Hilfe zu finden. Sie reagierte etwas bestürzt. Das war alles. Später wandte ich mich an Hartmut und Irmgard. Aber keiner verstand meine Not.

Erst dann nahm ich fremde Hilfe in Anspruch, weil ich nicht mehr konnte! ...

Es ist gemein von Bernhard und es ist auch eine Unverschämtheit, mich als Lügnerin hinzustellen und mir beim letzten Telefongespräch zu sagen, wir hätten ausgemacht, immer ehrlich zueinander zu sein. Ich sei nun die Erste, die aus der Reihe tanzen würde.

Ich weiß nicht, was er euch erzählt hat. Ich jedenfalls konnte das nicht mehr ertragen und legte auf. Auf dieser verlogenen Basis rede ich nicht mehr mit ihm!

Es ist jedoch offensichtlich, dass ihr Bernhard mehr glaubt als mir. Es ist ja auch einfacher in einer „christlichen Familie".

Was nicht sein darf, kann nicht sein!

Und trotzdem hätte ich nie geglaubt, dass ihr alle mich so hängen lasst. Ich brach hier erneut zusammen. Und wieder habt ihr alle weggeschaut! Ich kann mich nicht erinnern, dass ich einen Einzigen von euch jemals im Stich gelassen habe, wenn ich sah, dass ich helfen konnte.

Doch die Tage (im Krankenhaus in S.) von Gründonnerstag bis Karsamstag waren die schmerzlichsten und einsamsten, die ich seit Langem er-

lebt habe. Sie waren umso schmerzlicher, da ich von euch allen im Stich gelassen wurde.

Und nicht mal zu Ostern hat sich ein Einziger von euch gemeldet! Ich habe so darauf gewartet. – Umsonst!

Damit verabschiede ich mich jetzt von euch allen. Ich wünsche keinen Kontakt mehr! Lebt mit und in eurer Lüge weiter.

*Nur das eine sage ich euch: Ich halte meinen Mund nicht mehr! Und damit müsst **ihr** jetzt leben.*

Nachdem diese Sitzung zu Ende war, wollte ich aufstehen und das Zimmer verlassen. Doch dazu war ich nicht in der Lage, da meine Beine plötzlich den Dienst völlig versagten. Ich sank zu Boden. Auf die Frage, was los sei, konnte ich Herrn Dr. Fischer keine Antwort geben, weil ich selbst keine Erklärung dafür hatte. Erneut versuchte ich aufzustehen. Doch meine Beine wollten mich einfach nicht mehr tragen. Mir schien darin jegliche Kraft abhandengekommen zu sein. Was war nur los mit mir?! Irgendwie schaffte ich es schließlich, mich Schritt für Schritt zu meinem Zimmer zu schleppen.

Nach ein paar Stunden hatte ich mich wieder einigermaßen gefangen, wenngleich ich noch ein wenig wackelig auf den Beinen stand. Am Nachmittag suchte ich das nahe gelegene Postamt auf, um an die Adresse eines jeden Mitgliedes meiner Herkunftsfamilie eine Kopie meines Briefes abzuschicken.

In dem Moment, als ich die Briefe am Postschalter abgab, schien eine ungeheuer große Last von meinen Schultern zu fallen. Gleichzeitig hatte ich das Gefühl: Jetzt schicke ich gleichsam die ganze Bürde, die ich mein bisheriges Leben getragen habe, endlich an die Adressen zurück, wohin sie immer schon gehört hätte. Ich gab die Schuld somit an diejenigen ab, die sie hatten: an meinen Bruder, der mir Gewalt angetan hatte, und an meine Mutter, die nicht in der Lage gewesen war, dem Geschehen Einhalt zu gebieten – vielleicht auch an einen Teil meiner Geschwister, die ebenfalls eine Ahnung davon gehabt, jedoch tatenlos zugesehen hatten.

In mir machte sich ein bisher unbekanntes Gefühl von Freiheit breit. Plötzlich fühlte ich mich von einer Schuld erlöst, die ich nie hatte und doch auf mich genommen und lange Jahre getragen hatte. Ich war befreit von einer Last, die so schwer war, dass sie mich immer mehr niedergedrückt, geschwächt und schließlich fast in den Suizid getrieben hätte, weil ich nicht mehr die Kraft hatte, sie zu tragen.

Am nächsten Tag, als ich mich körperlich wieder etwas erholt hatte, schien das Leben auf einmal schöner geworden zu sein. Ich freute mich an der Sonne, an den Blumen, den Wiesen, den Vögeln. Ich freute mich am Leben.

Ein neues Gefühl von Freiheit und Freude durchströmte mich. Mir war, als dürfte ich nun wirklich anfangen zu *leben*. Es war herrlich, und dafür dankte ich Gott aus tiefstem Herzen.

Zwar gab ich in meinem Brief zu verstehen, dass ich meinerseits den Kontakt abbrechen würde, weil ich an der Gleichgültigkeit der ganzen Familie angesichts meiner großen inneren Not fast zerbrochen wäre. Insgeheim jedoch hoffte ich auf eine Reaktion auf meinen Brief, der doch ein einziger Hilfeschrei war.

Mein ganzes Leben lang hatte ich darum gekämpft, Teil dieser Familie zu sein. Und doch gehörte ich meinem Empfinden nach nie wirklich dazu, war immer Außenseiterin gewesen. Warum?! Und jetzt, da ich über etwas geredet hatte, „über das man nicht spricht", wurde ich stetig mehr nach außen gedrängt, wurde ausgeschlossen, ignoriert. Mit mir wurde umgegangen, als wäre ich einfach nicht da.

Kein Zeichen von meiner Mutter, keine Antwort von meinen Geschwistern.

Doch meine Schwester Hermine, die in ihrer Funktion als Klosterschwester dem Himmel näher war als jeder andere der Familie, würde auf meinen Brief antworten und versuchen, mich zu verstehen. Davon war ich felsenfest überzeugt. Vergebens. Kein Zeichen. Keine Anteilnahme. Auch von dieser Ordensfrau hörte ich nichts.

Die Einzige, die auf meinen Brief reagierte, war meine jüngere Schwester Rosa, die wusste, dass ich die Wahrheit sagte. Einige Tage später teilte sie mir in einem Brief mit, dass Mama „am Ende ihrer Kräfte" sei und dem Tod näher als dem Leben stände. Ich solle ihr nicht weiter Vorwürfe machen, denn jeder Vorwurf, „vor allem in der Heftigkeit", sei „wie ein Stoß mit scharfer Klinge – und noch war es kein Todesstoß". Ich solle ihr noch etwas Frieden gönnen in Anbetracht ihres harten Lebens, in dem sie nur Arbeit, Sorge und Opfer gekannt habe. Wenn ich all das bedenken würde, sei es mir vielleicht möglich, ihr zu verzeihen.

Mit neuen Schuldgefühlen beladen, legte ich den Brief beiseite. Vorwürfe wollte ich meiner Mutter zu keiner Zeit machen, wollte ihr nicht schaden oder sie verletzen. Dennoch trug ich nun die Schuld am schlechten Gesundheitszustand meiner Mutter, wie mir meine Schwester unmissverständlich zu verstehen gab.

Das Schweigen meiner Herkunftsfamilie konnte ich nicht mehr nachvollziehen, es machte mich selbst sprachlos. In Gedanken fragte ich mich, ob es nicht jedem Einzelnen lieber gewesen wäre, mich auf dem Friedhof unter der Erde zu wissen, als die Wahrheit anzuerkennen. Freilich, sie hätten um die „arme kranke" Tochter und Schwester getrauert, vielleicht sogar geweint und wären sich des Mitleids ihrer Mitmenschen sicher gewesen, weil sie mit diesem „schwarzen Schaf" so viel hätten durchmachen müssen. Doch im Grunde wären sie wahrscheinlich froh und erleichtert gewesen, hätte ich dieses „dunkle Geheimnis" mit ins Grab genommen, sodass es für immer ein Geheimnis geblieben wäre.

Schließlich wurde ich – „psychisch stabilisiert, wenn auch physisch ziemlich erschöpft" – in die weitere ambulant therapeutische Betreuung von Herrn Reiter entlassen.

Die Klinik verließ ich in einer optimistischen, fast euphorischen Stimmung und in dem festen Glauben, den Missbrauch endgültig bewältigt zu haben, glaubte auch, im Laufe der Zeit mit der Ausgrenzung durch die Familie fertigzuwerden.

Ich freute mich auf mein neues Leben mit meinen prächtigen Kindern, freute mich auf die Arbeit in der Schule, wenngleich ich aufgrund meiner physischen Erschöpfung nicht in der Lage war, den Dienst sofort nach meinem Klinikaufenthalt wieder anzutreten, zweifelte jedoch keinen Augenblick daran, dass ich mich in Kürze auch körperlich gut erholt haben würde.

2. Die Ausgrenzung wird spürbar

Mit neuem Tatendrang und Optimismus nahm ich zu Hause meine täglichen Aufgaben in Angriff. Alles ging mir leicht von der Hand. Das Leben war um so vieles schöner geworden und wieder lebenswert.

Bereits wenige Tage nach meiner Rückkehr aus der Klinik besuchte mich mein Bruder Hartmut zu Hause. Er äußerte im Nachhinein seine Bereitschaft, dass er dafür gesorgt hätte, dass sich die gesamte Familie zu einem Gespräch in der Klinik eingefunden hätte, wenn er gewusst hätte, dass mir dies eine Hilfe gewesen wäre. Ob er wieder vorbeikommen dürfe, fragte er, was ich sogleich bejahte. Doch bei der Frage blieb es auch. Er kam nicht wieder.

Zu einem weiteren Gespräch traf ich mich mit Rosa in einem Café. Soweit ich mich erinnere, war es bei dieser Verabredung, dass sie mir vorhielt, ich sei ihrer Ansicht nach noch viel zu sehr mit meinem geschiedenen Mann verbunden, könne das Scheitern meiner Ehe in letzter Konsequenz nicht akzeptieren, da ich weiterhin meinen Ehenamen tragen würde und bis heute meinen Mädchennamen nicht wieder angenommen hätte. Ich jedoch wollte mich aus wohl nachvollziehbaren Gründen nie mehr mit dem Namen meiner Herkunftsfamilie identifizieren, was ich ihr unmissverständlich zu verstehen gab.

Eine Woche später wurde meine Mutter ins Krankenhaus gebracht. Sie sei zusammengebrochen, hieß es. Den stummen Vorwurf meiner Geschwister, dies sei meine Schuld, spürte ich wohl. Nachdem ich davon erfahren hatte, ließ ich sogleich alle Arbeiten liegen und fuhr zu ihr. Bei meinem Eintreten nahm ich zunächst in ihrem Gesicht Überraschung und Erstaunen wahr und sah gleich darauf Freude und Erleichterung darin. Als ich sie begrüßte, klammerte sie sich gleich einer Ertrinkenden an mich. Wie ein kleines Kind führte ich sie anschließend an meiner Hand zum Besucherraum. Bei meinem zweiten Besuch am nächsten Tag saß sie aufrecht im Bett und meinte, jetzt wolle sie mir den Grund ihres Zusammenbruchs nennen. Sie habe so sehr darunter gelitten, weil es mir so schlecht gegangen sei. Daran würde ich doch erkennen, wie eng wir innerlich doch miteinander verbunden seien. Daraufhin verließ ich sie so schnell wie möglich. Nach allem, was ich erlebt hatte, konnte ich ihr nicht glauben. Meiner Ansicht nach waren es ihre eigenen Schuldgefühle, die sie quälten.

In der Folgezeit merkte ich, dass ich von der Familie immer mehr gemieden, regelrecht ausgegrenzt wurde. Mit dieser Reaktion hatte ich nicht gerechnet. War es ihre Hilflosigkeit oder war ich zu der „unbequemen" Tochter und Schwester geworden, auf deren Gesellschaft man eher verzichtete, da sie über diese „heile Familie", in deren Mittelpunkt die katholischen Grundsätze standen, Schande gebracht hatte?

Die Tatsache, von meiner Herkunftsfamilie fallen gelassen zu werden, kein Verständnis spüren zu dürfen, machte mir – entgegen aller Vernunft – zunehmend zu schaffen. Mein Schicksal, meine Gefühle interessierten im Grunde keinen dieser kaltherzigen Menschen.

Die Kindheitserlebnisse zum Teil aufzuarbeiten und schließlich so weit zu verarbeiten, dass ich damit leben konnte, das war mir allmählich in kleinen Schritten gelungen. Ich hatte es geschafft, die Tatsache, als Kind missbraucht worden zu sein, als zu meinem Leben gehörend zu akzeptieren. Es schmerzte zwar zeitweise noch, zog mich aber nicht mehr in einen Abgrund.

Hingegen jetzt mit der ablehnenden und feindseligen Haltung meiner Ursprungsfamilie umzugehen, das schaffte ich nicht, zerbrach daran fast ein zweites Mal.

Hatte ich früher geglaubt, meine Familie würde zu mir halten, wenn ich nur endlich den Mut aufbrächte, um über das zu reden, was mir in der Kindheit widerfahren war, wurde ich nun eines Besseren belehrt. Meine Familie nahm überhaupt keinen Anteil an meinem Leid, wollte einfach nichts davon hören. Im Gegenteil, sie machte mich, die „Verrückte" und „Kranke", für das Unheil der Familie verantwortlich.

Sehr deutlich ließ mich dies meine Schwester Irmgard spüren, deren Sohn – wie meine Tochter Mona – die Abiturklasse besuchte. Bei der Abschlussfeier würdigte sie mich demonstrativ keines Blickes, weder während der heiligen Messe, wobei sie mit ihrem Mann direkt in der Bank vor mir Platz genommen hatte, noch während der anschließenden Feierlichkeiten in der Aula des Gymnasiums, obwohl ich wiederholt Blickkontakt suchte. Mit meinem Schwager wechselte ich ein paar Worte, sie aber tat, als sei ich überhaupt nicht da. Was hatte ich ihr denn getan?!

Und dabei hatte ich nicht viel erwartet, nachdem ich das Unrecht durch meinen Brief zum Familienthema gemacht hatte. Ich wünschte mir nur, dass das, was mir widerfahren war, als Unrecht anerkannt und dass meine Mutter ein einziges Mal sagen würde: „Es tut mir leid, was geschehen ist." Doch darauf wartete ich vergeblich. Stets verteidigte sie meinen Bruder, und jetzt kehrten mir auch noch die Geschwister den Rücken. In stillem Einvernehmen schienen sich alle gegen mich zu verbünden.

Mit der gesamten Familiensituation wurde ich nicht mehr fertig. Ich wurde ausgegrenzt, war Ballast. Ich war ein Störenfried in dieser so „heilen Welt", wie sie sich bisher darzustellen vermocht hatte, auch wenn für mich die Realität eine ganz andere war.

Jetzt erlebte nicht mehr das Kind Lieblosigkeit, Kälte, Einsamkeit, jetzt erlebte ich, die erwachsene Frau, die Attribute ein zweites Mal: im Stich gelassen, verlassen, einsam.

War es mir als Kind unbewusst möglich, irgendeinen Mechanismus auszulösen, der die Situation erträglicher machte, gelang mir das jetzt nicht mehr. Ich glaubte, daran zu zerbrechen.

Am schlimmsten waren die schlaflosen Nächte. Das extreme Schafdefizit hinterließ deutliche Spuren. Abends bzw. nachts nahmen Alkoholexzesse in dem Maße zu wie die grauenhafte Angst, die mich bis zum Äußersten verfolgte. Wie ich ihr begegnen sollte, wusste ich nicht mehr. Meine Kinder, denen dies nicht mehr verborgen bleiben konnte, riefen wiederholt den Notarzt, nachdem ich versucht hatte, mit Alkohol oder Tabletten diesem grausamen Erleben und somit auch meinem Leben ein Ende zu setzen. Mehr als einmal retteten sie mir dadurch das Leben, wofür ich ihnen heute unendlich dankbar bin.

Welche Spuren das in den Seelen meiner Töchter hinterlassen haben muss, kann ich nicht annähernd ermessen. Was müssen die beiden während dieser Zeit durchgemacht haben! Wie oft bangten sie um das Leben ihrer Mutter, die sie liebten und doch in Zeiten ihrer „Abwesenheit" hassen mussten, weil sie nicht stark genug war, nicht mehr stark genug sein konnte? Ich kann es nur erahnen und hoffe, meine Töchter werden mir eines Tages verzeihen. Ich habe ihnen Situationen zugemutet, mit welchen sie völlig überfordert waren. Trotzdem standen sie in den schwierigsten und schlimmsten Momenten zu mir, waren mir bessere Töchter, als ich ihnen in diesen Zeiten eine gute Mutter war und sein konnte.

Im August 2000 veranlasste Herr Reiter erneut die Aufnahme in die Klinik in Bad Saulgau. Ich fühlte mich als Versager und fragte mich, ob die zehn Wochen zu Beginn des Jahres, in denen ich mich auf eine intensive Therapie eingelassen hatte, völlig umsonst gewesen waren. Damals wusste ich nicht, dass „Überlebende" in der Tat sehr viel Zeit zur Heilung benötigen, wenn diese überhaupt gänzlich möglich ist. Heilung geschieht nur langsam, Schritt für Schritt, was von den Betroffenen sehr viel Geduld erfordert. Geduld und nochmals Geduld. Und das nicht nur von den Betroffenen selbst, sondern von allen, die in das Leben dieser Menschen involviert sind.

3. Der zweite Klinikaufenthalt in Bad Saulgau (September/Oktober 2000)

So fand ich mich zum zweiten Male in der Klinik in Bad Saulgau ein, um an mir zu arbeiten, weil ich meinen Platz im Leben finden wollte.

Ich glaubte immer noch an die Unterstützung meiner Mutter und meiner Geschwister und dachte an das Angebot meines Bruders Hartmut drei Monate zuvor zurück, als er mir versichert hatte, dass er ein Treffen mit der ganzen Familie arrangiert hätte, wäre mir dies eine Hilfe gewesen. Indem ich ihn daran erinnerte, bat ich ihn, dies jetzt doch für mich zu tun.

Er wie auch Margot und Irmgard seien zu einem Gespräch bereit, ließ er mich ein paar Tage später wissen. Unsere Mutter müsse er da raushalten, diese Belastung sei ihr nicht zuzumuten. Rosa habe abgesagt, weil ich mir „sowieso nicht helfen lassen" wolle, ebenso habe Bernhard abgelehnt, weil er sich von mir nicht „beleidigen" ließe. Ich war fassungslos und meinte: „Ist er zu feige, sich mit mir in die Runde zu stellen? Ich habe keine Angst. Soll er mir doch in die Augen sehen und wiederholen, es sei nicht wahr, was ich sage! Aber er soll mich dabei ansehen." Bis heute war Bernhard zu feige, mir gegenüberzutreten.

Gegen Ende des Telefongesprächs äußerte Hartmut noch seine Bedenken an dem Wahrheitsgehalt dessen, was ich seinem jüngeren Bruder vorwerfe. Ob ich mir denn sicher sei, dass auch stimme, was ich da behaupte. Überdies sei ich doch noch viel zu klein gewesen, um mich entsinnen zu können. Das Erinnerungsvermögen reiche so weit nicht zurück. (Doch leider hatte ich es nie vergessen.) Im Übrigen hätte unsere Mutter damals mit Sicherheit anders reagiert, hätte sie Kenntnis von den Untaten meines Bruders gehabt. Zum Schluss setzte er hinzu, ob wir die „alten Sachen" nicht einfach ruhen lassen könnten, ob es so wichtig sei, jetzt noch darüber zu reden. Ob ich das nicht einfach vergessen könne. – Wer den Schaden hat, braucht für den Spott wahrlich nicht zu sorgen!

Das Gespräch mit meinen drei Geschwistern fand schließlich Mitte September statt. Es war das erste Mal, dass wir im Beisein zweier Therapeuten über dieses Tabuthema reden wollten. Obwohl ich richtige Angst davor hatte, gegen eine Wand zu laufen, klammerte ich mich an die Hoffnung, wenigstens ein Einziger würde mir seine Hand reichen.

Doch dieses Gespräch verlief für mich mehr als entmutigend. Sie waren überhaupt nicht willens, mir wirklich zuzuhören. Sie wollten die Wahrheit nicht wissen. Im Laufe des Gesprächs verstärkte sich eher der Eindruck, dass sie nur gekommen waren, um zum Ausdruck zu bringen, dass sie von meiner „Unzurechnungsfähigkeit" in dieser Sache überzeugt seien. Ich hätte mir diesen „Unsinn" vor fünf Jahren von einem Therapeuten einreden lassen, musste ich hören. Sie stritten das Geschehene komplett ab, unterstellten mir gleichzeitig, „geistesgestört" zu sein, und äußerten unmissverständlich Zweifel an meiner Wahrnehmungsfähigkeit.

Überdies, so bemerkte Margot hart, habe sie vor einiger Zeit einen Anruf von mir erhalten, in dessen Verlauf ich so „hässliche und schreckliche Dinge" gesagt hätte, dass sie gedacht habe, den „leibhaftigen Teufel" vor sich zu haben.

Tatsächlich hatte ich sie, bevor ich zum zweiten Mal in die Klinik ging, in meiner Verzweiflung angerufen und weinend um Hilfe gefleht. Und sie nannte mich nun einen „Teufel"? War ich in ihren Augen jetzt auch noch vom Teufel besessen?

Im weiteren Verlaufe des Gesprächs meinte sie, wenn es eventuell doch stimmen sollte, was ich behaupte, könne ich doch wenigstens jetzt „Ruhe geben", da so viele Jahre vergangen seien. Im Übrigen fände sie es nicht in Ordnung, die Geschwister, die damit absolut nichts zu tun hätten, mit dieser Angelegenheit zu belasten. In mitleidigem Tonfall fuhr sie an mich gewandt fort: „Wir wissen ja alle, dass du krank bist, hoffen aber, dass du bald wieder gesund wirst." Ich saß da und verstand die Welt nicht mehr. Meine Geschwister *wollten* mich gar nicht verstehen! Die Wahrheit interessierte sie im Grunde nicht. Warum waren sie dann gekommen? Um den Schein zu wahren? Immerhin hatten sie durch ihr Kommen ihre Bereitschaft bekundet, ihrer „kranken und verrückten" Schwester beizustehen. Für mich war dieses Treffen eine einzige Demütigung.

Am Ende der Aussprache fragte einer der Therapeuten: „Und was glauben Sie, weshalb sich Ihre Schwester ein zweites Mal einer Therapie hier unterzieht?" Irmgard entgegnete: „Entweder es stimmt, was sie sagt, oder sie hat sich das – wie wir alle glauben – einreden lassen." Darauf fragte der Therapeut weiter: „Und wie geht es Ihnen, wenn es stimmt, was Ihre Schwester sagt?" Darauf gab sie zur Antwort: „Dann habe *ich* ein Problem!" Daraufhin verabschiedeten sich alle drei und gingen.

Obwohl Hartmut zuvor noch gemeint hatte, dass dies wahrscheinlich nicht das letzte gemeinsame Gespräch gewesen sei, wusste ich zu diesem Zeitpunkt, dass es zu keiner weiteren Aussprache kommen würde. Es war sinnlos.

In mir war der letzte Rest an Hoffnung gestorben, von den Geschwistern in irgendeiner Weise Unterstützung zu erhalten. Wenn sie das, was mir in der Kindheit widerfahren war, als Unrecht anerkannt hätten, hätten alle ein Problem gehabt, dem sie nicht gewachsen waren, weil es Missbrauch und Vergewaltigung in einer christlichen Familie nun einmal nicht gab und nicht geben konnte. Und in dieser katholischen „Musterfamilie", dem Ort des Glücks und der Geborgenheit, da alle „zusammenhielten", egal, was komme, konnte das schon gar nicht passiert sein! Ich musste die einzige Lügnerin und die Verrückte sein, damit der Schein und der „gute Ruf" gewahrt blieben. Denn ein „schwarzes Schaf" in der Familie zu haben, auf das man letztlich die ganze Schuld abladen konnte, war leichter zu ertragen, als ein himmelschreiendes Unrecht zuzugeben. Anstatt dem Täter die Schuld zuzuweisen, wiesen alle mir die Schuld zu. Das konnte doch nicht wahr sein!

Nun erfuhr ich am eigenen Leib, wie sehr man als Person infrage gestellt wird, sobald man sich entschlossen hat, das folgenschwere Geheimnis öffentlich zu machen. Eine Kindheit lang und darüber hinaus hatte ich die Verdrehung der Wirklichkeit aushalten müssen, hatte es auch ausgehalten, da ich es nicht anders kannte. Und jetzt wurde nicht der sexuelle Missbrauch angeprangert, sondern das Sprechen darüber?

Ab diesem Zeitpunkt begann meine innere Ablösung von der Familie, oder besser gesagt, ich begann bewusst daran zu arbeiten, weil ich keine andere Möglichkeit sah, wollte ich nicht daran zerbrechen. Doch es war wiederum ein langer, steiniger und tränenreicher Weg, mich endgültig loszusagen von der Familie, obwohl sie nie eine für mich gewesen war. Diesen Prozess erlebte ich gerade so, als ob mir mit jedem Schritt, den ich auf diesem Weg ging, das Herz Stück für Stück aus dem Leib gerissen würde.

Trotz der rationalen Erkenntnis, dass es sinnlos war, von der Mutter Unterstützung zu erwarten, drang es einfach nicht in meine Seele, von ihr wieder im Stich gelassen zu werden. Damit wurde ich nicht fertig, klammerte mich an den winzigsten Hoffnungsschimmer, wenigstens einen Ansatz von Verständnis zu finden. Wie unter einem mächtigen Zwang griff ich eine

Woche nach dem deprimierenden Gespräch mit meinen Geschwistern erneut zum Telefon und flehte: „Mama, ich bin am Ende! Wenn es eine Hölle gibt, durchlebe ich sie jetzt. Warum hast du nicht versucht, mich zu verstehen? … Warum hast du nie sehen wollen, dass es so ein Schwein in der Familie gibt? Du hast vielleicht alles in deiner Macht Stehende getan. Doch hättest du nur einmal gesagt: *Wenn es passiert ist, tut es mir leid. Ich konnte nicht so aufpassen, wie es nötig gewesen wäre. Ich war einfach überfordert.* Mama, das hätte gereicht." „Das war ich auch." Mehr sagte sie nicht. Schließlich meinte ich resigniert: „Für uns beide, für Bernhard und für mich zugleich, ist kein Platz in der Familie. Und so verabschiede ich mich von dir. Von mir aus melde ich mich nicht mehr." Das nächste halbe Jahr hörte ich nichts von ihr.

In der folgenden Nacht hatte ich einen sehr bewegenden Traum:

Ich befinde mich in einer Stadt, in der alles aus Gummi besteht. Am Straßenrand stehen viele Würstchen- und andere Essensbuden, die aus dem gleichen Material beschaffen sind. Nur einige wenige Stände bieten richtige Nahrungsmittel an.
Die gleichmäßigen Pflastersteine am Boden sowie die Zäune um die Häuser bestehen aus rostrotem Gestein.
Dies ist aber nur eine vorgetäuschte Stadt voller Lüge, wobei die meisten Bewohner diese Fassade aufrechterhalten wollen. Jedoch gibt es neben mir ein paar Menschen, die dieses falsche Spiel durchschauen. Die Stadtbewohner aber versuchen, diese wenigen Außenseiter, wozu auch ich gehöre, davon zu überzeugen, dass diese Stadt eine echte sei. Plötzlich sind alle — außer mir — auf der Seite der Bewohner, die dieses falsche Spiel spielen. Ich selbst möchte aber nie ein solcher Bewohner sein, denn ich erkenne,

dass ein Mensch dort nur „Spielball" und zu eigenem Handeln nicht fähig ist. Es scheint, als würden sich alle stets im Kreis bewegen.

Ich bin mit meinem Auto unterwegs. Da die Straßen recht schmal sind, muss ich oft den Gehweg mitbenutzen, um durchzukommen. Manchmal frage ich die Leute nach dem Weg. Sie erteilen mir bereitwillig Auskunft, wobei sie eine übertriebene Freundlichkeit an den Tag legen. Ich fahre weiter in der Hoffnung, den Weg aus der Stadt endlich zu finden. Doch bald merke ich, dass die Leute mir dort nicht die Wahrheit sagen und mich absichtlich fehlleiten. Es scheint, als fahre ich ständig im Kreis.

Als ich merke, was da vor sich geht, werde ich wütend, schreie die Leute an und fahre weiter, um meinen Weg alleine zu suchen, da es keinen gibt, der mir zu helfen bereit ist. Aber ich komme einfach nicht aus der Stadt heraus!

Ich habe schon fast keine Kraft mehr, und während immer mehr Menschen die Straßen bevölkern, wird die Situation für mich zunehmend drückender. Ich falle in Ohnmacht. Die vielen Leute um mich herum helfen nicht etwa, sondern machen sich über mich sogar noch lustig. Ununterbrochen reden sie nur über Belanglosigkeiten. Die Hauptsache dabei ist, es wird geredet und geredet – sinnlos geredet.

Als ich endlich zu mir komme, schreie ich alle an, sie sollen mich in Ruhe lassen und verschwinden! Meinen Weg würde ich jetzt alleine finden! Ich setze mich in mein Auto und rase los: über Gehsteige, durch Einbahnstraßen (jedoch entgegen der vorgeschriebenen Fahrtrichtung), reiße dabei Stände und Tische um, die im Wege stehen. Die erschreckten Menschen sehe ich wohl. Doch jetzt nehme ich keine Rücksicht mehr. Sollen sie doch zur Seite springen, wollen sie von mir nicht angefahren werden!

Ein-, vielleicht auch zweimal höre ich die Worte: „Ich glaube, nun sind wir doch zu weit gegangen." Das ist mir jetzt egal. Ich folge nur noch meinem Weg.

Auf einmal befinde ich mich jenseits dieser Gummi-Stadt, fahre langsamer und genieße die Freiheit, die ich plötzlich empfinde.

Später erklärt mir jemand, dass dies meine Heimatstadt sei. Ich sei jedoch in der Lage, die Häuser und alles andere mitsamt den Menschen, die da leben, durch Lösen irgendwelcher Seile versinken zu lassen. Ich ziehe an einer der vielen Schnüre, und schon versinkt ein Haus, dann ein weiteres, daraufhin die Bewohner und schließlich die ganze Stadt.
Jetzt ist es mir möglich, auf einer normalen Fahrbahn weiterzufahren.
Liebe Menschen erwarten mich dort bereits, um mich in meinem neuen Leben zu begrüßen.

Es ist ein herrliches Gefühl, das ich in diesem Traum empfinde. Ein Gefühl von Glück und unendlicher Freiheit! Dieser Traum, so intensiv und der Wirklichkeit gar nicht so fern, gab mir viel zu denken.

Rational hatte ich mich von der Herkunftsfamilie gelöst, fing an zu begreifen, dass ihre Liebe und Anerkennung für mich unerfüllbare Wunschvorstellungen waren. Mit der bisherigen Zwanghaftigkeit rannte ich dieser Illusion nicht mehr nach. Die Seele allerdings brauchte zu dieser Erkenntnis um einiges länger.

Mit meinen Kindern war ich die ganze Zeit über durch zahlreiche Telefongespräche in Verbindung. Eines Abends rief Jutta an, und ich spürte ihr starkes Bedürfnis zu reden. In einem fast zweistündigen Gespräch schilderte sie ihre Eindrücke aus vergangener Zeit, mit denen sie mich bis dahin verschont hatte:

„Du hast immer an andere gedacht, selbst wenn es dir schlecht ging. Immer warst du für andere da, nie für dich. Du hast immer funktioniert und selbst, wenn du nicht mehr konntest, hast du anderen geholfen.

Nie hast du über Onkel Bernhard schlecht geredet. Ich habe aber immer gespürt, dass etwas nicht stimmt. Ich weiß noch, als er dich fertiggemacht und dann sogar Onkel Hartmut eingegriffen hat, er solle dich endlich in Ruhe lassen.

Ich habe Onkel Bernhard nie gemocht und nie verstanden, dass du überhaupt mit ihm geredet hast. Oft habe ich euch bei Familienfeiern beobachtet.

Bisher habe ich nie gehört, dass du gesagt hast, Oma habe etwas falsch gemacht. Im Gegenteil, du bist Oma „nachgedackelt", weil du wahrscheinlich gedacht hast, wenn du ihr etwas gibst, gibt sie dir etwas zurück.

Jetzt habe ich den Eindruck, du siehst die Dinge, wie sie wirklich sind."

Ihre Aussagen machten mich sehr nachdenklich.

Gegen Ende des Gesprächs meinte sie noch: „Du kannst mehr als stolz sein in Anbetracht dessen, was du geschafft hast." Dies aus dem Munde meiner Tochter zu hören, die meinetwegen mit Sicherheit sehr viel gelitten hatte, verblüffte mich. Denn ich selbst war alles andere als stolz auf mich, da ich es, trotz allen Bemühens, nicht geschafft hatte, mein Leben bis zu diesem Zeitpunkt vollständig in den Griff zu bekommen.

Mit dem langsam beginnenden Ablösungsprozess von der Familie geschah noch etwas anderes. Ich stellte fest, dass ich in Wirklichkeit nicht so alleine war, wie ich immer geglaubt und wie ich mich gefühlt hatte. Es gab wahre Freunde in meinem Leben. Es gab Menschen, die zu mir standen, denen ich nicht gleichgültig war. Ihre Unterstützung durfte ich gerade in dieser schweren Zeit erfahren. Im Grunde gab es diese Freunde schon immer. Nur – ich hatte sie als solche bisher nicht wahrgenommen, da ich mir nicht hatte vorstellen können, dass jemand Interesse an meinem Schicksal haben, an meinem Leben Anteil nehmen könnte. Auf diese Weise hatte ich den Zugang zu mir versperrt. Jetzt jedoch erkannte ich: Ich hatte Freunde, auf die ich mich in jeder Situation hundertprozentig verlassen konnte.

Kurz vor Beendigung des zweiten Aufenthalts in Bad Saulgau spürte ich noch einmal sehr deutlich, wie tief der Stachel in der Seele saß, von der eigenen Familie ausgegrenzt zu werden: Ein befreundetes Ehepaar hatte mich bereits vor längerer Zeit zur Feier ihrer „Silberhochzeit" eingeladen. Diese Einladung nahm ich sehr gerne an, nachdem mein Bezugstherapeut dieser Fahrt zugestimmt hatte. Im Kreise dieser Familie wurde ich mit einer natürlichen Herzlichkeit aufgenommen, die ich bei meiner Herkunftsfamilie so sehr vermisste.

Die Klinik verließ ich schließlich nicht so euphorisch gestimmt wie beim ersten Mal, aber dennoch optimistisch und zuversichtlich. Mir war sehr wohl bewusst, dass ich noch ein großes Stück Arbeit vor mir hatte, um wirklich frei zu sein, und war mir auch der Schwierigkeiten im Klaren, die noch auf mich zukommen konnten. Dennoch hatte ich das Gefühl, einen Rahmen, in den ich im Grunde noch nie gepasst hatte, gesprengt und mich von den Fesseln meiner Herkunftsfamilie, die im Grunde nie Familie und Halt für mich gewesen war, nochmals ein kleines Stück mehr befreit zu haben.

Meinem Leben endlich eine neue Richtung zu geben, darin sah ich meine Chance und wollte sie nutzen. Ich war voller Elan, voll neuer Kraft und Zuversicht, aber durchaus noch auf dem Boden der Realität. Und ich war überzeugt, die ambulante Therapie bei Herrn Reiter, der mir bisher mit viel Einfühlungsvermögen und Verständnis zur Seite gestanden hatte, würde in Zukunft ausreichen, um mit meiner Vergangenheit endgültig abschließen und ein „normales Leben" führen zu können.

4. Die Zeit danach – Ich gehöre doch dazu!

Nach den Allerheiligenferien trat ich nach längerer Auszeit meinen Dienst wieder an. Für die Dauer eines halben Jahres hatte Herr Reiter beim Arbeitgeber eine Ermäßigung der Unterrichtspflichtzeit aus gesundheitlichen Gründen erreicht, wofür ich sehr dankbar war, da mir somit der Wiedereintritt ins Berufsleben erheblich erleichtert wurde.

Gesundheitlich gut in Form war ich wieder so, wie mich mein Umfeld kannte. Ich war wieder die Power-Frau, die den familiären wie beruflichen Anforderungen gewachsen war. Jedoch das verborgene Kind in mir, von der Familie ausgegrenzt, gab trotz der erfahrenen Demütigungen die winzige Hoffnung nicht auf, von den Menschen, die es immer noch liebte, Anerkennung, Verständnis und ein wenig Unterstützung zu erhalten.

Der Verstand sagte zwar, dass dies nie der Fall sein würde. Die Seele hingegen „verstand" das nicht, egal, was der Kopf wusste. Die Seele wartete und hoffte. Diese Sehnsucht zum Schweigen zu bringen, gelang mir nicht.

Darüber redete ich mit Herrn Reiter, ebenso über meine vernichtende Selbsterkenntnis, versagt zu haben, weil ich es einfach nicht schaffte, mich von der Herkunftsfamilie, ihrer Wertschätzung und Meinung zu lösen und somit Herr meiner Gefühle zu sein. Um mir Mut zu machen, wies er mich auf meine deutlich sichtbaren Fortschritte hin und gab mir gleichzeitig den Rat, etwas mehr Geduld mit mir zu haben, denn Heilung geschehe nicht von heute auf morgen, Heilung brauche Zeit. Weder die Bedeutung noch die Wahrheit dieser Worte war mir damals bewusst. Ich sah nur meine „Misserfolge".

Weihnachten, das „Fest der Liebe" kam: Kein Anruf, kein Brief. Wieder wartete ich vergebens auf ein Zeichen der Familie. *Mit mir* Kontakt aufzunehmen, dazu waren sie nicht in der Lage. *Über mich* hingegen zu reden, das gelang allen wunderbar. Das erfuhr ich noch am vorletzten Tag des Jahres 2000 durch eine gute Bekannte. Fassungslos hörte ich ihrem Bericht zu: Ihr sei zu Ohren gekommen, ich hätte aufgrund massiver Alkoholprobleme so lange Zeit in der Klinik verbracht. Diese Information habe sie während einer Tagung der Schönstattfamilien direkt von meiner Schwester Margot erhalten. Doch damit noch nicht genug! Ich sei sogar dermaßen verrückt geworden, so seien die frommen Teilnehmer zusätzlich über meinen äußerst bedenklichen Geisteszustand aufgeklärt worden, dass ich den eigenen Bruder des sexuellen Missbrauchs bezichtigen würde.

Dass meine Familie mich im Stich ließ, die Tatsachen verdrehte und mich zum „Sündenbock" machte, war für mich schmerzlich genug. Dass sie mich nun auch noch auf eine derart miese Weise öffentlich verleumdete, zog mir fast den Boden unter den Füßen weg.

Jederzeit stand ich dazu, dass ich in äußerster Verzweiflung zu Alkohol gegriffen hatte; dass dies mitunter excessiv geschehen war, hatte ich nie geleugnet. Doch lag zu keiner Zeit eine Abhängigkeit vor, die einen derartigen stationären Klinikaufenthalt nötig gemacht oder gerechtfertigt hätte. Das jedoch interessierte meine saubere Familie nicht. Sie lieferte der Verwandtschaft und sogar darüber hinaus auf eine diffamierende und diskreditierende Weise den untrüglichen Beweis dafür, dass ich nicht ernst zu nehmen sei, indem sie mich kurzerhand zur Alkoholikerin „ausrief".

Sprachlos nahm ich diese „im Vertrauen" zugetragene Ungeheuerlichkeit auf. Welche Angst vor der Wahrheit musste hinter dieser „Information" stecken! Ich fragte mich: „Wozu werden sie noch fähig sein?" Bis zu diesem Zeitpunkt wäre ich nie auf die Idee gekommen, außerhalb des geschlossenen Kreises der Familie über den sexuellen Missbrauch zu reden. Dafür schämte ich mich der Tatsache zu sehr.

Und nun musste ich erfahren, dass die Familie schon im Vorfeld für meine Unglaubwürdigkeit sorgte, sollte dieser dunkle Punkt doch einmal nach außen dringen.

Systematisch wurde ich in die Außenseiterrolle gedrängt, nur damit die Wahrheit nicht ans Licht kommen sollte. Woher nahmen sie das Recht, mich immer noch mehr zu demütigen?

Doch jetzt war ich nicht mehr bereit zu schweigen und erzählte der Bekannten in knappen Worten meine Geschichte und die Gründe meines Klinikaufenthaltes. Zu meiner Überraschung erlebte ich als Reaktion nicht Abweisung, sondern Bestürzung und Betroffenheit.

„Nun lass dich nicht hängen! Du hast jetzt eine neue Chance. Krempel deine Ärmel hoch und pack dein Leben neu an!" Das sagte ich – um mir Mut zu machen – am Neujahrsmorgen zu meinem Spiegelbild, das mir im Badezimmer mit wenig Hoffnung auf ein besseres Leben entgegenblickte. In dieser Haltung begann ich das neue Jahr, aber auch in dem Bewusstsein, dass ich es ohne therapeutische Hilfe noch nicht schaffen würde.

Kurz darauf verfasste ich einen Brief an Hartmut, in dem ich noch um Verständnis bat, in dem ich aber darüber hinaus mit ihm – und somit stellvertretend mit allen Geschwistern – abrechnete und sogar Beweise lieferte, dass ich die Wahrheit sagte. Abgeschickt habe ich diese Zeilen jedoch nie. Denn nachdem ich den letzten Satz geschrieben hatte, war mir plötzlich nicht mehr wichtig, ob meine Geschwister zu mir standen oder nicht. Ihre Meinung war mir gleichgültig geworden. Allein durch das Schreiben dieses Briefes hatte ich mit meinen Geschwistern endgültig abgeschlossen. Ihn abzuschicken war nicht mehr nötig.

Mich von den Geschwistern loszusagen, hatte ich geschafft, bei meiner Mutter gelang mir das einfach nicht. Es schien ein unsichtbares, starkes Band zu bestehen, das ich mit Willenskraft nicht zu durchtrennen vermochte. Wider alle Vernunft wartete ich täglich auf ein Zeichen von Verständnis ihrerseits. Ich wollte erfahren, dass sie mich nicht zum wiederholten Male fallen ließ. Ich wollte erleben, dass sie zu mir stand, wollte spüren, dass ich ihr wichtig war, dass sie mich liebte. Vergebens! Meine Verzweiflung wuchs, bis ich es nicht mehr aushielt, zum Telefonhörer griff und meine Mutter noch einmal anflehte, mir zu helfen. Als ihre Reaktion ausblieb, sagte ich ihr unter Tränen: „Jetzt habt ihr mich endlich so weit. Ich bring mich um. Ich kann nicht mehr!" Dann legte ich auf und hatte das Gefühl, nur noch aus Tränen und Schmerz zu bestehen. Danach wurde alles dunkel um mich. Auf der Intensivstation eines Krankenhauses kam ich zu mir. Jutta hatte mich einige Zeit nach dem Telefonat bewusstlos in der Wohnung gefunden und den Notarzt gerufen.

Daraufhin rief sie meine Mutter an, erzählte, was vorgefallen war und dass ich mich nun in stationärer Behandlung befände. Meine Mutter meinte hart: „Jetzt hat deine Mutter schon so viele Therapien hinter sich. Jetzt muss endlich Schluss sein!" Ferner beklagte sie sich, es könne sich kaum jemand vorstellen, wie sehr die ganze Familie, die bislang so „harmonisch" gewesen sei, unter meinen „falschen Behauptungen" zu leiden habe.

In kurzen Abständen folgten weitere zwei Klinikaufenthalte, nachdem ich wieder unkontrolliert zum Alkohol gegriffen hatte. Ich fand und fand keine Ruhe.

Herr Reiter riet mir schließlich zu einem dritten Aufenthalt in Bad Saulgau, da ich mit der Ausgrenzung durch die Familie immer weniger zurechtzukommen schien und die ohnehin schon seit vielen Jahren vorherrschenden Schlafstörungen und wiederkehrenden, massiven Ängste durch nichts auf Dauer in den Griff zu bekommen waren. Er meinte: „Wir schaffen es ambulant noch nicht. Was Sie erleben, geht zu tief." Ich war verzweifelt!

5. Der dritte Klinikaufenthalt in Bad Saulgau (März/April 2001)

Mit dem beschämenden Gefühl, gänzlich versagt zu haben, da ich während zweier Klinikaufenthalte offenbar nichts erreicht hatte, fand ich mich ziemlich entmutigt zum dritten Male im März 2001 in der Klinik ein. Ich kam mir so minderwertig vor, schämte mich vor Patienten gleichermaßen wie vor Personal und Therapeuten.

In mühsamer Kleinarbeit wurde nochmals mein Verhaltensmuster von Erwartungen und Enttäuschungen bezüglich der Herkunftsfamilie durchgearbeitet. Dabei wurde erneut klar, dass nicht mehr die Vergangenheitsbewältigung an sich das Thema war, sondern die Auseinandersetzung mit der Familie, insbesondere mit der Mutter.

Mir wollte es einfach nicht gelingen, loszulassen. Das Kind in mir schien immer noch verzweifelt die liebende Mutter zu suchen. Im Gegensatz dazu aber erlebte ich Ignoranz, Ausgrenzung und Ablehnung, was mich immer noch weiter in die Tiefe zog.

So fokussierten wir auf zukünftige Perspektiven. Altes, Vergangenes und Unabänderliches wollte ich ein für alle Mal hinter mir lassen und nur noch den Blick nach vorne richten.

Von meiner Mutter hatte ich nichts mehr gehört. Da traf unerwartet ungefähr eine Woche nach meiner Ankunft in der Klinik eine Karte von ihr ein. Sie wünschte mir alles Gute, besonders Gesundheit und den inneren Frieden, zum Namenstag und unterschrieb mit „deine dich liebende Mutter". Auf ihre Art meinte sie es sicher ehrlich. Ich aber hätte aus der Haut fahren können. Liebe auf dem Papier! Ich wehrte mich dagegen, der sinnlosen Hoffnung neue Nahrung zu geben. Dennoch hatte meine Mutter dies mit ein paar Zeilen erreicht.

Durch diesen winzigen Hoffnungsschimmer veranlasst, antwortete ich ihr mit einem kurzen Brief, um ihr für ihre Glückwünsche zu danken. Gleichzeitig gab ich ihr zu verstehen, dass ich noch Zeit brauchen würde, um einiges zu verarbeiten. Wenn ich so weit sei, würde ich mich wieder bei ihr melden.

Damit begann ein eineinhalbjähriger Briefwechsel, der mich ein Wechselbad von neuer Hoffnung einerseits und der definitiven Verleugnung der Vergangenheit durch meine Mutter andererseits durchleben ließ.

Zu ein wenig innerer Ruhe fand ich nur langsam zurück. Denn diese grausame Angst blieb und schien wie ein drohendes „Damoklesschwert" ständig über mir zu schweben. Es war die Angst, die ich nicht greifen konnte, die aber doch fühlbar nahe war und mir weiterhin den Schlaf raubte. Die Nacht lähmte mich auf unheimliche Weise, aber auch bei Tag überfiel mich diese Angst, trieb mich zuweilen aus dem Zimmer, und doch wusste ich letztlich nicht, wie ich mit dieser Angst umgehen sollte.

Eines Tages hatte ich Kontakt zu einer Frau, deren Schicksal mich zutiefst bewegte. Sie hatte massiven Missbrauch durch ihren Vater erfahren. Die Mutter, die davon gewusst und es geduldet hatte, lamentierte, ihre Tochter mache sie krank mit ihrem Verhalten. Der Vater war zu keinem Gespräch bereit. Ein unbändiger Hass auf beide Elternteile überkam mich.

Während der folgenden Einzeltherapiesitzung bei Herrn Dr. Fischer machte ich meiner Empörung angesichts des grausamen Schicksals dieser Frau Luft. Als mich der Therapeut darauf aufmerksam machte, erkannte ich, dass es eigentlich meine eigenen Gefühle von Hass und Wut waren, die in meinem Inneren tobten, die ich allerdings für meine eigene Mutter oder für meinen Bruder bisher nie hatte empfinden können.

Bis zum Ende dieses Klinikaufenthaltes war ich auf dem Weg meiner Heilung ein kleines Stück weitergegangen, wenngleich mir die Bewältigung der tief sitzenden Angst nicht gelungen war.

Dennoch glaubte ich, in Zukunft besser damit umgehen zu können, ebenso wie mit der Tatsache, von der Familie ausgegrenzt zu sein, nachdem mir klar geworden war, dass ich die Herkunftsfamilie – in erster Linie die Mutter – nicht ändern und Zuneigung, Verständnis oder gar Liebe nicht erzwingen konnte.

Allein ich konnte und musste meine Einstellung dazu ändern. Diesbezüglich musste ich in Zukunft weiter an mir arbeiten, wollte ich nicht noch einmal den Boden verlieren.

6. Alles umsonst?

Um physische Ursachen für die nach wie vor bestehenden, ausgeprägten Schlafstörungen auszuschließen, erfolgte eine Schlaflaboruntersuchung, die bestätigte, dass die Wurzel in der Seele zu suchen war.

Wie ich damit umgehen sollte, wusste ich nicht mehr. Denn die Ein- und Durchschlafstörungen wurden noch massiver, die nächtlichen Panikzustände, die Ängste, die sich nun zu Todesängsten steigerten und mich zunehmend auch tagsüber begleiteten, intensivierten sich ins Unerträgliche und waren gepaart mit absoluter Hilflosigkeit und einem Gefühl, diesem Zustand unentrinnbar ausgeliefert zu sein.

Was da wirklich in mir ablief, entzog sich meinem Willen und meinem Verständnis. „Sollten die Klinikaufenthalte wirklich umsonst gewesen sein?", fragte ich mich. Ich wusste nicht weiter.

Unter dem Eindruck, mit meinen Bewältigungsversuchen total gescheitert zu sein, geriet ich unter einen enormen seelischen Druck und erlebte mehr denn je die Sinnlosigkeit meiner Anstrengungen. Ich hatte ständig das Gefühl, gegen alles ankämpfen zu müssen, dazu aber fast keine Kraft mehr zu haben.

Am schmerzlichsten war und blieb der aufgrund der misslungenen Klärungsversuche mit der Familie erfolgte Kontaktabbruch mit der Mutter.

Alle Versuche, mich von meiner Mutter zu lösen, schienen sinnloser denn je. Obwohl ich nie ein besonders gutes Verhältnis zu ihr hatte, ihre Nähe zeitweise nur schwer ertragen konnte, kam ich durch irgendeinen Umstand nicht von ihr los. Ein unvorstellbar starkes, unsichtbares Band schien zu bestehen, das zu durchtrennen ich nicht vermochte.

Die Einsicht schließlich, nichts, aber auch gar nichts daran ändern zu können, raubte mir fast den Rest an Lebenswillen.

Herr Reiter muss meine Verzweiflung gespürt haben, obwohl ich nicht darüber gesprochen hatte, und bot mir an, ihn jederzeit auch privat anrufen zu dürfen, sollte die innere Not – vor allem in der nun bevorstehenden Osterzeit – zu groß werden.

Die Osterfeiertage mit meinen Kindern verliefen nach außen hin recht harmonisch, wenngleich meinen beiden Töchtern der innere Druck, unter dem ich stand, nicht verborgen blieb.

Einige Tage nach Ostern „überfielen" mich eines Nachts völlig unerwartet Bilder, die mich gleichermaßen schockierten wie irritierten, weil ich sie längst verarbeitet glaubte. Ich lag im Bett, hatte das Licht ausgeschaltet, als plötzlich – wie aus dem Nichts – die Bilder meiner Kindheit auftauchten, die ich am meisten fürchtete: Eine gewaltige, rosarote Fleischmasse kommt auf mich zu, droht mich zu überrollen, zu ersticken. Und wieder fühle ich meinen Körper, als wäre er bis zum Platzen aufgeblasen. Mein Mund fühlt sich wie mit einer undefinierbaren Masse vollgestopft an. Und wieder bin ich unfähig zu schreien. Dann wieder dieser tiefe, brennende Schmerz in meinem Unterbauch.

Wie ich diese Hölle hasste! Hatte ich diese nicht oft genug durchlebt und durchlitten?! Würde mich die Vergangenheit denn nie loslassen?! Gab es für mich keinen Weg aus dieser Hölle?

Als die Bilder so unerwartet präsent waren, wollte ich – wie ich als Kind und Jugendliche darauf reagiert hatte – sogleich nach dem Lichtschalter suchen, um mich aus der bekannten, körperlichen Starre zu lösen und dem quälenden Erleben ein Ende zu setzen. Mit einem Male jedoch änderte sich mein Blickwinkel. Mir war bewusst, dass ich diese Situation nun nicht als Kind und somit als Opfer von Neuem „erleiden" musste, sondern dass die erwachsene Frau von heute imstande war, sich willentlich diesen schmerzlichen Erinnerungen und den körperlichen Empfindungen, die diese Bilder begleiteten, zu stellen. Ich war zum gegenwärtigen Zeitpunkt in der Lage, das Geschehen aus einer völlig anderen Perspektive zu betrachten. So war ich in dieser Nacht bereit, diesen Zustand zum ersten Mal bis zum Ende zu durchleben, bewusst zu fühlen und gleichzeitig zu beobachten.

Wie auf einer Leinwand liefen die Ereignisse im Dunkeln vor meinem inneren Auge ab. Ich ließ alles zu, auch die Tränen der Trauer und des Schmerzes, die mir augenblicklich über die Wangen liefen. Zum ersten Mal erlaubte ich mir aus tiefster Seele zu weinen angesichts der Bilder und Erinnerungen, die mich nachts unzählige Male heimgesucht und gequält hatten.

In dem Moment, in dieser dunklen Nacht, fühlte nicht ich, die erwachsene Frau, sondern hier weinte die Kinderseele bittere Tränen, die sie in dieser Situation bisher noch niemals vergossen hatte.

Ich denke, das Wichtigste und schließlich Erlösende war: Die erwachsene Frau – gleichsam nochmals selbst das Kind geworden und dennoch Trösterin desselben – ließ zu, dass die verletzte, zutiefst verwundete Kinderseele zum ersten Mal in dieser Situation bitterlich weinen durfte, was ich mir in der Vergangenheit nie erlaubt hatte.

So war mein Erleben in dieser Nacht ein ganz anderes. Als ich mich bewusst diesen Bildern als erwachsene Frau stellte, war ich nicht mehr wie gelähmt und erstarrt, wie dies in meiner Kinder- und Jugendzeit der Fall war, wenn mich diese Bilder quälten. Ich fühlte mich in dieser Nacht zwar einerseits als Opfer, andererseits war ich jedoch gleichzeitig Beobachterin des Geschehens und auch der Gefühle, wobei ich die Gewissheit hatte, den Zustand jederzeit selbst beenden zu können, sollte er unerträglich werden.

Irgendwann hatte ich das sichere und erlösende Gefühl: Jetzt ist es vorbei! Erst dann suchte ich nach dem Lichtschalter. Innerlich zwar völlig aufgewühlt, aber dennoch erleichtert und frei, setzte ich mich noch in derselben Nacht an meinen Schreibtisch und versuchte, das Erlebte und vor allem alle Gefühle, die ich bisher nur schwer in Worte zu fassen vermocht hatte, niederzuschreiben.

Was in dieser Nacht tatsächlich in mir vor sich ging, begriff ich damals noch nicht. Doch offenbar war dies der Zeitpunkt für die Seele, das grausame Erleben nochmals anzuschauen und einmal ganz bewusst zu durchleben, zu durchleiden, um dann endgültig loslassen zu können; diesmal allerdings als „Herr der Situation".

Seit diesem Zeitpunkt gehören diese Bilder mit den dazugehörenden Gefühlen endgültig der Vergangenheit an.

Das jedoch wusste ich in dieser Nacht nicht, war nur völlig verunsichert und schockiert und hatte das Gefühl, niemals aus diesem „Teufelskreis" herauszukommen. Meine Hoffnung, je mit der Vergangenheit abschließen zu können, schien wie ein riesiger Scherbenhaufen vor mir zu liegen.

Der Schmerz, den ich im tiefsten Inneren empfand, die Aussichtslosigkeit meiner bisherigen Bemühungen, meine Vergangenheit zu bewältigen, war in dem Moment größer und stärker als mein Glaube an die Zukunft.

Nun hatte ich wirklich die Balance zwischen Lebenswille und Lebensmut auf der einen und trostlosem Schmerz und tiefer Lebensangst auf der anderen Seite verloren, sodass für mich nur im Tod der innere Friede, nach dem ich mich so sehr sehnte, erreichbar zu sein schien. Dem Leben, wie es sich für mich darstellte, fühlte ich mich nicht mehr gewachsen, war nicht mehr in der Lage, das Leben, das im Grunde ein ständiges, grausames Sterben war, auszuhalten.

Ebenso wenig war ich in der Lage, Herrn Reiter in meiner Not um Hilfe zu bitten. So versuchte ich zwischen Ostern und Pfingsten, mir in einem Zustand absoluter Verzweiflung dreimal das Leben zu nehmen. Dreimal riefen meine Töchter den Notarzt, der sogleich einen Klinikaufenthalt veranlasste.

Heute danke ich Gott, dass er jedes Mal schützend seine Hand über mich gehalten hat, denn die Ärzte wunderten sich, dass ich überhaupt überlebt hatte.

Für meine beiden Töchter war diese Zeit zwischen Ostern und Pfingsten eine ungeheure Belastung. Wahrscheinlich kann ich kaum erahnen, was sie durchmachen mussten, was ich ihnen zugemutet habe, ohne es zu wollen.

Auch sie hatten in die Therapie in Bad Saulgau so große Hoffnungen gesetzt. Und nun erlebten sie eine Mutter, der es schlechter zu gehen schien als zuvor. Wie ich selbst mussten sie den Eindruck haben, alles bisher sei umsonst gewesen.

Was wirklich in mir vorging, konnte ich ihnen nicht mitteilen, stand ich der Situation doch selbst hilflos gegenüber.

Weil meine Kinder mit dieser Situation völlig überfordert waren, reagierten sie mir gegenüber sehr ablehnend. Ihre ganze Verzweiflung sprach aus ihrer Haltung, als sie mir – aus ihrer Sicht zu Recht – Vorwürfe machten: „Du tust ja nichts! Was du bisher getan hast, hat nichts genützt. Du schaffst es nie! Versteh endlich, dass du deiner Mutter und deinen Geschwistern egal bist!" Das waren genau meine Selbstvorwürfe, die ich nun aus dem Munde meiner Töchter hörte. Ich war verzweifelt. Ihre harten Worte verletzten mich zwar, andererseits konnte ich sie sehr gut verstehen und war ihnen deshalb nicht böse, sondern meine Wut richtete sich allein gegen mich selbst, weil es mir offenbar, trotz der Klinikaufenthalte, bisher nicht gelungen war, mit mir und meinem Leben ins Reine zu kommen.

Und dennoch standen meine beiden Töchter weiterhin fest zu mir. Mehr noch: In dem Maße, wie meine Kinder spürten, dass meine Familie mich ausgrenzte, in dem Maße wandten sie sich von derselben ab. Obwohl ich versuchte, meinen Töchtern klarzumachen, dies sei ein Konflikt zwischen meiner Herkunftsfamilie und mir, meine Mutter sei und bleibe ihre Oma, meine Geschwister ihre Onkel und Tanten, trafen sie diesbezüglich ihre eigene Entscheidung.

Herr Reiter fragte, warum ich sein ernst gemeintes Angebot, ihn jederzeit anrufen zu dürfen, nicht in Anspruch genommen hätte. Meine spontane Antwort war: „Ich hatte Angst, zurückgewiesen zu werden." Als Kind hatte ich das Vertrauen in Menschen verloren und es bis zu diesem Zeitpunkt nicht wiedergefunden.

Nach dem dritten Suizidversuch ergriff mich mit einem Male ein ungeheurer Lebenswille. Ich wollte leben, wollte mich nicht mehr unterkriegen lassen – nicht mehr von der Vergangenheit, nicht mehr von der Herkunftsfamilie. Ich wollte leben und mir dieses Recht von niemandem mehr nehmen lassen. Gleichzeitig spürte ich die Kraft in mir, dies auch zu schaffen.
Weil mir klar war, dass ich diesen Weg derzeit noch nicht alleine gehen konnte, hörte ich auf den Rat von Herrn Reiter, der inzwischen mein uneingeschränktes Vertrauen besaß, und stimmte der Einweisung in eine spezielle Klinik im Schwarzwald zu, die seiner Überzeugung nach therapeutisch genau an dem Punkt ansetzen würde, wo bei mir noch Hilfe nötig war, um den Rest dessen zu verarbeiten, was noch unverarbeitet in mir wirkte.
Die Wartezeit vor der Aufnahme nutzte ich, um zunächst innerlich zur Ruhe zu kommen. Ich versuchte mir darüber klar zu werden, was ich wirklich im Außen (bei meiner Herkunftsfamilie) suchte, was ich offenbar in mir selbst noch nicht gefunden hatte. Suchte ich – wie ein alleingelassenes Kind – immer noch die verstehende Geborgenheit der Mutter, war gera-

dezu abhängig davon, von ihr verstanden zu werden? Gleichzeitig erkannte ich, dass eine echte, endgültige und positive Lösung meiner Probleme erst dann möglich sein konnte, wenn es mir gelang, mich aus dieser Abhängigkeit zu befreien, was bedeutete, unabhängig zu werden von der Meinung, dem Wohlwollen und dem Verständnis der Herkunftsfamilie – eben „erwachsen" zu werden.

Ich musste lernen, die alleinige Verantwortung für mein jetziges Leben zu übernehmen, egal, was irgendwann in der Vergangenheit passiert war. Das hatte ich begriffen. Ich lebte nicht mehr in der Vergangenheit, sondern im Hier und Jetzt. Und dieses Leben in der Gegenwart konnte ich zu bewältigen lernen.

Seit vier Monaten hatte ich von meiner Mutter nichts mehr gehört. Da kam unverhofft ein Brief von ihr, worin sie versicherte, dass jedes ihrer Kinder einen festen Platz in ihrem Herzen habe, dass sie nach allem, was geschehen sei und geschehen werde, ihr Herz für meine Töchter und mich offen halte. Ich sei immer so ein lustiges Mädchen gewesen und nun – nach über vierzig Jahren – geschehe ein solches „Unheil". Sie könne die Sorge nur dem Herrgott übergeben.

Ich konnte es nicht fassen! Mir schob sie offensichtlich die Schuld an dem großen „Unheil" zu, das über die Familie gekommen war.

Dahinter erkannte ich sehr wohl den ehrlichen Versuch meiner Mutter, die Familie irgendwie zusammenzuhalten. Doch ich konnte nicht in den „Schoß" dieser Familie zurückkehren, als wäre nichts geschehen. Ich war nicht mehr bereit, eine Lebenslüge aufrechtzuerhalten und mitzutragen.

Weil es mich drängte, meiner Mutter zu antworten, schrieb ich ihr einen langen, ausführlichen Brief, in dem ich offen und ehrlich meine Gefühle, meine tiefe Verletztheit und Enttäuschung, aber auch meine Hoffnung ausdrückte, nicht aber, ohne zuvor meine Achtung ihr gegenüber zum Ausdruck gebracht zu haben. Meine Absicht war nicht, sie zu verletzen, sondern ich erhoffte mir endlich ein wenig Verständnis und die Anerkennung des vergangenen Unrechts.

15.07.01

Liebe Mama,

mich drängt es heute sehr, dir auf deinen Brief zu antworten. Dir damit wehzutun, ist nicht meine Absicht, obwohl ich weiß, dass dir manches nicht gefallen wird, was ich schreibe.

Zunächst aber möchte ich meine Achtung dir gegenüber zum Ausdruck bringen:

Ich achte dich für das, was du in deinem Leben geleistet und ertragen hast. Ich achte dich dafür, dass du viele Entbehrungen für deine Kinder auf dich genommen hast. Ich achte dich, weil ich weiß, dass du alles in deiner Macht Stehende für deine Familie getan hast.

Und glaube nicht, dass ich nicht weiß, wie sehr du auch gelitten hast. Ich habe in mancher schlaflosen Nacht mehr mitbekommen, als du ahnst.

Selbst wenn ich dir in diesem Brief etwas schreibe, was dich verletzt, verzeih! Dies ist nicht meine Absicht, sondern lediglich Ausdruck meiner großen Enttäuschung und meines tiefen Schmerzes.

Ich schreibe den Brief auch nicht, um Mitleid zu erregen. Das brauche ich nicht!

Denn inzwischen bin ich die starke Frau geworden, die ich im Grunde immer schon war. Ich bin nun eine erwachsene und selbständige Frau – nicht mehr das hilflose Kind von damals –, die ihren Weg geht. Jedoch möchte ich nicht verschweigen, dass ich mehr als einmal durch die Hölle ging, bevor ich an den Punkt kam, an dem ich heute stehe.

Wie oft habe ich mir gerade im letzten Jahr Hilfe und Verständnis vonseiten der Familie gewünscht, habe nicht nur dich in meiner grenzenlosen Verzweiflung um Hilfe angebettelt. Ihr habt mich alle alleingelassen!

Margot meinte sogar, nachdem ich bei ihr telefonisch Hilfe gesucht hatte, sie habe geglaubt, den leibhaftigen Teufel vor sich zu haben, da ich so schlimme Sachen gesagt hätte. Freunde von mir waren ungewollt Zeugen des Telefongesprächs, was sie nicht wusste.

Mama, ich habe dir nie mitgeteilt, dass ich Abstand von dir wolle. Ich schrieb dir lediglich im letzten März, dass ich jetzt Zeit brauche. Das tat ich erst, als mir klar war, dass ich vonseiten meiner Familie keinerlei Unterstützung erwarten konnte. Sie steckte mich lieber in die Schublade der Kranken und Verrückten. Wie es wirklich in mir aussah, wollte keiner wissen. Für euch alle war und ist die Vergewaltigung und der jahrelange sexuelle Missbrauch durch Bernhard – über den ich endlich zu sprechen imstande war – zu ungeheuerlich. So etwas konnte eurer Auffassung nach nur der „Einbildung" und Phantasie einer „Kranken" entsprungen sein. So habt ihr mich seither auch behandelt und behandelt mich immer noch. Damit könnt ihr offenbar immer noch nicht umgehen. Doch euer Verhalten ist mir nicht neu. Ich erlebe jetzt eigentlich genau das, was ich als Kind erlebte. Die Reaktion auf das brutale Geschehen ist die gleiche: Augen zu und verschweigen!

Der Unterschied heute ist: Heute kann ich mich wehren.

Ich habe es dir damals zwar erzählt, was Bernhard mit mir gemacht hatte, in der Hoffnung, von dir beschützt zu werden. Mama, ich war vier Jahre alt! Du hast es gehört, hast mich und meine Not aber nicht verstanden. Wolltest du es überhaupt? Das Kind von damals hatte ab dem Zeitpunkt niemanden mehr, dem es sich anvertrauen konnte. Ich war alleine! Alleine und Bernhard ausgeliefert. Ich durfte dann nicht mal mehr darüber sprechen. So habe ich früh gelernt zu schweigen und schloss die Ereignisse in meine Seele ein. Dieses Gefühl, dieses ganz tiefe Gefühl des Alleingelassenseins, der tiefen Einsamkeit, dieses Gefühl einer manchmal fast unerträglichen Traurigkeit trage ich bis heute in mir!

War ich als Kind noch in der Lage, meine Ängste und Nöte in der Folgezeit vor anderen zu verbergen, so funktionierte das – je älter ich wurde –

immer weniger. Ich hätte mein weiteres Leben geschwiegen, wenn ich es al-
leine geschafft hätte.

Ich kann dir kaum beschreiben, wie groß mein innerer Schmerz war, als
ihr alle mich, nachdem ich nach der langen Zeit endlich den Mut gefunden
hatte, über das zu reden, was mich mein Leben lang beschäftigt hat, wor-
unter ich mein Leben lang gelitten habe, fallen ließet wie eine heiße Kartof-
fel. Ihr habt mich als „krank" abgestempelt, nur weil das, was Bernhard
an mir verbrochen hat, nicht in euer Weltbild passt.

Du schreibst, ich sei immer ein so lustiges Mädchen gewesen, „und jetzt
nach über 40 Jahren so ein Unheil". Mir kamen beim Lesen dieser Zei-
len die Tränen. Denn ich lese zwischen den Zeilen deinen Vorwurf, dass
ich zu allem auch noch für das „Unheil" verantwortlich bin, das über euch
alle gekommen ist. Doch ich bin alles andere als das! Mich trifft keine
Schuld an dem „Unheil", von dem du schreibst, sondern Bernhard hat es
verursacht. Er hat sich wie ein Schwein benommen und mein Leben fast
zerstört!

Mein ganzes Leben stand bis jetzt unter dem Stern dieses „Unheils". Ich
war gezwungen, damit fertigzuwerden. Nur den einen „Fehler" habe ich
begangen: Nach all den Jahren habe ich darüber geredet, was mich – von
euch unbemerkt – immer wieder niederdrückte, was mir schließlich mehr
als einmal fast das Leben gekostet hätte. Von ganzem Herzen danke ich
Gott, dass ER das nicht zugelassen hat. In meiner tiefsten Verzweiflung,
als die Todesangst und der innere Schmerz größer waren als mein Le-
benswille, hat ER jedes Mal seine liebende Hand schützend über mich
gehalten, und ich blieb wie durch ein Wunder am Leben. Ja, mein einziger
„Fehler" war, dass ich nicht mehr die Kraft hatte zu schweigen.

Und was das „lustige Mädchen" angeht: Woher weißt du, wie „lustig" ich
wirklich war – mein Leben lang? Nur weil du meine lustige Fassade ge-
sehen hast? Nur weil ich fast perfekt jahrelang Theater gespielt habe?
Weil ich mich schämte, darüber zu reden? Weil ich mir einfach nicht vor-
stellen konnte, dass mich jetzt plötzlich jemand versteht, nachdem meine
Not als Kind nicht ernst genommen wurde?

Soll ich dir sagen, wie es all die Jahre wirklich in mir ausgesehen hat?
Emotional war ich mehr tot als lebendig. In mir war eine so tiefe Trauer
und Einsamkeit, die ich oft kaum mehr ertragen konnte. Doch ich habe
gelacht und geschwiegen. Wenn ich jedoch alleine war, habe ich geweint.
Und ihr habt nie etwas bemerkt? Am schlimmsten waren die Nächte.
(Bernhard kam oft nachts.) Die Todesangst, die ich damals empfand, be-
gleitet mich bis heute.

Das Einzige, was mir in meiner Jugendzeit half, war mein Tagebuch.
Darin wandte ich mich an die Gottesmutter, vertraute ihr den ganzen
Schmerz an. Sie war die Einzige, mit der ich darüber sprach. Als ich es
dann aber nicht mehr aushielt, vertraute ich mich Herrn Pater N. an. Er
meinte, ich solle alles aufopfern, beten und verzeihen. Wirkliche Hilfe be-
kam ich leider nicht. Doch die ganze Zeit versuchte ich, Bernhard zu ver-
geben, zu verzeihen.

Als ich mit sechzehn Jahren meine Regel noch nicht hatte, verschrieb mir
Herr Dr. Z. Tabletten, damit sich die Regelblutung einstellen sollte.
Gleichzeitig sagte er mir nach der Untersuchung, er sehe, dass ich bereits
mit einem Jungen sexuellen Verkehr gehabt hätte, und wollte sich mit mir
über Verhütung unterhalten. Weshalb ich jedoch „entjungfert" war, wuss-
te ich besser. Den Schmerz habe ich nie vergessen!

Am Anfang unserer Beziehung erzählte ich Björn, was mir als Kind an-
getan worden war, da ich enorme Probleme in der Partnerschaft hatte. Ich
dachte, er hätte es vergessen, redete auch all die Jahre nie mehr mit ihm
darüber. Er aber rief mich in Bad Saulgau an und fragte direkt, ob ich
wegen der Vergewaltigung und des Missbrauchs durch Bernhard dort sei.
Und weißt du noch? Als ich 1991 einen festen Freund hatte (er weiß es
übrigens auch), liefst du mit Tränen in den Augen umher, wenn er bei mir
zu Besuch war. Da platzte mir einmal der Kragen, und ich sagte zu dir:
„Als ich klein war und Bernhard ausgeliefert, hat mich keiner geschützt.
Niemand hat etwas dagegen getan! ... Und jetzt willst du mich verurtei-
len?" Hast du denn das alles vergessen?

Und nun behauptet ihr, ich würde mir alles nur einbilden, hätte mir das einreden lassen? Für diese „Einbildung" bezahlte ich zudem nahezu 45.000 DM aus eigener Tasche, weil ich endlich leben wollte.

Als ich dann anfing, mich mit Alkohol zu betäuben, weil ich es immer weniger ertragen konnte, nahm sich niemand von euch die Zeit zu fragen, was denn in meiner Seele wirklich los war. – Und nun bekomme ich vor kurzem von N. zu hören, sie habe von euch erfahren, dass ich aufgrund von Alkoholproblemen so lange in Bad Saulgau gewesen sei. Mir tut das bis in die Seele weh, weil es eine glatte Lüge ist und absolut nicht der Wahrheit entspricht. Dass ich ein sekundäres Alkoholproblem hatte, bis ich mein Leben wieder ganz in den Griff bekam, dazu stehe ich, schäme mich nicht dafür. Ich rede auch ganz offen darüber. Doch wenn ich erfahre, welche Geschichten über mich verbreitet werden, erzähle ich meine ganze Geschichte. Ich lasse mich nicht derart verleumden!

Das Tollste, was mir dann zu Ohren kam, war: Ich sei so krank, dass ich jetzt sogar behaupten würde, ich sei von meinem Bruder vergewaltigt worden. Ich verstehe euch nicht mehr! Euch interessiert doch die Wahrheit überhaupt nicht, weil dann euer „weißes Familienhemd" beschmutzt wird. Von mir aus wäre über diese Ungeheuerlichkeit in der Öffentlichkeit nie gesprochen worden. Aber wenn ich so etwas höre, platzt mir der Kragen!

Als ich euch allen von Bad Saulgau aus im April des letzten Jahres den Brief schrieb, habe ich nicht viel erwartet. Ich hoffte nur, dass dieses große Unrecht, das mir als Kind angetan wurde und worunter ich mein Leben lang gelitten habe, von euch als Unrecht anerkannt wird. Es hätte mir viel geholfen, wenn du nur gesagt hättest: „Wenn es wirklich passiert ist, tut es mir leid. Ich war mit sieben Kindern überfordert und konnte nicht immer genug aufpassen." Aber es kam nichts dergleichen!

Du schreibst zum Schluss, dass du die Sorge nur dem Herrgott übergeben kannst. Er werde gerecht entscheiden und strafen; aber auch gerecht verzeihen. Ja, ich glaube an Gottes Gerechtigkeit! Ich bitte nicht um Rache, nur um Gerechtigkeit!

Bernhard wird dafür bezahlen, was er mir angetan hat. Heute ist er zu feige, dazu zu stehen. Es tut ihm ja nicht einmal leid! Stattdessen lügt er und verleumdet mich.

Nein, ich kann Bernhard (noch) nicht verzeihen! Ich glaube auch nicht, dass Gott das von mir verlangt, wenn Bernhard nicht mal ansatzweise um Verzeihung bittet.

Auch Gott verzeiht nicht einfach so, obwohl ER die absolute Liebe ist. ER wartet geduldig, bis wir Menschen bereit sind, ihn um Verzeihung zu bitten. Erst dann spricht ER uns durch den Mund des Priesters in seiner grenzenlosen Liebe frei und vergibt uns alles. Aber ER wartet, ob wir dieses Geschenk der Verzeihung auch wollen und annehmen. Ich glaube nicht, dass Gott von mir mehr erwartet, als Jesus uns vorgelebt hat.

Ja, Mama, die Vergebung und auch die gerechte Strafe werde ich Gott überlassen.

Ich erwarte von Bernhard keinen Kniefall oder dergleichen. Das Mindeste, was ich erwartet hätte, wäre seine Einsicht gewesen, dass ihm nicht bewusst war, was er mit seinem schändlichen Verhalten angerichtet hat. Er besitzt ja sogar die Frechheit zu behaupten, ich hätte ihm geschrieben, dass ich nicht sicher sei, ob das überhaupt stimme, was ich gegen ihn vorbringe. Nie habe ich ihm das geschrieben! Ich bat ihn im April letzten Jahres lediglich, zu einem Gespräch nach Bad Saulgau zu kommen, weil ich mit der Situation nicht mehr fertigwürde. ... Er aber verdreht die Tatsachen, obwohl er weiß, dass ich die Wahrheit sage. Wie er mit dieser Schuld lebt, ist seine Sache! Er wird dafür zur Rechenschaft gezogen werden.

In diesem Brief habe ich dir nun sehr offen und ehrlich geschrieben. Dabei ist mir jedoch auch klar, dass ihr weiterhin versucht, mich als krank hinzustellen, weil dies einfacher ist. Mir tut das sehr weh.

Aufgrund eures Verhaltens wurde mir zudem schmerzlich bewusst, dass nicht der sexuelle Missbrauch angeprangert und verurteilt wird, sondern das Sprechen darüber. ...

Nun wünsche ich mir, dass du diese Zeilen richtig verstehst und sie nicht als Vorwurf auffasst. Denn das möchte ich nicht bezwecken, möchte dir auch nicht wehtun.

So grüßt dich Raphaela

Sechs Wochen später – ich befand mich bereits in der Oberbergklinik in Hornberg – hielt ich ihre Antwort in den Händen. In ein paar Zeilen bat sie mich um Verständnis, da sie zu meinem Brief keine Stellung nehmen könne. Sie spüre, dass sie nichts ändern könne, weder in der Vergangenheit noch in der Gegenwart. Aber sie wolle mir sagen, dass gerade ich ihr besonders am Herzen liege und ihre Liebe ungebrochen sei. Wo sie wohne, wisse ich ja. Ihre Türe stehe für mich stets offen. – Was sollte ich davon halten?

7. Zum ersten Mal in der Oberbergklinik (Juli bis Anfang September 2001)

„Das Oberbergmodell:
innovativ – intensiv – individuell.
Unser innovatives Oberbergmodell basiert auf der Annahme, dass jeder Mensch ein anderes, nur ihm eigenes **emotionales Persönlichkeitsprofil** hat und daher einer speziell auf ihn zugeschnittenen Therapie bedarf. Im Unterschied zu inhaltlich und zeitlich schematisierten Therapieformen behandeln wir unsere Patienten individuell und intensiv, ohne uns dabei einer einzigen therapeutischen Schule zu verpflichten. Wir setzen auf eine persönliche Therapieplanung auf Grundlage einer sorgfältigen medizinischen Diagnose sowie einer körperlichen und psychischen Problemanalyse.

Kern unseres Oberbergmodells ist ein intensives schulenübergreifendes Therapiekonzept mit täglich 50-minütigen Einzel- und 100-minütigen Gruppengesprächen. Das ganzheitliche Behandlungskonzept ermöglicht neben der reinen Krankenbehandlung einen Bewusstwerdungsprozess der individuellen Persönlichkeit. Notwendig hierfür sind Übungen der Stille, eine achtsame Wahrnehmung des tiefen Wesens und der individuellen Essenz. Dieser Paradigmenwechsel von der Pathogenese zur Salutogenese ermöglicht eine **„ansteckende" Gesundheit. …"**
(Nachzulesen im Internet: www.oberbergkliniken.de/dasoberbergmodell)

In das Behandlungskonzept und die therapeutischen Verfahrensweisen der Oberbergklinik in Hornberg setzte Herr Reiter große Hoffnungen, was meine noch bestehende Problematik betraf.

Am Morgen des 21. Juli 2001 fuhr ich mit dem Gefühl nach Hornberg, gänzlich versagt zu haben angesichts der hinter mir liegenden Therapien. Dass ich bereits sehr viel erreicht und ein großes Stück Bewältigungsarbeit geleistet hatte, sah ich nicht, konzentrierte den Blick allein darauf, dass es mir trotz größten Bemühens nicht gelungen war, den nötigen inneren Abstand zu gewinnen zu der Haltung meiner Ursprungsfamilie. Das machte mir Angst, bezüglich der Vergangenheitsbewältigung wieder oder vielleicht immer noch am Anfang zu stehen und trotz meines besten Willens und unter Aufbietung all meiner Kräfte überhaupt keinen Schritt weitergekommen zu sein.

Während der Fahrt beschäftigten mich viele Fragen: Werde ich jemals in der Lage sein, die Spätfolgen des sexuellen Missbrauchs zu bewältigen? Werde ich jemals ein normales, vielleicht sogar glückliches Leben führen können? Wird es mir möglich sein, mich von meiner Mutter zu lösen, was bedeutete, innerlich eigenständig zu sein und somit unabhängig von ihrem Verständnis oder ihrer Ablehnung? Ist es überhaupt möglich, ein solch starkes, unsichtbares Band zur eigenen Mutter zu durchtrennen?

Von Anfang an empfand ich die Atmosphäre in der Klinik als positiv und überaus angenehm, was es mir bereits beim Eingangsgespräch sehr erleichterte, mit uneingeschränkter Offenheit meine Probleme und die Beweggründe für meinen Aufenthalt darzulegen.

Die therapeutische Behandlung konzentrierte sich vorwiegend auf die Bearbeitung der Folgen des frühen Inzesttraumas, dessen weitgehende Verleugnung aufseiten des Familienverbandes sowie die Klärung des Verhältnisses zum Verband der Herkunftsfamilie.

Da der Zusammenhang von extremen, kaum zu ertragenden Paniksituationen einerseits – wobei mich in diesen Momenten ausschließlich suizidale Fluchtgedanken beherrschten – und Alkoholmissbrauch andererseits zweifelsfrei evident war, wurde ich nicht in ein spezielles Suchtprogramm integriert, da diese Gefahr nach gründlicher Abklärung des Sachverhalts nicht bestand.

Von entscheidender Bedeutung waren für mich die täglichen Gruppengespräche sowie die Gestaltungs- und Körpertherapie (jeweils zweimal wöchentlich 100-minütig), wobei die Gruppenzusammensetzung bei allen drei Therapieformen homogen blieb.

Auf den intensiven Therapieprozess konnte ich mich rasch einlassen.

Im Laufe der Zeit fing ich an zu begreifen, dass nicht alle bisher zur Vergangenheitsbewältigung unternommenen Versuche sinnloses Unterfangen gewesen waren, sondern erkannte die kleinen Schritte, die ich auf dem langen Weg meiner Heilung bisher schon gegangen war, und konnte akzeptieren, was noch ungelöst an Schmerz, Trauer und Angst destruktiv in mir arbeitete. Ich schöpfte wieder neue Hoffnung.

Der Zufall wollte es, dass ich einer Gruppe zugeteilt wurde, die zunächst ausschließlich aus Männern bestand. Von dem fairen, offenen und ehrlichen Umgangston untereinander war ich zwar beeindruckt, kam aber mit dem ungleichen Geschlechterverhältnis überhaupt nicht zurecht. Der innere Widerstand schien anfangs unüberwindbar, sah ich in Männern doch grundsätzlich – wenn auch unbewusst – eine potenzielle Bedrohung. Wie ich später feststellen sollte, war gerade dieser Umstand zugleich eine große Chance für mich. Mit der Zeit erlebte ich – entgegen meiner Befürchtungen – Männer, vor denen ich im Grunde Angst empfand und von denen ich mir eine Art Feindbild geschaffen hatte, so ganz anders.

Mir begegneten Männer, die Verständnis und unaufdringliche Anteilnahme zeigten und die mir vor allem großen Respekt entgegenbrachten. Dennoch blieb ein sehr großes Maß an Misstrauen und Vorsicht bestehen.

Im Laufe der Therapie wuchs sogar das Unbehagen, meine Abwehrhaltung, meine Wut, mein Hass dem anderen Geschlecht gegenüber, obwohl mir kein Mann Anlass dazu gab. Mancher Mann bekam meine Aversion und Aggression zu spüren, wenn er den Kontakt zu mir suchte.

Körpertherapie war für mich neu. Bei dieser Art der Konfrontation „erinnerte" sich mein Körper sehr intensiv an vergangene Gefühle. Eine Übung beispielsweise, die für alle Anwesenden entspannend und befreiend sein sollte und dies für alle anderen auch war, bewirkte bei mir das Gegenteil. In Rückenlage hörten wir auf die ruhige Stimme des Therapeuten. In dieser Position und durch die Anwesenheit von Vertretern des anderen Geschlechts fehlte mir plötzlich der Raum zum Atmen. Die Atmosphäre empfand ich in dem Moment als eine einzige Bedrohung, fühlte auf mir plötzlich eine riesengroße Last, gerade so, als ob sich eine gewaltige Betonplatte auf mich legte und mich zu erdrücken drohte. Eine unheimliche Kraft! Mit einem Male befand ich mich mitten im Albtraum meiner Kindheit, fühlte mich schutzlos einer Situation ausgeliefert, war wie gelähmt über den Zeitraum einer ganzen langen Stunde hinweg und unfähig, mich zu bewegen. Das ganze Drama meiner Kindheit spielte sich augenblicklich in meinem Inneren ab. In mir herrschte Panik! Mein Körper hatte offenbar nicht „vergessen", sondern „erinnerte" sich aufgrund der bedrohlichen Atmosphäre, die innerhalb dieser Männergruppe auf einmal vorherrschte, an die Erfahrungen der frühen Kindheit und reagierte dementsprechend.

Ich, die erwachsene Frau, war in dem Moment gleichermaßen völlig handlungs- und bewegungsunfähig, sodass es mir nicht möglich war, diesen Zustand zu beenden. Jederzeit hätte ich den Raum verlassen können, kam jedoch nicht einmal auf die Idee, dies zu tun, sondern glaubte, bis zum Schluss durchhalten zu müssen. Dabei verspürte ich – wie oftmals zuvor – den dringenden Wunsch, diesen Körper, den ich mehr denn je wie ein Gefängnis erlebte, zu verlassen, um ihn nicht mehr aushalten zu müssen.

Nach Beendigung der Sitzung verließ ich fluchtartig und völlig irritiert den Raum, um meine Gedanken und Gefühle zu ordnen. Spontan interpretierte ich das Erlebte ausschließlich negativ. Resignation machte sich breit, der traumatischen Erlebnisse meiner Kindheit jemals Herr zu werden.

Doch plötzlich änderte sich mein Blickwinkel: Wie das kleine Mädchen – missbraucht, ausgeliefert – war ich nicht fähig gewesen, mich in irgendeiner Weise zur Wehr zu setzen. Anders hingegen konnte die Frau von heute reagieren. Sie war nicht mehr das hilflose Kind, das Opfer sein musste. Die Frau von heute konnte Handelnde sein, weil sie die Möglichkeit und auch die Fähigkeit und Kraft besaß, aus der Opferhaltung herauszutreten oder sie gänzlich zu meiden. Die Frau von heute hatte die Entscheidungsfreiheit, zum Wahrnehmen ihrer eigenen Bedürfnisse aktiv zu werden.

Diese Erfahrung und die daraus resultierende Einsicht war ein überaus großer Fortschritt, ein wichtiger Lernerfolg im Hinblick auf die Vergangenheitsbewältigung. Sie hat sich bis heute in vielen Lebensbereichen wirksam gezeigt und mir allmählich ein Mehr an Freiheit, Selbstbestimmung und Eigenverantwortlichkeit zurückgegeben.

Von da an veränderte sich mein Umgang mit Männern. Ich betrachtete und empfand den Kontakt sukzessive nicht mehr als Bedrohung oder Gefahr, sodass eine offenere und konfliktfreiere Begegnung mit dem Typ „Mann" möglich wurde.

Sehr viel Raum nahm nach wie vor diese unheimliche Angst ein, die nicht greifbar und doch ständig präsent war. Sie schien ein unüberwindliches Hindernis zu sein und ließ mich – gleich einem unsichtbaren Dämon – kaum Ruhe finden.

Wie unzählige Male vorher schreckte ich nachts plötzlich hoch, war sofort hellwach und suchte der Panik nahe den Schalter, um Licht zu machen, was mir dann ein Gefühl von Sicherheit gab. Als ich schließlich bereit war, über die Angst zu reden, obwohl ich sie nicht konkretisieren konnte, wurde allein durch das Sprechen darüber eine bestimmte Schärfe genommen und ich erlebte, wie sie ganz langsam ein wenig an Unheimlichkeit und Schrecken verlor, wenngleich sie nicht gänzlich verschwand und mich später noch oft an einem erholsamen Schlaf hinderte.

Ein wesentliches, zentrales Therapieziel war die weitreichende Klärung des Verhältnisses zum Verband der Herkunftsfamilie, insbesondere zur Mutter, mit der ich durch eine hochambivalente Beziehung verbunden schien. Die Hoffnung hatte ich immer noch nicht aufgegeben, meine Mutter würde den Missbrauch eingestehen und somit ein Stück Verantwortung dafür übernehmen. Obwohl dies bisher nicht geschehen war, kam es mir dennoch wie ein Verrat vor, die eigene Mutter in ihrem fehlerhaften Verhalten zu sehen. Stattdessen suchte ich nach allen möglichen Entschuldigungen und Rechtfertigungen für ihr Verhalten, verteidigte ihre Reaktion und lehnte es ab, anzuerkennen, dass sie irgendetwas falsch gemacht hatte.

„Ehre deine Mutter und deinen Vater!", war mir bereits während meiner Kindheit als ehernes Gesetz eingepflanzt worden. Die Folge der Ambivalenz zwischen Wunsch und Realität waren enorme, wenn auch irrationale Schuldgefühle.

Nicht anders kann ich es mir erklären, dass in mir das Bedürfnis wuchs, mit meiner mittlerweile betagten Mutter ins Reine zu kommen, mit ihr Frieden zu schließen. Ich betrachtete es geradezu als meine Pflicht, ihr den Frieden zurückzugeben, der ihr offenbar dadurch, dass ich sie mit der Vergangenheit konfrontiert hatte, abhandengekommen war.

Der geeignete Zeitpunkt dafür schien mir ihr bevorstehender 88. Geburtstag zu sein. An diesem Tag wollte ich meiner Mutter persönlich meine Glückwünsche überbringen, mit ihr Frieden schließen und ihr darüber hinaus deutlich zeigen, dass ich ihr alles verzeihen wollte.

Durch mein persönliches Erscheinen an ihrem Ehrentag wollte ich zugleich meine Achtung ihr gegenüber und meine Wertschätzung für alles, was sie in ihrem Leben geleistet, erduldet und ertragen hatte, zum Ausdruck bringen. Denn nach wie vor war ich überzeugt: Sie hatte stets nach bestem Wissen und Gewissen gehandelt. Auch sie hatte ihre Vergangenheit.

Was ich dabei bereits im Vorfeld meiner Überlegungen fühlte, war eine neue Art von Freiheit, von nie gekanntem Raum für mich: Ich konnte meine Mutter so lassen und akzeptieren, wie sie war, wobei ich gleichermaßen für mich das Recht in Anspruch nahm, so sein zu dürfen, wie ich bin. Die Rolle des „Außenseiters" begann ich ganz klar zu sehen und als Tatsache zu akzeptieren, fühlte mich in gewisser Weise nicht mehr eingebunden in diese Familiengemeinschaft, wollte das auch nicht mehr anstreben. Demzufolge wollte ich diesen Besuch nicht mehr mit der Hoffnung verbinden, die Familie möge ihre Ansicht mir gegenüber jemals ändern. – So sagte mir mein Verstand. Die Seele brauchte für diese Einsicht länger.

Nachdem ich mir meines Vorhabens ganz sicher war, äußerte ich meinen Wunsch gegenüber Bezugstherapeuten und Klinikchef, die diesen Gedanken begrüßten und mir in jeder Hinsicht ihre Unterstützung zusicherten.

Am Vortag meines Besuchs war ich innerlich dann doch sehr aufgewühlt, spürte meine innere Anspannung wachsen und hoffte, stark genug zu sein, das durchzustehen, was ich mir vorgenommen hatte. Doch weil ich wusste, dass dieser Schritt auch für mich wichtig sein würde, fuhr ich in der Frühe los, um meiner Mutter an ihrem Geburtstag die Hand zur Versöhnung zu reichen.

Nie werde ich die grenzenlose Freude, Dankbarkeit und Erleichterung vergessen, die ich in den tränennassen Augen meiner Mutter sah, als sie mir die Haustüre öffnete.

Ehrlichen Herzens überreichte ich ihr einen Blumenstrauß, verbunden mit meinen Glück- und Segenswünschen. Meine Hand reichte ich ihr mit den Worten, die Vergangenheit möge zwischen uns ruhen.

Noch ein paar Wochen zuvor hätte ich mir nie vorstellen können, meine Mutter mit der ganzen Kraft meiner Liebe, die in diesem Moment jedoch keine Gegenleistung mehr erwartete, in die Arme zu schließen, ohne dass sich etwas in mir dagegen sträubte. Dabei hatte ich das Gefühl, ich habe ihr nicht nur vom Verstand her verziehen, sondern wirklich auch in meinem Herzen.

Dennoch bohrte sich ein Stachel in meine Seele, als meine Mutter ganz nebenbei meinte, sie könne sich nicht vorstellen, dass meine Behauptung wirklich stimme. Wie einlenkend hörte ich sie anschließend sagen, wenn es aber stimme, müsse ich doch verstehen, dass dies nur hätte geschehen können, da Bernhard zu dieser Zeit mit sich selbst sehr große Probleme gehabt hätte. Auch wenn ich es nicht wahrhaben wollte, tat diese Aussage weh. Wieder stellte sich meine Mutter auf die Seite meines Vergewaltigers und entschuldigte sein Verhalten. Mein Erleben, meine Gefühle zählten nicht. „Hatte ich doch mehr von meiner Mutter erwartet?", fragte ich mich angesichts der Enttäuschung, welche diese Äußerung in mir hervorzurufen vermochte.

Als ich mich am Nachmittag wieder verabschiedete, meinte meine Mutter: „Das war das schönste Geburtstagsgeschenk meines ganzen Lebens, dass du heute zu mir gekommen bist."

Für meine Mutter war mein persönliches Erscheinen eine Geste der Versöhnung, für mich bedeutete es weit mehr. Es war ein Abschiednehmen in zweifacher Hinsicht: Zum einen war es ein Loslassen der Vergangenheit, zum anderen ein Abschied von der Familie, von der Mutter im Besonderen, was bedeutete, Abschied zu nehmen von der Illusion einer liebenden Mutter, der ich mein Leben lang in nahezu selbstzerstörerischer Weise „nachgerannt" war. (Dies soll keineswegs einer Wertung gleichkommen, da meine Mutter unter Umständen gar nicht in der Lage war, anders zu handeln. Deswegen verachte ich meine Mutter nicht.)

Nachmittags kehrte ich zwar körperlich erschöpft, jedoch zutiefst erfüllt von innerem Frieden in die Klinik zurück. Ich war sicher, einen sehr wichtigen Schritt für meine Mutter und gleichzeitig für mich getan zu haben.

In mir wuchs das wunderschöne, befreiende Gefühl: Die Vergangenheit hat ihre Übermacht verloren! Ich strebte nicht mehr nach der Anerkennung des erlittenen Unrechts durch die Familie. In Zukunft wollte ich mich so weit distanzieren, dass mich ihr Verhalten nicht mehr treffen konnte. Speziell in der Beziehung zu meiner Mutter, die sich jetzt mit Sicherheit neu definieren musste, wollte ich sehr darauf achten, eine gesunde Distanz zu wahren.

War der unmittelbar nach dem Besuch bei meiner Mutter erfolgte zweite Hörsturz die Antwort meines Körpers auf die psychische Belastung, die damit verbunden gewesen war?

Bevor ich Hornberg endgültig verließ, setzte ich mich in ein Café und ließ die vergangenen sieben Wochen bei einer Tasse Cappuccino noch einmal an mir vorbeiziehen. Dankbar blickte ich zurück auf eine intensive Zeit, wobei ich unter anderem die Erfahrung hatte machen dürfen, dass ich selbst Grenzen setzen konnte, die vor allem auch respektiert wurden. Mich beherrschte nicht mehr das Gefühl, machtlos und ausgeliefert zu sein, sondern ich wusste, dass es weitgehend in meiner Entscheidung lag, inwieweit ich in Zukunft die Handelnde sein würde. Weiterhin hatte ich erleben dürfen, dass ich in meiner Würde und Persönlichkeit als Frau geachtet wurde, von Mitpatienten gleichermaßen wie von Therapeuten.

Ich hoffte, die Vergangenheit nun auch dort belassen zu können, wo sie hingehörte, wollte ihr nicht mehr diese Macht einräumen, die sie zweifellos bisher hatte.

Hornberg verließ ich schließlich in der Überzeugung, die Vergangenheit und ihre Folgen so weit bewältigt zu haben, dass ich damit leben konnte. Den Teil meiner Angst, den ich noch im Gepäck hatte, hoffte ich mit der Unterstützung von Herrn Reiter in der ambulanten Therapie bearbeiten zu können. Optimistisch, zuversichtlich und frohen Mutes fuhr ich heim.

Was ich bald nach meiner Rückkehr aus der Klinik sehr deutlich zu spüren bekam, hatte ich weder geahnt noch für möglich gehalten: Aufgrund dieser Geste zu ihrem Geburtstag erwartete meine Mutter offenbar, dass ich die Vergangenheit als nie geschehen ad acta legen und mich in Zukunft so verhalten sollte, als wäre nie etwas Unrechtes geschehen.

Wenn ich mich in ihre Lage versetzte, konnte ich sie sogar verstehen. Um den Anschein der „heilen Familie" zu wahren, hätte sie mich gerne wieder in den Familienverband integriert gesehen. Das aber war für mich unter den gegebenen Umständen unmöglich. Dazu war ich auch nicht mehr bereit.

8. Die Zeit danach

Mit ein wenig Abstand empfand ich die sieben Wochen, die ich in der Oberbergklinik verbracht hatte, sowie die eineinhalb Jahre zuvor zwar als die schmerzlichste, dennoch bedeutendste und lehrreichste Zeit meines bisherigen Lebens.

Im Laufe der folgenden Wochen nahm ich wahr, wie die Umsetzung der gewonnenen Erkenntnisse wie von selbst nach und nach in meinem Leben erfolgte, spürte deutlich, wie sich in mir langsam ein innerer Wandel vollzog. Meine Herkunftsfamilie, meine Vergangenheit begann ich aus einem anderen Blickwinkel zu betrachten; ich war nicht mehr Opfer, sondern Handelnde. Auch fühlte ich mich zunehmend weniger von der Meinung, der Zuneigung und Liebe der Familie abhängig, sondern wurde mir meines eigenen inneren Potenzials bewusst.

Ich spürte in mir eine neue Art von Unabhängigkeit, Freiheit und Stärke wachsen, fühlte mich lebendiger, ausgeglichener, ruhiger und lernte wieder – in kleinen Schritten zwar, aber stetig – meiner eigenen Wahrnehmung zu trauen.

Die Angst gänzlich zu bewältigen, war mir allerdings noch nicht gelungen. Tief in mir arbeitete sie weiter.

Eigentlich wollte ich zu Schuljahresbeginn den Dienst wieder antreten, was jedoch aufgrund des in den letzten „Hornberger Tagen" erlittenen Hörsturzes nicht möglich war.

Anfang Oktober glaubte ich mich der Arbeit gewachsen und meldete mich zum Dienst zurück; dies allerdings entgegen des Rates meines behandelnden Arztes, der den Zeitpunkt für verfrüht hielt, da die letzten beiden Jahre das Äußerste von mir gefordert hätten, sowohl in physischer als auch in psychischer Hinsicht. Wieder einmal hatte ich meine Kräfte erheblich überschätzt und bereute bald meine Voreiligkeit. Wie eine leer gewordene Batterie, die noch Zeit zum Aufladen bräuchte, fühlte ich mich. Es dauerte einige Zeit, bis ich akzeptieren konnte, dass ich eine längere Auszeit noch dringend nötig hatte.

Weiterhin ging ich regelmäßig einmal wöchentlich zu Herrn Reiter in die Therapiestunde.

Eines Tages äußerte Jutta den Wunsch, mich zu einem Gespräch begleiten zu dürfen, weil sie von Herrn Reiter Antwort auf ihre Fragen erhoffte. Obwohl mir der Gedanke überhaupt nicht gefiel – zumindest hielt ich einen späteren Zeitpunkt für angebracht –, ließ sie nicht locker, war über die Maßen hartnäckig, sodass sie nach Absprache mit Herrn Reiter zur nächsten Sitzung mitgehen konnte. Die letzte Viertelstunde wollte Herr Reiter mit mir alleine sprechen. Beim Abschied waren seine letzten Worte: „Jetzt haben Sie die Chance, *ganz heil* zu werden." Das war am 30. Oktober 2001.

Genau eine Woche später hielt ich die Todesnachricht in den Händen, dass Herr Reiter am 4. November von dieser Welt gegangen sei. Zunächst konnte ich gar nicht fassen, was ich da las, und glaubte, den Boden unter den Füßen zu verlieren. Der Mensch, dem ich absolutes Vertrauen entgegengebracht, der mich ein Jahr und neun Monate lang begleitet und mir so viel geholfen und ermöglicht hatte, war völlig unerwartet gestorben, mit 46 Jahren. Dieser Tod traf mich so tief, wie mich noch kein Tod eines Menschen bisher berührt hatte. Mehr denn je fühlte ich mich im Stich gelassen, verlassen. Mein Herz fragte ununterbrochen stumm: „Warum?!"

Zwei Tage später ging ich – anstatt zur vereinbarten Therapiestunde – zur Beerdigung. Bereits eine Stunde vor der Trauerfeier saß ich in der kleinen Kapelle in der letzten Bank, um alleine Abschied zu nehmen von dem Menschen, dem ich so viel – vielleicht sogar mein Leben – zu verdanken habe, wofür ich ihm bis heute unendlich dankbar bin. Dieser Mann besaß eine überaus große Menschenkenntnis und brachte mir stets sehr viel Verständnis und ehrliches Mitgefühl entgegen. Er hatte es verstanden, wesentliche Meilensteine auf dem Weg meiner Heilung zu setzen, die mich stetig ein Stück voranbrachten.

Und nun war er tot.

In der Folgezeit empfand ich die Gefühle von Einsamkeit, Verlassensein, Trauer mehr denn je, haderte mit dem Leben, das mir einen so wichtigen und wertvollen Menschen über Nacht einfach genommen hatte. Ich vermisste die Gespräche mit Herrn Reiter, seinen unaufdringlichen Rat, seine Unterstützung, kam mir unendlich verloren vor und wusste nicht, wie es weitergehen sollte.

Einige Wochen später kam ich auf das Angebot von Herrn Dr. Fischer, der in Bad Saulgau mein Bezugstherapeut gewesen war, zurück. Unerwartet war er nach der Trauerfeier auf mich zugekommen und hatte mir seine therapeutische Hilfe angeboten. Dankbar nahm ich jetzt seine Unterstützung an. Es war zwar keine Therapie im eigentlichen Sinne mehr, aber ich hatte eine Anlaufstelle, wenn ich in Bedrängnis geraten sollte.

9. Der Kontakt zur Herkunftsfamilie (November 2001 bis Mai 2004)

Wenngleich es zunächst keinen persönlichen Kontakt mehr zwischen meiner Mutter und mir gab, so verkehrten wir doch über einen längeren Zeitraum brieflich miteinander.

Kurz nach dem Tod von Herrn Reiter erkundigte sie sich in einem Brief nach meinem Befinden und gab mir zu verstehen, dass sie sich um mich sorge und wie schön es doch wäre, mich zu sehen. Entgegen aller Vernunft keimte wieder etwas Hoffnung in mir auf.

Einige Wochen später traf zum Weihnachtsfest überraschend ein Gruß meiner Schwester Hermine ein. Sie habe von unserer Mutter erfahren, „dass es dir gut geht. Gott sei Dank!", schrieb sie. Nahezu zwei Jahre hatte sie keinen Kontakt zu mir aufgenommen, hatte auch auf meinen verzweifelten Brief nie geantwortet. Und nun kurze Grüße zu Weihnachten, als ob nie etwas gewesen wäre? Ich war verletzt, aber auch wütend.

In meinem Antwortbrief drückte ich meine Überraschung angesichts ihres Briefes aus und machte gleichzeitig meiner grenzenlosen Enttäuschung Luft, dass auch sie zu keiner Zeit zu mir gestanden, ja nicht einmal Kontakt zu mir aufgenommen hatte, als ich ihre Hilfe so dringend gebraucht hätte. Diesen Brief an Hermine formulierte ich stellenweise bewusst provokant, weil ich dachte, darauf reagiert sie wenigstens endlich. Anbei schickte ich eine Kopie des ausführlichen Briefes an meine Mutter (vom 15.07.01), worin alles stand, was ich noch zu sagen hatte.

Wie folgt formulierte ich meinen Brief am 27.12.2001:

Liebe Hermine,
eigentlich bin ich sehr überrascht, nach fast zwei Jahren von dir zu hören. Warum jetzt? Weil Weihnachten ist? Die letzten zwei Jahre hätte ich Hilfe vonseiten der Familie gebraucht. Aber keiner war da, auch du nicht! Und jetzt schickst du mir Weihnachtsgrüße, als ob nie etwas gewesen wäre?
In die Klinik nach Bad Saulgau ging ich im Februar 2000, weil ich mit den Kindheitserlebnissen überhaupt nicht mehr fertigwurde. Ich konnte damit nicht mehr leben! Deshalb schrieb ich am 25.04.2000 an euch alle den Brief, aber erst, nachdem Bernhard ein Gespräch verweigert hatte und ihr mich alle – ohne Ausnahme! – habt hängen lassen. Kannst du dir überhaupt vorstellen, wie alleingelassen, wie einsam ich mich gefühlt habe? Wie verraten ich mir vorkam? Nach allem, was ich als Kind erleben musste, mich nie wehren konnte?
In der Folgezeit wurde ich als „Lügnerin" bezeichnet bzw. als „krank" und „verrückt". Es wurde sogar behauptet, ich hätte mir diesen „Unsinn" vor fünf Jahren einreden lassen …
Und dabei suchte ich erst therapeutische Hilfe, nachdem keiner von euch bereit war, mir auch nur ansatzweise zu helfen. Denn es sind schon ungefähr zehn Jahre her, dass ich dir von der Vergewaltigung erzählt habe. Weißt du das denn nicht mehr?
Später wandte ich mich auch an Hartmut und Irmgard. Die Reaktion war bei euch allen dieselbe: „Ach Gott!" „Das kann nicht sein!" „O je!" Keiner von euch fragte aber wirklich, was in meiner Seele los war.

Hermine, die Vergewaltigung durch Bernhard und den jahrelangen sexuellen Missbrauch habe ich mir **nie** einreden lassen, habe diese schrecklichen Erlebnisse leider auch nie vergessen oder wenigstens verdrängen können. Es war zu oft passiert! Dennoch habe ich versucht, damit zu leben. Irgendwann aber ging das nicht mehr. Doch erst nach dem ersten Suizidversuch, den offenbar keiner von euch mitbekommen hat, war ich bereit, mich einem Arzt und Therapeuten anzuvertrauen.

Ein Therapeut musste Erlebnisse, wie ich sie hatte, nie in mich hineinprojizieren oder auf fragliche Weise mit allen Mitteln „hervorholen". Die Erinnerungen daran waren immer da und leider mein Leben lang präsent. Und ich suchte Hilfe, **weil** ich die Erlebnisse nicht mehr verkraften konnte, und nicht umgekehrt!

Du schreibst, dass Mama erzählt habe, dass es mir gut ginge. Du fügst noch hinzu: „Gott sei Dank!" Glaubst du wirklich, ich würde einem von euch noch sagen, wie es mir tatsächlich geht? Nach allem, was ich mit euch erlebt habe? Nachdem ihr mich alle habt hängen lassen? Nein, ich vertraue keinem mehr von euch!

Nach meinen vergeblichen Versuchen, alleine mit der Vergewaltigung und den unzähligen sexuellen Missbrauchserfahrungen durch Bernhard fertigzuwerden – und nachdem ihr eure Hilfe alle versagt habt –, habe ich die Unmöglichkeit dieses Ansinnens eingesehen.

Es war dann knallhart, mit fremden Personen über Dinge reden zu müssen, die mit Tabu und großer Scham belastet sind. Ja, ich habe mich geschämt und schäme mich immer noch dafür, dass so etwas in einer „katholischen" Familie passieren konnte, vor allem schäme ich mich dafür, wie damit umgegangen wird! Ich schäme mich, dass „christliche" Menschen vor solchem Unrecht die Augen verschließen! Noch mehr schäme ich mich dafür, dass angeblich praktizierende Katholiken die Nächstenliebe so wenig leben, wie ihr es getan habt und tut. Neben euch hätte ich zugrunde gehen können und wäre auch zugrunde gegangen, hätten mir andere Menschen nicht geholfen.

Ihr wart zu keiner Zeit bereit, euch mit der Wahrheit und der Brutalität des Geschehens auseinanderzusetzen. Ihr habt mich fallen lassen, mich ausgestoßen aus eurem Kreis, zu dem ich gehören wollte. Jetzt will ich das nicht mehr! Ich habe eingesehen, dass dort kein Platz für mich ist.

Am 15.07.2001 schrieb ich Mama einen Brief, auf den ich leider keine Antwort bekam. Ich denke, in diesem Brief ist alles gesagt, was ich zu sagen habe. Deshalb möchte ich ihn dir als Kopie mitschicken. Vielleicht verstehst du mich ein wenig.

Zu einem Punkt, den ich in diesem Brief angesprochen habe, möchte ich noch etwas ergänzen. Ich schrieb, dass ich Herrn Pater N. von der Vergewaltigung erzählt hatte. (…) Er war es, der mir die Entscheidung „abnahm", ob ich mich für den jungfräulichen Weg oder für den Ehestand entscheiden sollte. Weißt du noch? Du stelltest mir nämlich eben diese Frage in einem deiner Briefe. (Du schriebst ihn mir am 20.08.75. Ich habe alle deine Briefe aufbewahrt.) Ich aber wusste, dass ich mich — selbst wenn ich es gewollte hätte — in dieser Hinsicht nicht frei entscheiden konnte. Ich war „entjungfert", war nicht mehr „rein". Trotzdem sprach ich nach deinem Brief mit Herrn Pater N. noch einmal darüber. Er meinte, die Entscheidung sei mir ja ohnehin abgenommen, da ich nicht mehr jungfräulich sei.

Kannst du dir das vorstellen, wie hart es für mich ist, wenn mich nun die Familie als „krank" … bezeichnet oder behauptet, ich hätte mir alles vor fünf Jahren einreden lassen?

Erzwingen kann ich es nicht, dass mir geglaubt wird, möchte das auch nicht. Ich kann und werde nur die Konsequenzen daraus ziehen.

Ob du mir glaubst oder nicht, weiß ich nicht. Mir war es jedenfalls ein Bedürfnis, dir dies alles zu schreiben.

Zum Schluss möchte ich nicht versäumen, dir für das Jahr 2002 alles erdenklich Gute, viel Kraft, Freude und vor allem Gesundheit zu wünschen!

So grüßt dich Raphaela

Wiederum schwieg sie und ließ nichts von sich hören, gerade so, als ob auch dieser Brief sie nie erreicht hätte. Ich verstand es nicht.

Der Briefwechsel zwischen meiner Mutter und mir hielt noch einige Zeit an, allerdings war nur oberflächliche Konversation möglich. Wie es mir wirklich ging, schrieb ich nicht. Wollte sie das überhaupt hören?

Auf den Plauderton meiner Mutter einzugehen, war nicht immer leicht. Besonders schwer aber fiel es mir, als sie einmal ausführlich von ihrem neuen, sehr armen Vierbeiner erzählte, der eine schlechte Zeit hinter sich habe, in der er viel mitgemacht haben musste, da er jetzt noch so voller Angst sei. Sehr behutsam, liebevoll und einfühlsam müsse sie deshalb mit ihrem Hund umgehen, da nach Aussage der Tierärztin die Angst, die er in sich habe, viel Einfühlungsvermögen erfordere, damit er wieder Zutrauen fassen könne.

Dieser Brief, so voller Sorge und tiefen Mitgefühls für ihren Hund, traf mich sehr. Ihrem Hund konnte sie das entgegenbringen, was sie mir zeitlebens verweigert hatte.

Das aber schrieb ich meiner Mutter nicht, sondern schickte zu Ostern 2002 nur ein paar Zeilen an ihre Adresse:

Liebe Mama,

hab Dank für deine Namenstagswünsche! Entschuldige, dass ich nicht gleich geantwortet habe. Das hat neben meinem ausgefüllten Arbeitstag vor allem den Grund, dass es mir immer noch wehtut, dass über die vergangenen Ereignisse weiterhin der Mantel der Verschwiegenheit gelegt wird. Deswegen fällt es mir sehr schwer, mich auf eine oberflächliche Unterhaltung (und sei sie nur brieflicher Art) einzulassen. Doch ich werde es weiterhin versuchen, wenn du es so willst, und über meine Gefühle ab jetzt nicht mehr schreiben.

Dein neuer Hund ist ja ein ganz lieber Kerl, an dem du hoffentlich viel Freude hast! Nun wünsche ich dir ein frohes und gesegnetes Osterfest!

Es grüßt Raphaela

In ihrem Antwortbrief, der nicht lange auf sich warten ließ, bedankte sie sich zunächst für meinen Blumengruß und die Osterwünsche. Sie äußerte sich allerdings enttäuscht darüber, dass ich „die Sache" doch noch nicht überwunden hätte. Sie habe meinen Besuch anlässlich ihres Geburtstages wohl falsch verstanden. Ihrer Meinung nach hatten „die Herren", die mir hätten helfen sollen (womit sie die Therapeuten meinte), nicht nur versagt, sondern das Gegenteil bewirkt. Weiter riet sie mir, ein andächtiges „Vaterunser" zu beten, weil sie überzeugt war, dass ich nur auf diese Weise meinem Bruder endlich innerlich verzeihen und somit zur Ruhe kommen könne.

Ihr Brief endete mit dem Wunsch, dass die Familie wieder zusammenfinden könne und wir beide wieder ein herzliches und ehrliches Verhältnis zueinander hätten.

Das konnte doch nicht wahr sein! Ich wollte meiner Mutter doch nur zu verstehen geben, warum es mir schwerfiel zu antworten. Und nun wurde mir erneut Schuld zugewiesen, weil ich nicht verzeihen konnte? Oder wie sollte ich diese Zeilen verstehen?

Für meine Mutter bedeutete offensichtlich die Geste, als ich ihr persönlich meine Glückwünsche überbracht und die Hand zur Versöhnung gereicht hatte, dass über „die Sache" einfach nicht mehr gesprochen wurde, obwohl nie ein Wort der Entschuldigung oder auch nur des Bedauerns gefallen war. Aber wie sollte ich das denn erwarten! *Ich* hatte mich in ihren Augen doch zu entschuldigen, weil *ich* so großes Unheil über die Familie gebracht hatte.

Was sie im letzten Satz ihres Briefes ausdrückte, entsprach zu keiner Zeit der Realität. Nie hatte ich zu meiner Mutter ein herzliches, geschweige denn ehrliches Verhältnis. Hat meine Mutter mein Verhalten ihr gegenüber nie zu deuten gewusst?

Dieser Brief machte den letzten Rest von Hoffnung in mir zunichte, von ihr in irgendeiner Weise jemals verstanden zu werden. Nie würde sie zugeben, dass in dieser Familie ein Verbrechen geschehen war. Doch ich fing auch an zu begreifen, dass ein solches Zugeständnis zu viel von ihr sowie von all meinen Geschwistern verlangt gewesen wäre, da sonst ihr Idealbild der „heilen, christlichen Familie" wie ein Kartenhaus zusammenfallen musste. Damit konnte offenbar keiner von ihnen umgehen.

Gleichzeitig spürte ich wider alle Vernunft, wie sehr meine Mutter mich noch seelisch zu verletzen vermochte. Mein Körper reagierte abermals mit Schwächeanfällen und Panikattacken.

In meiner maßlosen Enttäuschung schrieb ich zunächst einen äußerst aggressiven Brief an meine Mutter, in dem ich meiner ganzen Wut zum ersten Mal freien Lauf ließ und meinen aufgestauten Gefühlen Luft verschaffte. Es war unendlich befreiend, mir alles von der Seele zu schreiben! Abgeschickt habe ich diesen Brief allerdings nie. Denn bald plagten mich heftige Schuldgefühle, weil ich offensichtlich nicht imstande war, für meine Mutter, die zweifellos kein leichtes Leben hatte, mehr Verständnis aufzubringen.

Meine tatsächliche Antwort bestand schließlich nur aus ein paar Zeilen.

Liebe Mama,

wie ich deinem Brief entnehme, hast du mich zu keiner Zeit verstanden und meine Briefe nicht mit dem Herzen gelesen.

Mir scheint, alles, was ich schreibe, wird als Vorwurf gedeutet, was nie meine Absicht war und ist. In meinem letzten Brief wollte ich lediglich mitteilen, warum es mir schwerfiel zu schreiben.

Im Übrigen wollten mich „die Herren" nie von der Familie wegbringen. Im Gegenteil!

Doch jedes weitere Wort erspare ich mir. Denn wir sprechen offenbar nicht dieselbe Sprache.

Gruß Raphaela

Eine Rückmeldung daraufhin bekam ich nicht. Erst fünf Monate später erreichte mich ein kurzer, unpersönlicher Geburtstagsgruß, worüber ich mich aber nicht freuen konnte. Auch spürte ich, dass ich auf einen derartigen, im Grunde unehrlichen Kontakt keinerlei Wert mehr legte. Ich war nicht mehr bereit, diese Lügen mitzumachen. Wurde von mir allen Ernstes erwartet, dass ich das Verbrechen weiterhin leugnete und mich stattdessen als die Schuldige offenbarte, die einen solchen folgenschweren Unsinn in die Welt gesetzt hatte?

Nachdem mir klar geworden war, dass ich einen Platz in dieser Familie nur einnehmen durfte, wenn ich mich so verhalten würde, als wäre nie ein Unrecht geschehen, schrieb ich einen vorläufig letzten Brief, in dem ich meine Forderung unmissverständlich zum Ausdruck brachte. Sollte einer aus der Herkunftsfamilie zu mir künftig Kontakt wünschen, dann zu meinen Bedingungen.

Hallo Mama,

dein Geburtstagsgruß hat mich erreicht, wenngleich es mir lieber gewesen wäre, du hättest mir auf diese Weise nicht gratuliert. Diese Unpersönlichkeit tut weh!

Das Einzige, auf das ich all die Jahre – leider vergebens – gewartet habe, sind nur ein paar kleine Worte, die zum Ausdruck bringen, dass dir leidtut, was mir zugestoßen ist.

Stattdessen schreibst du eine Karte, die man jedem fremden Menschen schreiben kann.

Doch inzwischen habe ich eingesehen, dass weder du noch meine Geschwister die Wahrheit akzeptieren können, trage das euch nicht einmal mehr nach. Denn wenn ihr die Wahrheit anerkennen würdet, hättet ihr alle offenbar ein sehr großes Problem.

Wenn ihr jedoch wirklich euren Part nicht leisten könnt, wenn ihr mir nicht ein einziges Mal nur ansatzweise zu verstehen geben könnt, dass es euch leidtut, dann melde dich bei mir bitte nicht mehr (was meinen Geschwistern ja offensichtlich sehr leichtfällt). Denn du reißt dann nur Wunden auf, die endlich verheilt sind. An den Narben musst du dann nicht immer wieder kratzen!

Respektiere in Zukunft bitte meinen Wunsch: Ich gehe jetzt meinen Weg.

Und so lange das, was mir zugestoßen ist, von euch nicht als Unrecht anerkannt wird, ist ein Kontakt meinerseits nicht mehr möglich!

Ich wünsche nur noch einen **ehrlichen** Umgang mit euch, der allerdings die Akzeptanz der Vergangenheit, an der ihr alle beteiligt und in die ihr alle eingebunden seid, zwingend mit einschließt.

Es grüßt dich Raphaela

Wieder blieb dieser Brief unbeantwortet, was für sich sprach. Ich akzeptierte und respektierte diese Reaktion, verstehen konnte ich sie nicht.

Während der ersten Wochen nach Absendung dieses Schreibens redete ich mir ein, mich nun endgültig von der Familie losgesagt zu haben. Meinen Standpunkt hatte ich klar zum Ausdruck gebracht, meine Herkunftsfamilie den ihren auf ihre Weise, indem sie eben nicht reagierte.

Rational konnte ich keine Erklärung dafür finden, dass meine Seele wider alle Vernunft dennoch litt, wartete, hoffte.

Grenzenlose Einsamkeit und Trauer – gepaart mit Angst – stiegen erneut in mir auf. Ich konnte dies einfach nicht abschütteln, wie ich gerne gewollt hätte. Vor allem zu meiner Mutter schien ein schier untrennbares, unsichtbares Band zu bestehen, gegen das ich machtlos war.

Mit dem letzten Brief hatte ich zwar den Kontakt zu meiner Mutter abgebrochen, da sie zur Akzeptanz der Vergangenheit nicht bereit war. Doch Schmerz, Enttäuschung, Sehnsucht blieben. Es gelang mir nicht, frei davon zu sein.

Wenn ich darüber schreibe, kann ich nicht verhindern, dass mir Tränen kommen und ich von großer Wehmut ergriffen werde. Doch ich lasse es zu. Denn es ist wirklich schlimm und zum Weinen, nie die Liebe einer Mutter gespürt zu haben und nicht zu wissen, was es heißt, wirklich geliebt zu werden. Damit möchte ich meine Mutter nicht verurteilen, geschweige denn den Stab über sie brechen. Dies liegt mir fern, und dieses Recht steht mir auch nicht zu. Allein meine Nöte und Gefühle diesbezüglich kann ich zum Ausdruck bringen, wohl wissend, dass meine Mutter aufgrund ihrer eigenen Lebensgeschichte zu anderem Handeln wahrscheinlich nicht fähig war. Ich nehme an, dass meine Mutter im Laufe ihres Lebens sehr viel gelitten hat. Dessen war ich mir immer bewusst und empfand deswegen oft tiefes Mitgefühl. Dennoch minderte dies nicht meinen eigenen Schmerz ob des Fehlens einer liebenden, schützenden und Sicherheit gebenden Mutter.

Das Jahr 2003 fing sehr schön und vielversprechend an. Meine Töchter feierten Silvester mit ihren Freunden. Ich verbrachte einen harmonischen Jahreswechsel mit einem guten Freund in Bamberg.

Ein paar Tage später erhielt ich von Rosa überraschend einen Brief, in dem sie mir mitteilte, dass unsere Mutter seit fünf Wochen im Krankenhaus sei. Nachdem es zunächst nicht gut ausgesehen habe, gehe es ihr so weit wieder ganz gut, sodass sie demnächst wieder entlassen werden könne. Sie erzähle mir das alles nur aus dem Grund und mit der Bitte, meine Haltung Mama gegenüber zu überdenken, da jeder Tag der letzte sein könne. Zum Schluss drückte sie ihr Bedauern darüber aus, dass unsere Beziehung nicht mehr so sei wie früher. Mag sein, dass sie es ehrlich meinte; doch wirklich glauben konnte ich ihr nicht. Auch sie hatte in Zeiten größter Not nie zu mir gestanden, obwohl gerade sie gewusst hatte, dass ich die Wahrheit sagte.

Dieser Brief ließ mich absolut nicht kalt, las ich doch zwischen den Zeilen sehr deutlich den versteckten Vorwurf, Schuld an dem schlechten Gesundheitszustand meiner Mutter zu haben. Der Inhalt des Briefes wühlte mein Inneres über alle Maßen auf und machte mir mehr zu schaffen, als ich wahrhaben wollte. Meine Schwester hatte mit ihren Zeilen erreicht, dass ich aufs Heftigste von Schuldgefühlen geplagt wurde. Wieder spürte ich, welche Macht die Herkunftsfamilie noch über mich besaß, was ich nicht mehr für möglich gehalten hätte und mir doch eingestehen musste.

In dieser Nacht war an Schlaf nicht mehr zu denken. Bis spät in die Nacht saß ich am Schreibtisch und versuchte, meine Gefühle zu ordnen, indem ich sie zu Papier brachte. So hoffte ich, Klarheit in meine Gedanken zu bringen und vor allem mit meinen Schuldgefühlen fertigzuwerden. Die ganze briefliche Korrespondenz mit meiner Mutter ging ich nochmals durch und überdachte alles von Neuem. Zum wiederholten Male bestätigte sich die bittere Erkenntnis, dass alle meine Hilferufe stets auf taube Ohren gestoßen waren. Nein, unter den gegebenen Umständen wünschte ich keinen Kontakt mehr, wenngleich es noch schmerzte. Ich war nicht mehr bereit, noch einen einzigen Schritt zurück in diese Hölle, aus der ich mich befreit hatte, zu tun.

Meine Position hatte ich ganz deutlich und klar zum Ausdruck gebracht. Warum konnte mich Rosa jetzt nicht einfach in Ruhe lassen?

Weil es mich drängte, auf den Brief meiner Schwester zu reagieren, schrieb ich wenige Tage später zurück:

14.01.03

Hallo Rosa,

dass ich jetzt erfahre, dass Mama offenbar fünf Wochen in ... war und dass es ihr sehr schlecht ging, zeigt mir, wie sehr ihr mich im Grunde aus der Familie ausgeschlossen habt. Wie sehr müsst ihr mich ablehnen und verachten, dass es keiner für nötig hielt, mich zu benachrichtigen.

Mit diesem Brief möchte ich jetzt nicht um Verständnis ersuchen. Das habe ich in der Vergangenheit zu oft getan, wobei ich nie gehört wurde. Dieser Brief soll – wie deiner auch – lediglich der Information dienen.

Seit meinem ersten Aufenthalt in Bad Saulgau im Februar 2000 habe ich versucht, Verständnis bei der Familie zu finden. In der Folgezeit ging ich fast daran zugrunde, als ich spürte, dass keiner wirklich bereit war, mir zu helfen; dass keiner einen Schritt auf mich zugehen wollte.

Unerbittlich brachen sich die Gefühle absoluter Einsamkeit, des totalen Verlassenseins, der Todesangst – Gefühle, die ich aus meiner Kindheit kannte – auf heftigste Weise Bahn. Als ich deswegen mehrere Selbstmordversuche unternommen hatte, weil ich nicht mehr konnte, war keiner von euch da. Mama, die ich mehrfach um Hilfe „angebettelt" hatte, nahm mich offenbar ebenso wenig ernst wie jeder von euch. Keiner fragte, was in meiner Seele wirklich los war! Es waren Gefühle in mir, die mich an den Rand dessen brachten, was ich überhaupt noch ertragen konnte. Euch allen schien das offenbar völlig gleichgültig zu sein. Ich war euch egal. Etwas anderes habt ihr mir zu keiner Zeit vermittelt!

Dennoch hoffte ich immer wieder, wenigstens bei einem von euch Verständnis und somit auch Hilfe zu finden. Als ich die Sinnlosigkeit meiner verzweifelten Versuche einsah, begann ich unter unbeschreiblichen Schmerzen mir die Illusion, der ich mein Leben lang nachgerannt war, aus dem Herzen zu reißen. Ich hatte keine andere Wahl mehr! Hätte ich mich weiterhin dieser sinnlosen Hoffnung hingegeben, hätten meine Kinder heute keine Mutter mehr.

Mit Mama habe ich immer wieder versucht, ins Reine zu kommen. Ich habe versucht, ihr einen Frieden zurückzugeben, den ich ihr jedoch nie genommen habe. Ob sie über meine Briefe gesprochen hat, weiß ich nicht.

Doch ich möchte mich nicht weiter erklären. Stattdessen schicke ich dir eine Abschrift der mir wesentlich erscheinenden Briefe, mit denen ich mich mitzuteilen versuchte. Betrachte sie lediglich als Information; mehr sollen sie nicht mehr sein.

Vielleicht kannst du mein jetziges Verhalten vor diesem Hintergrund nachvollziehen; wenn nicht, kann ich es nicht ändern. Es ist mir auch nicht mehr wichtig. Ich habe meinen Weg gefunden! Und es gibt keinen Grund mehr, weswegen ich mich für die Familie, die nie eine für mich war, nochmals aufgebe. Meine Wurzeln sind nicht mehr in dieser Familie. Das ist hart. Doch ihr habt mich gezwungen, diesen Schritt zu tun.

Du schreibst, ich solle meine Haltung Mama gegenüber überdenken in Gedanken daran, dass jeder Tag der letzte sein könne. Ich denke, die ei-

gene Haltung sollten jetzt andere überdenken. Doch ich sehe, du verdrehst die Tatsachen wieder. Denn ich habe die Tür nie zugeschlagen. Nicht ich habe euch den Rücken gekehrt, sondern ihr mir.
Es tut mir leid, aber von mir aus kann ich keinen Schritt mehr auf einen von euch zugehen.

Es grüßt dich Raphaela

Wie sehr mir der Brief meiner Schwester und die erneute intensive Beschäftigung mit dieser Thematik zusetzten, zeigte sich am Tag, nachdem ich meinen Antwortbrief abgeschickt hatte. Einem erneuten Zusammenbruch nahe, war ich vormittags nicht mehr fähig, meinen Unterricht zu Ende zu halten. Auf dem Weg zum Arzt schwor ich mir, keinen Brief meiner Geschwister mehr zu öffnen. Sie waren immer noch in der Lage, mich total aus dem Gleichgewicht zu bringen. Diese Macht über mich wollte ich ihnen endgültig nicht mehr einräumen.

Tatsächlich erreichte mich kurze Zeit später ein weiterer Brief von Rosa. Ich hätte mich ohrfeigen können, als ich mit großer innerer Unruhe und Zittern am ganzen Körper reagierte, und das allein, nachdem ich den Absender gelesen hatte. Anfangs war ich schon versucht, mein Vorhaben zu verwerfen, war hin- und hergerissen, ob ich ihn nicht doch öffnen sollte. War es vielleicht doch möglich, dass mir meine Schwester plötzlich aufgrund meines Briefes mit Verständnis begegnete? Doch diesem Hoffnungsschimmer wollte ich keine Chance mehr geben, ebenso wenig wollte ich noch einem Einzigen aus der Herkunftsfamilie die Möglichkeit geben, mich aus dem seelischen Gleichgewicht zu bringen. Ich hatte es so satt, mich derart runterziehen zu lassen! Wenngleich der folgende Gang zur Post kein leichter war, schickte ich den Brief mit dem Vermerk „Annahme verweigert" zurück.

Schon ein paar Tage später – es war Karfreitag – kam es zu einer ungewollten Begegnung mit meiner Mutter und Rosa, auf die mein Körper wieder äußerst unangenehm reagierte. Ich war mit dem Auto unterwegs und musste bei roter Ampel im selben Augenblick anhalten, als auch Rosa – mit meiner Mutter als Beifahrerin – ihr Auto zum Stehen brachte. Kaum hatte ich sie erkannt, fing ich am ganzen Körper zu zittern an. Und wieder gewannen für kurze Zeit die schmerzlichen Gefühle, von der Familie verraten und verstoßen zu sein, die Oberhand. Würde das jemals vorbei sein?

Als ich an diesem Nachmittag zur Karfreitagsliturgie fuhr, flammte wie Feuer eine Ursehnsucht nach Angenommensein, Geborgenheit und Liebe noch einmal in meiner Seele auf und trieb mir Tränen in die Augen. Diesen Schmerz ignorierte ich nicht mehr, sondern weinte bittere Tränen um die verlorene Familie. Ich weinte um eine Familie, die ich nie gehabt hatte.

Am Ostersonntag waren diese destruktiven Gefühle vorbei. Ich konnte mich am Leben wieder freuen, war zufriedener und ausgeglichener. Diese Grundstimmung hielt in der Folgezeit an.

Allmählich rückte der Tag des 90. Geburtstags meiner Mutter in greifbare Nähe. Lange Zeit war ich unschlüssig, wie ich mich verhalten sollte. Nach allem, was geschehen war und wie ich mich fühlte, wäre es am ehrlichsten gewesen, nichts von mir hören zu lassen. Dennoch sah ich mich als Tochter in der Pflicht, meiner Mutter, der ich das Leben zu verdanken habe, meinen Glückwunsch auszudrücken. Und so schickte ich über Fleurop einen großen Blumenstrauß.

Kurz darauf teilte sie mir in einem Brief ihre Freude über meinen Blumengruß mit und nannte ihn ihr „schönstes und höchstes Geschenk. ... Du fährst doch sicher manchmal am

Haus vorbei. Komm doch bitte wieder. …" Mich trafen diese Worte tief im Herzen. Selbst wenn ich gewollt hätte, es war mir unmöglich, ihrer Bitte nachzukommen. Seit dem letzten Besuch im Elternhaus vor zwei Jahren hatte ich mich nicht dazu überwinden können, überhaupt an diesem Haus vorbeizufahren, wie sie fälschlicherweise meinte. Ich mied diesen Ort, weil die erneute Konfrontation immer noch zu sehr schmerzte. Die Vergangenheit ließ mich einfach nicht ganz los. Oder war ich selbst nicht imstande, die Vergangenheit loszulassen?

Im September erhielt ich zu meinem Geburtstag einen Brief meiner „Klosterschwester". Seit ich ihr auf ihren kurzen Weihnachtsgruß vor fast zwei Jahren eher provokativ geantwortet hatte, hatte ich nichts mehr von ihr gehört. Und nun tat sie wieder so, als hätte sie auch diesen Brief nie erhalten. Kein Wort über das, was ich ihr geschrieben hatte, keine Antwort auf meine Fragen. Dafür aber legte sie mir als symbolisches Zeichen ihres „Gedenkens im Gebet" einen Rosenkranz bei.

Höflich, jedoch mit sarkastischem Unterton erinnerte ich sie daran, dass ich bereits den für mich sehr wertvollen Rosenkranz von „Tante Synthia" besäße und somit keine Verwendung für ihr gut gemeintes Geschenk hätte, und schickte es postwendend zurück.

Ihre Antwort kam drei Monate später zu Weihnachten. Sie zeigte Verständnis dafür, dass ich ihr den Rosenkranz zurückgeschickt hätte, und fügte hinzu, sie wolle ihn künftig umso mehr für mich beten.

Jetzt war ich nicht verletzt, sondern nur noch wütend. Hatte sie mich zu irgendeiner Zeit ernst genommen?

Freilich, ich hätte einfach nicht mehr reagieren können. Doch das wollte ich nicht. Sie sollte wissen, dass ich es nicht mehr einfach so hinnahm, wie sie mit mir umging. Und weil ich diese

Lebenslüge nicht mit ins Jahr 2004 nehmen wollte, schickte ich noch an Silvester einen letzten Brief an meine „christliche Schwester" ab.

30.12.03

Liebe Hermine,

wieder erreichen mich Weihnachtsgrüße von dir, als ob nie etwas geschehen wäre. Als hätte ich dir z. B. auch nie den Brief am 27.12.01, den du bis heute nicht beantwortet hast, geschrieben. Und nun einfach wieder liebe Grüße und das Versprechen des Gebets. Was denkst du dir eigentlich dabei?! Dass ich dir den Rosenkranz zurückgeschickt habe, hast du wohl auch nicht richtig verstanden.

Ich lege keinen Wert auf **dein** *Gebet, weil auch du die Wahrheit gar nicht wissen willst. Nur alles schön unter den Teppich kehren wie all die anderen auch. Das geht nicht mehr! Denn daran wäre ich fast zugrunde gegangen.*

Doch jetzt möchte ich keine großen Erklärungen mehr abgeben. Denn es ist mir nicht mehr wichtig, ob ich von dir verstanden werde.

Der Inhalt der beiden Briefe, deren Kopie ich beilege, sagt im Grunde alles, was ich zu sagen habe, und macht jedes weitere Wort unnötig.

Gruß Raphaela

Diesen Zeilen legte ich eine Kopie des Briefes an Rosa (vom 14.01.03) bei sowie eine Kopie des letzten Briefes an meine Mutter (vom 21.09.02), in dem ich unmissverständlich zum Ausdruck gebracht hatte, dass meinerseits ein Kontakt nicht mehr möglich sei, wenn das geschehene Unrecht nicht als solches anerkannt werde.

Was hatte Hermine mit ihrem Weihnachtsgruß bezwecken wollen? Was erwartete meine Mutter, als sie mir wenig später ebenso zur Weihnachtszeit ihre Wünsche zukommen ließ –

einfach so, als wäre nie etwas geschehen? Versuchten beide auf diese Weise eine „heile Welt" zu retten, die es nie gegeben hatte?

Mein Part dabei sollte dann wohl sein: Ich sollte das Verbrechen, das in dieser Familie geschehen war, weiterhin leugnen, wie die Familie es bisher gehalten hatte. Von mir wurde erwartet, so zu tun, als sei nie etwas Unakzeptables geschehen. In der Öffentlichkeit, die ja bestens über meinen „bedenklichen, krankhaften Zustand" informiert war, wäre dann vielleicht der Eindruck erweckt worden: Die Verrückte ist wieder normal geworden und die „christliche" Familie, die aufgrund der falschen Beschuldigungen einer „Kranken" so viel Leid auf sich hatte nehmen müssen, nimmt diese missratene Kreatur nun angesichts ihrer von Nächstenliebe getragenen Haltung in barmherziger Selbstverständlichkeit ohne viele Worte wieder in ihren liebevollen Kreis auf. Was für eine Heuchelei!

Im Gegenzug wurde von mir unmissverständlich die Leugnung der Vergangenheit als Eingeständnis meiner krankhaften und verwirrten Phantasie erwartet.

Diese Lüge mitzumachen, war ich endgültig nicht mehr bereit. Mir war auch klar, alle waren außerstande, mit der Wahrheit umzugehen, da in diesem Falle auf jeden von ihnen unüberwindbare Probleme zukommen würden, denen sich zu stellen offenbar keiner den Mut, die Kraft und schon gar nicht den Willen hatte.

Das „alte" Jahr war vergangen und mit ihm auch mein „altes" Leben. Ich glaubte, endgültig mit meiner Herkunftsfamilie abgeschlossen zu haben. Jetzt wollte ich nur noch vorwärts schauen, nicht mehr zurück. Das sagte mir jedenfalls mein Verstand, dem ich gerne die Führung überlassen wollte. Mein Unterbewusstsein, mein verletztes inneres Kind folgte nicht diesem Diktat, sondern ging eigene Wege, die mein Verstandesdenken nicht mehr zulassen wollte.

Eines Sonntagmorgens im Januar 2004 unterrichtete mich Rosa sachlich-distanziert vom Tod eines Onkels (eines Bruders meiner Mutter). Auf diesen Anruf reagierte ich prompt wieder mit heftigem Herzklopfen und Panikattacken. Die gleichen Körperreaktionen traten am nächsten Tag auf, als ich eine Karte meiner Mutter mit einer kurzen Mitteilung desselben Inhalts in Händen hielt.

Wurde von mir ernstlich erwartet, an der Beerdigung meines Onkels, mit dem mich nichts verband, teilzunehmen? Obwohl ich anfangs hin- und hergerissen war, ob ich der Aufforderung nicht doch nachkommen sollte, entschied ich mich dagegen.

Während der folgenden Tage hatte ich das Gefühl, zunehmend weniger Kraft zu haben. Symptome wie Herzrasen und Schwächeanfälle traten plötzlich wieder vermehrt auf. Und wieder kämpfte ich scheinbar sinnlos dagegen an. Dann befiel mich eine unbeschreibliche Todesangst, wie ich dies in dem Ausmaße lange nicht mehr erlebt hatte, und ich wurde umgehend ins nächste Krankenhaus gebracht.

Welche Macht besaß meine Herkunftsfamilie, meine Vergangenheit immer noch über mich? Eine Erklärung dafür hatte ich nicht.

Nachdem eine körperliche Ursache für die heftig wiederkehrenden Panikattacken aus medizinischer Sicht definitiv ausgeschlossen worden war, verließ ich am nächsten Tag das Krankenhaus auf eigene Verantwortung, damit ich am Montag meinen beruflichen Verpflichtungen nachkommen konnte, ohne dass Außenstehende meine gesundheitlichen Probleme mitbekamen.

Als ich Herrn Dr. Fischer, der mir seit dem Tod von Herrn Reiter mit seinem therapeutischen Rat wie selbstverständlich zur Seite stand, von den erneuten Panikzuständen sowie den andauernden Schlafstörungen berichtete, gab er mir den dringenden Rat, mich aufgrund der nach wie vor bestehenden und alleine nicht zu bewältigenden Angstproblematik nochmals auf eine stationäre Therapie in Hornberg einzulassen. Davon wollte ich allerdings nichts mehr wissen.

Doch ich sollte nicht zur Ruhe kommen; denn vier Wochen später erreichte mich zu meinem Namenstag wieder ein kurzer Gruß meiner Mutter, dem diesmal fünfzig Euro beigelegt waren und in dem sie mich der Liebe und dem Schutz Gottes und der Gottesmutter anvertraute.

Am liebsten hätte ich aus der Haut fahren mögen! Warum konnte sie nicht ein einziges Mal nur sagen „Es tut mir leid!", statt mir nichtssagende Zeilen zu schicken, in denen sie die Verantwortung an irgendeine höhere Macht abgab, weil sie nicht in der Lage war, ihren Teil der Verantwortung selbst zu übernehmen?

Einige Tage trieb mich der Gedanke umher, wie ich darauf reagieren sollte. Einerseits wäre mir zeitlebens nichts lieber gewesen als ein ehrlicher und herzlicher Kontakt, andererseits verletzte es mich zutiefst, dass ich nie wirklich gehört worden war und gehört wurde, auch nicht in meinen Briefen. Für meine Mutter gab es die Vergangenheit, wie ich sie erlebt hatte, einfach nicht.

Nach einigem Ringen fiel mir der Antwortbrief nicht leicht; dennoch schickte ich ihren Namenstagsgruß mitsamt den fünfzig Euro zurück. Ich wollte endlich den bisher unerfüllten Hoffnungen und den damit immer wieder verbundenen Enttäuschungen keinen Raum mehr geben.

Hallo Mama,

*dein Namenstagsgruß hat mich erreicht. Annehmen möchte ich ihn jedoch nicht mehr. Ich möchte an meinen letzten Brief vom 21.09.02 erinnern, dessen Inhalt für mich nach wie vor Gültigkeit hat. Unmissverständlich habe ich dir darin erklärt, dass ich nur noch einen **ehrlichen** Umgang mit euch wünsche, „der allerdings die Akzeptanz der Vergangenheit, an der ihr alle beteiligt und in die ihr alle eingebunden seid, zwingend mit einschließt."*

Ich habe eure Entscheidung, die Vergangenheit totzuschweigen, respektiert. Respektiere nun meine Entscheidung, dass ich in diesem Falle mit euch keinen Kontakt mehr wünsche.

In Zukunft werde ich keinen Brief mehr öffnen, der mich aus meiner Herkunftsfamilie erreicht. Ich gehöre nicht mehr zu euch!

Nicht ich habe mich abgewandt, sondern ihr habt mir den Rücken gekehrt und ich habe letztendlich die Konsequenzen gezogen, um zu überleben.

Es grüßt dich Raphaela

Mit diesem kurzen Brief, auf den ich – wie ich es nicht anders erwartet hatte – keine Antwort erhielt, glaubte ich, den endgültigen Schlussstrich gezogen und das Verhältnis zu meiner Herkunftsfamilie ein für alle Mal geklärt zu haben. Doch so einfach, wie es in diesem Brief zum Ausdruck gekommen sein mag und wie ich mir selbst gerne glauben machen wollte, war es nicht. Schuldgefühle meiner betagten Mutter gegenüber plagten mich nun umso mehr.

Weil mich heftigste Panikattacken in der Folgezeit zu jeder Tages- und Nachtzeit überfielen, wobei Dauer und Häufigkeit stetig zunahmen, ließ ich mich von einem Kardiologen durchchecken, in der Hoffnung, dass doch irgendeine organische Störung die Ursache für meine gesundheitlichen Probleme sein würde. Nach Auswertung eines Langzeit-EKGs bestätigte der Arzt ein gesundes Herz und bemerkte nebenbei: „Hätten Sie nicht ein so starkes Herz, solche Attacken hätten Sie nicht überstanden."

Kein Tag verging mehr ohne Angst und Panik; an Schlaf war kaum noch zu denken. Ende April befand ich mich schließlich in einem körperlich derart geschwächten Zustand, dass ich meinen Dienst nicht mehr versehen konnte.

Zur Bewältigung der Angst, die nun als zentrales Thema in aller Deutlichkeit zutage trat, jedoch während der vorangegangenen Therapien in ihrer Tiefe noch nicht gänzlich bewältigt werden konnte, bemühte ich mich umgehend noch einmal um die stationäre Aufnahme in der Oberbergklinik. Innerhalb des geschützten Rahmens dieser Klinik, da mir jegliche therapeutische Unterstützung gewiss war, hoffte ich eine Lösung zu finden, um endlich ein angstfreies Leben führen zu können. Dank des Einsatzes von Herrn Dr. Degman erfolgte die Aufnahme relativ rasch.

Meine Versagensgefühle und ein Gefühl der Resignation, das sich einstellte, weil ich mich nochmals in stationäre Obhut begeben musste, waren nicht leicht zu überwinden.

10. Zum zweiten Mal in der Oberbergklinik (Mai bis Juli 2004)

Nachdem mir die Klinik nicht fremd war, konnte ich mich rasch auf das vertraute intensive multiprofessionelle Therapieprogramm einlassen. Im Vordergrund stand von Anfang an die Behandlung der noch bestehenden, massiven Angstsymptomatik. Neben tiefenpsychologisch fundierter Einzel- und Gruppentherapie sowie Gestaltungs- und Körpertherapie erhielt ich zusätzlich kognitiv-behaviorale Therapieangebote im Einzel- und Gruppensetting bezüglich der Angsterkrankung. Und das sollte schließlich, wenngleich es zunächst nicht den Anschein hatte, der größte Erfolg dieses Klinikaufenthaltes werden.

Während der ersten Einzeltherapiesitzung wurde ich nach meinem letzten Kontakt zu Mutter und Geschwistern gefragt. Spontan antwortete ich: „Vor ungefähr einem Jahr oder länger. So genau weiß ich das nicht mehr."

Nachdem ich wieder auf meinem Zimmer war, blätterte ich in meinem Tagebuch: Der letzte Kontakt hatte zwei Monate zuvor stattgefunden und heftige Panikattacken ausgelöst.

Hatte ich tatsächlich alle belastenden Berührungspunkte so weit in die Vergangenheit gedrängt oder aus meinem Leben ausgeblendet und ähnliches „Vermeidungsverhalten" gezeigt, wie das Kind dies gezwungenermaßen damals getan hatte, um zu überleben?

Die heftige Reaktion meines Körpers, der sich nicht mehr belügen ließ, hatte mir jedoch deutlich gezeigt, dass die Lösung nicht mehr im Verdrängen liegen konnte.

Zwei Wochen nach meiner Ankunft kam ein neuer Mitpatient in unsere Gruppe. Gegen Ende der ersten Gruppensitzung bemerkte er nebenbei, er sei katholischer Priester. Da war es mit meiner Fassung vorbei. Meine ganze Aversion der Kirche gegenüber, deren Maßstäbe mir oftmals als Kind und Jugendliche aufoktroyiert worden waren, flammte erneut auf, ebenso die Enttäuschung in Bezug auf meine Familie, die sich zu dieser Kirche, in der Nächstenliebe hoch geschätzt wird, bekannte, mich aber derart im Stich ließ. Gleichwohl wurde durch die Konfrontation mit diesem „Mann der Kirche" die Erinnerung daran wachgerufen, als ich auch von Priestern in meiner Not nicht gehört worden war. Ich fing heftig zu schwitzen an, das Herz raste, die Knie zitterten – Körperreaktionen, die ich bald überhaupt nicht mehr unter Kontrolle hatte, so sehr ich das auch versuchte. „Es" lief einfach ab. Fluchtartig verließ ich die Gruppe.

Kurz darauf führte ich ein klärendes Gespräch mit diesem Priester, dem natürlich meine heftige Reaktion auf seine Berufsbekundung nicht verborgen geblieben war. Mir war klar, dass nicht dieser Mann an sich, der die Gutmütigkeit in Person war, solche intensiven, negativen Gefühle in mir ausgelöst hatte, sondern dass dies auf meinem problematischen, negativen Erfahrungshintergrund begründet war. Es folgten noch einige sehr interessante und effektive Gespräche, und ich begann, meine Einstellung der Kirche gegenüber neu zu überdenken.

Je mehr ich in der Folgezeit an einer Lösung arbeitete, meine Angst in den Griff zu bekommen, desto mehr schwand meine Hoffnung, dies jemals zu schaffen. Tagsüber war es mir ganz gut gelungen. Für die Ängste in der Nacht hingegen und das fast zwanghafte Bestreben nach absoluter Kontrolle in jeder Lage schien es keine Lösung zu geben. Selbst verschiedene schlaffördernde Medikamente zeigten keine Wirkung. Mehr als zwei bis maximal drei Stunden Schlaf waren mir keine Nacht vergönnt.

Nach drei Wochen Klinikaufenthalt gab ich die Hoffnung auf, den Rest dieser tief sitzenden Angst jemals zu bewältigen, sondern akzeptierte, dass ich damit leben musste, was bedeutete, dass ich lernen musste, angemessener damit umzugehen, als mir das bisher gelungen war. Ich war entschlossen, die Therapie an dieser Stelle zu beenden, weil ich keinen Sinn mehr darin sah, und teilte meinen Entschluss der Therapeutin mit. Sie schlug vor, mich auf ein letztes Experiment einzulassen: „Geben Sie dem Aspekt der Angst, welche extreme Schlafstörungen verursacht, einfach mal eine Gestalt und warten Sie ab, was passiert." „Was soll das denn!", wehrte ich mich innerlich gegen eine derartig realitätsfremde Vorstellung. Wieder auf meinem Zimmer, sagte ich allerdings zu mir selbst: „Deine Angst heute ist so irrational. Damals, als du Kind warst und ausgeliefert, war sie berechtigt. Jetzt brauchst du sie nicht mehr. Warum sollst du dem jetzt nicht etwas Irrationales entgegensetzen? Einen Versuch ist es allemal wert!"

So versetzte ich mich in einen möglichst entspannten Zustand, bat darum, die Angst möge sich in einem Bild zeigen, und wartete einfach ab, was geschah.

Nach einiger Zeit sah ich wie auf einer inneren Leinwand die Angst als großen, schwarzen Hund vor meinem Bett sitzen. Er wirkte riesig, aber nicht bedrohlich, eher gütig, aber ständig auf der Hut und darauf bedacht, alles absolut unter Kontrolle zu halten. In Gedanken sagte ich zu ihm: „Es gab eine Zeit, da brauchte ich dich sehr. Und ich danke dir, dass du da warst. Doch heute brauche ich dich nicht mehr." Und plötzlich verwandelte sich dieser große, schwarze Hund langsam in ein kleines, niedliches weißbraunes Hündchen, das sich neben mein Bett legte und mich treuherzig anschaute. Während dieser imaginären „Vorstellung", die wie ein Film vor meinem inneren Auge ablief, konnte ich mir ein Schmunzeln über mich, die immer alles rational zu erklären und zu steuern bemüht war, nicht verkneifen.

Welche Wirkung diese Visualisierung letztlich jedoch hatte, war unglaublich und ist mir bis heute ein Rätsel geblieben. In dieser Nacht schlief ich zum ersten Mal seit Jahren fünf Stunden durch, und der Schlaf besserte sich zusehends. Ich hörte eines Nachts nicht einmal ein heftiges Gewitter, von dem am nächsten Tag alle Klinikpatienten aufgeregt berichteten. Beim Lesen fiel mir das Buch öfters aus der Hand, weil ich darüber eingeschlafen war. So etwas war mir bislang fremd. Eine derartige Wendung zum Positiven hätte ich mir nicht träumen lassen. Und was das Tollste und Verblüffendste ist: Die massive Angst, diese unheimliche Bedrohung, die nicht greifbar gewesen war, ist seit diesem Tag verschwunden.

Fast wie von selbst löste sich in der Folgezeit eins ums andere, das noch in mir arbeitete. Das Schicksal schien mir zur rechten Zeit genau solche Situationen zu schicken, an deren Lösung ich noch arbeiten musste.

Zu meinem Therapieprogramm zählte beispielsweise die Teilnahme an einer speziellen Angstgruppe, derzeit bestehend aus drei Männern und mir. Gerade hier wurde ich nochmals mit meiner unbewussten Angst vor dem Typ „Mann" konfrontiert. In einen der Männer projizierte ich – ohne dass ich eine Erklärung dafür hatte – die ganze Wut und Abneigung, die ich noch gegen meinen Bruder hegte. Als ich dann noch erfuhr, er sei – wie Bernhard – Polizist, steigerte dies meine Aggression ihm gegenüber noch mehr. Nachdem dies thematisiert worden war, wurde mir schnell klar, dass meine Reaktion einzig mit mir zu tun hatte. Es entwickelte sich danach sogar eine freundschaftlich-kameradschaftliche Beziehung zwischen diesem im Grunde liebenswerten Mann und mir.

Wie es der Zufall wollte, wurde ich fast zeitgleich mit einem weiteren meiner „Feindobjekte" konfrontiert. Eckart, den ich vom letzten Klinikaufenthalt (knapp drei Jahre zuvor) in sehr unangenehmer Erinnerung hatte, weil er mich richtiggehend belästigt und später – als ich wieder zu Hause war – extremen Telefonterror betrieben hatte, kam aus einem mir unbekannten Grund gerade zu dieser Zeit in die Klinik. Als ich ihm völlig unvorbereitet gegenüberstand, jagte mir seine Gegenwart sogleich heftige Angst ein und löste alte, negative Gefühle aus. Im Nachhinein bin ich dankbar für diese Begegnung. Denn dadurch war es möglich, mich einem weiteren Aspekt der Angst zu stellen, meiner ganz konkreten Angst vor der Gattung „Mann" im Allgemeinen. War es Zufall oder von ihm beabsichtigt, dass er aufkreuzte, sobald ich mein Zimmer verlassen hatte? Ich geriet unter einen enormen psychischen Druck. Alleine ausgedehnte Spaziergänge zu unternehmen, traute ich mich nicht mehr aus Angst, er würde mir irgendwo auflauern. Regelmäßige Saunabesuche mied ich ebenso, verkroch mich stattdessen regelrecht in meinem Zimmer.

Dieser Mann verkörperte in der Tat alle negativen Aspekte des Mannes, die sich Jahre zuvor in die kleine Kinderseele eingebrannt hatten: der Mann als respektloser Vergewaltiger, der den intimsten Raum eines unschuldigen Mädchens aufs Brutalste verletzte, zerstörte und die zarte Seele mit Füßen trat.

Mit Unterstützung des Therapeuten und der Angstgruppe gelang es mir, eine Strategie zu entwickeln, die mich stark machte, meinem „größten Feind" sicher und selbstbewusst gegenüberzutreten. So bat ich Eckart um ein kurzes Gespräch, dessen Ort und Zeit ich bestimmte. Drei Sätze hatte ich in mir verankert, die mir Kraft gaben: „Er ist nicht Bernhard. Ich kann mich wehren. Er wird mich respektieren."

Bestimmt und in unmissverständlicher Deutlichkeit machte ich ihm mit wenigen Worten klar, dass sich meine Einstellung ihm gegenüber seit 2001 nicht geändert habe und dass ich deswegen weder während seiner Anwesenheit hier noch später Kontakt wünsche. Offensichtlich etwas überrascht von meiner Direktheit und in gewisser Weise vor den Kopf gestoßen, versicherte er mir, er werde es akzeptieren und es beim „Guten Morgen" und „Mahlzeit" belassen, nicht aber, ohne zuvor bemerkt zu haben: „Du bist aber ein Sensibelchen!" Sein Versprechen hat er gehalten.

Was dann in mir ablief, war unglaublich: Die Angst vor diesem Mann, die sich seit der erneuten Begegnung von Stund an langsam zu einem riesigen, bedrohlichen Ballon über mir formiert und mich fast erdrückt hatte, platzte in meiner Vorstellung plötzlich wie eine Seifenblase – allein durch das kurze Gespräch, in dem ich bewusst die Führung übernommen hatte. Und der Mann, der in dem Moment stellvertretend für alle Männer stand, reihte sich automatisch in die Schar harmloser Menschen ein. Die Angst war wie weggeblasen. Der Typ „Mann", der mir Angst gemacht hatte, hatte ab diesem Zeitpunkt seine gewaltige Übermacht verloren.

In einem deutlich stabilisierten Zustand verließ ich Mitte Juli schließlich die Klinik zum zweiten Mal mit der Gewissheit, mit kompetenter, therapeutischer Unterstützung nochmals einen wichtigen Schritt getan zu haben. Vor allem hatte ich diese unheimliche Angst bezwungen. Bis zum heutigen Tag bin ich frei davon geblieben.

Zu Hause wurde ich von meinen Töchtern mit einer Herzlichkeit empfangen, die mich zutiefst berührte. Bereits an der Eingangstür wurde ich mit einem „Herzlich-Willkommen!"-Schild begrüßt. Die Wohnzimmertür zierte zusätzlich ein Spruchband: „Hurra! Hurra! Endlich bist du wieder da!" Ich war überwältigt. Mit so viel Herzlichkeit hatte ich nicht gerechnet. Was hatte ich meinen Töchtern denn nicht schon alles zugemutet? Wie oft mussten sie unter meiner unbewältigten Vergangenheit leiden. Und nun dieser herzliche Empfang!

An der Stelle möchte ich meinen beiden wunderbaren Töchtern von ganzem Herzen danken für ihre große Liebe und ihre ungebrochene Treue. Ohne sie wäre ich wahrscheinlich nicht mehr am Leben. Trotz aller Härte, die sie meinetwegen in ihrem Leben schon früh erfahren mussten, ließen sie mich nie im Stich. (Grund genug hätten sie – weiß Gott – oft gehabt!) Stattdessen hielten sie zu mir, durchlebten mit mir gemeinsam schwere, oft sehr harte Zeiten und meisterten Situationen, an denen selbst Erwachsene nicht selten scheitern. Mir ist bewusst, dass ich oftmals nicht die Mutter war und sein konnte, die sie sich gewünscht haben und die sie gebraucht und verdient hätten.

Kann ich überhaupt erahnen, wie schwer und wie hart viele Situationen für meine Töchter wirklich waren, was sie durchlitten haben? Was sie geleistet haben, selbst wenn es fast über ihre Kräfte ging?

Und trotzdem! Meine beiden Töchter sind mit mir einen sehr langen und schweren Weg gegangen, wozu weder meine Mutter noch eines meiner Geschwister auch nur ansatzweise bereit war, geschweige denn in der Lage dazu gewesen wäre. Eine solche innere Stärke, die meine Töchter in schwerster Zeit zeigten, besitzt kein einziges Mitglied meiner Herkunftsfamilie.

Meinen Kindern gegenüber hatte ich oft ein schlechtes Gewissen und Selbstvorwürfe nagten an mir, ihnen zu viel zugemutet zu haben, da sie schon früh mit den Folgen meiner eigenen unbewältigten Kindheit konfrontiert wurden.

Es war nie Absicht oder Gleichgültigkeit ihnen gegenüber, sondern weil ich am Ende meiner Kräfte war.

Wie sehr hätte ich ihnen eine unbeschwerte Kindheit gewünscht! Ich konnte sie ihnen nicht bieten, und ich weiß, dass ich daran nichts mehr ändern kann. Ich hoffe nur, sie tragen in ihrem Leben nicht zu hart daran und sind irgendwann in der Lage, mir zu verzeihen.

XI. Die Weichen für einen Neuanfang werden gestellt

„Mein Leben bedarf einer grundlegenden Neuorientierung!" Diese Erkenntnis hatte ich während der vergangenen Wochen gewonnen.

Mir war klar geworden, wie sehr mich die Nähe zur Herkunftsfamilie belastete, wie unfrei ich mich dort fühlte, und ich erwog zum ersten Mal in Gedanken, meine Koffer zu packen und irgendwo einen Neuanfang zu wagen, ein neues Leben aufzubauen. Allein diese Vorstellung vermochte den großen inneren Druck von mir zu nehmen und einer Freude auf eine noch unbekannte Zukunft Platz zu machen.

Mona und Jutta erzählte ich von meinen Überlegungen, irgendwann, wenn ihrer beider Zukunft gesichert sei, von hier fortzugehen. Meine beiden Mädchen fanden diese Idee super. Mich halte hier doch nichts und Hindernisse ihrerseits gäbe es nicht, da sie beide schon erwachsen seien und auf eigenen Beinen stehen könnten, meinten sie. Sie bestärkten mich in meinem Vorhaben und ermunterten mich, in die Tat umzusetzen, was ich im Herzen sowieso schon fühlte. Dennoch bedurfte es bis zur Umsetzung dieser Idee noch einer Zeit der Reifung und der Vorbereitung, ehe mein Entschluss zwei Jahre später Wirklichkeit wurde.

Ganz reibungslos verliefen die letzten beiden Jahre in meiner „alten Heimat" allerdings nicht, sondern waren geprägt von Höhen, Tiefen und auch Rückschlägen, und ich verstand die Frage von Betroffenen: „Fällst du auch immer wieder die Treppe hinunter?" Ja, ich fiel – fiel immer wieder – und stand dennoch immer wieder auf.

Zu den Höhen zählte die Arbeit in der Schule. Zu Schuljahresbeginn 2004/05 hatte ich eine erste Klasse übernommen.

Die Arbeit mit den Kindern gestaltete sich arbeitsintensiv, machte aber sehr großen Spaß, nicht zuletzt, weil die Zusammenarbeit mit den engagierten Eltern prima funktionierte.

Bei schulischen wie außerschulischen Unternehmungen, die wir stets gemeinsam vorbereiteten, waren eine Freude und ein Gemeinschaftsgeist zu spüren, wie man sich das als Lehrer nur wünschen kann.

Dementsprechend herzlich und liebevoll gestaltete sich nach zweijähriger Zusammenarbeit die Abschiedsfeier am Schuljahresschluss 2006, sodass ich mit etwas Wehmut zurückblickte. Nicht nur mir fiel der Abschied schwer, auch manchem Kind und mancher Mutter standen Tränen in den Augen.

Zu den positiven Ereignissen zählte weiter das Osterfest 2005. Seit fünf Jahren waren die Ostertage stets mit viel Trauer, Ängsten und Panikattacken verbunden gewesen, weil ich die Ausgrenzung vonseiten der ganzen Familie während der Ostertage des Jahres 2000 zum ersten Male schmerzlich erfahren hatte, nachdem ich sie mit der Vergangenheit konfrontiert hatte.

Und nun erlebte ich zum ersten Mal seit Jahren mit meinen Kindern und ihren Partnern ein schönes, friedvolles Osterfest. In der Kirche eines Nachbarortes hatte ich schon früh am Morgen die Osternacht mitgefeiert. Danach saßen wir fünf bei einem reichhaltigen Frühstück bis zum Mittag gemütlich beisammen, redeten und lachten.

Seit dem letzten Klinikaufenthalt war es zu keiner Panikattacke mehr gekommen, und ich glaubte, meine Vergangenheit nun endgültig bewältigt zu haben. Ich war mir zu sicher. Heute weiß ich, dass es bei einer Vergangenheit wie der meinen ratsam ist, immer wachsam zu sein. Denn nach den Ostertagen fiel ich nochmals in ein „tiefes Loch". Aufgrund einer Erkältung war ich gezwungen, im Bett zu bleiben, fühlte mich schwach, kraftlos, ausgeliefert. In diesem Zustand schienen mich die Dämonen der Kindheit nochmals zu überrollen, womit ich nicht mehr gerechnet hatte.

Ein halbes Jahr später führte mir eine schulinterne Lehrerfortbildung (Thema: „Gewaltprävention") die Gewalt meiner eigenen Kindheit ein weiteres Mal intensiver und schmerzlicher vor Augen, als ich mir das im Vorfeld vorgestellt hatte. Schlaflose Nächte folgten, und für kurze Zeit ging ich nochmals durch die Hölle.

Das bestärkte mich in meinem Entschluss, unter mein bisheriges Leben einen Schlussstrich zu ziehen, der alten Heimat den Rücken zu kehren und somit die Brücken zu meiner Vergangenheit abzubrechen. Wie diese Veränderung letztlich aussehen würde, wusste ich nicht. Ich wusste nur, *dass* sie stattfinden würde und dass ich dazu den nächsten Schritt tun musste. Ohne den geringsten Zweifel war ich bereit, mich auf dieses Abenteuer einzulassen, und stellte einen Antrag auf Versetzung.

„Kommt dein Wegzug nicht einem Davonlaufen gleich?", wurde ich von einer Bekannten gefragt. Nein, ich lief nicht davon, hatte nur begriffen, dass ich nicht die Situation, nicht die Herkunftsfamilie ändern konnte, dass es aber in meiner Entscheidung lag, mich selbst zu (ver-)ändern. Kein Einziger — meine Mutter genauso wenig wie eines meiner Geschwister — war fähig gewesen, die Hand zu ergreifen, die ich immer wieder gereicht hatte. Keiner war bereit gewesen, auch nur einen einzigen Schritt in meine Richtung zu tun, obwohl ich viele Schritte entgegengegangen war. Nein, ändern konnte ich sie nicht, konnte sie nicht zwingen, die Wahrheit zu akzeptieren. Die Ausgestoßene würde ich bleiben. Aber ich konnte *mich* verändern und somit die Konsequenzen aus ihrem Verhalten ziehen, indem ich nach all meinen gescheiterten Versuchen meinem „alten Leben" den Rücken kehrte.

Eine andere Bekannte vermutete schulische Beweggründe für meinen Wegzug. Doch das Gegenteil war der Fall. Die Bedingungen an der Schule waren optimal: Die Arbeit mit den Kindern erfüllte mich mit Freude; die Zusammenarbeit mit den Eltern funktionierte prima; das Verhältnis zum Rektor und zum Lehrerkollegium war bestens. Ich fühlte mich wohl und arbeitete gerne dort. Insgeheim wünschte ich mir, derartige Bedingungen in meinem neuen Wirkungskreis vorzufinden.

Wo das letztlich sein würde, wusste ich nicht, machte mir deshalb auch keine Sorgen. Als meine Freunde erfuhren, dass ich meine Wohnung bereits gekündigt hatte, brannten sie darauf, zu erfahren: „In welchen Landkreis wirst du versetzt? An welcher Schule wirst du arbeiten? Wo wirst du wohnen?" Als ich jede ihrer Fragen mit „Ich weiß noch nicht" beantwortete, waren sie sprachlos und meinten: „Das kannst du doch nicht machen! Wenn es nicht klappt, hängst du in der Luft. Du hast vielleicht Mut!" Doch mit Mut hatte das nichts zu tun. Ich konnte gar nicht anders handeln, weil ich eine Klarheit und das Wissen in mir hatte, dass ich diesen Schritt tun *musste*, weil es ein Schritt auf meinem Weg war. Zu keiner Zeit zweifelte ich daran, dass sich alles fügen würde, und machte mir um die Zukunft keine einzige Sekunde Sorgen, denn ich wusste: Ich werde geführt.

Kurz vor Schuljahresschluss bekam ich den Bescheid, dass ich mit Wirkung vom 1.08.06 in einen Landkreis am Bodensee versetzt werde. Mein sehnlichster Wunsch, zukünftig in dieser wunderschönen Gegend zu leben und zu arbeiten, wurde Wirklichkeit. Es hatte tatsächlich geklappt! Jetzt hatte ich natürlich alle Hände voll zu tun!

So blieb mir auch wenig Zeit, den Tod meines besten und liebsten Freundes Sebastian, den mir das Schicksal im Dezember 2005 ganz unerwartet genommen hatte, zu betrauern.

Die Wohnungssuche schien zunächst einfach zu sein. Bereits auf meine erste Zeitungsannonce kamen zahlreiche Angebote. Schließlich entschied ich mich für eine Wohnung in einem idyllischen Dorf am Bodensee. Weil die Vormieterin jedoch erst zum ersten Dezember gekündigt hatte, wurde mir als Zwischenlösung eine Ferienwohnung im Erdgeschoss desselben Hauses angeboten. Fasziniert von der landschaftlich wunderschönen Gegend ließ ich mich auf diesen Kompromiss ein.

Was jedoch alles auf mich zukommen würde, wusste ich zu dem Zeitpunkt noch nicht. Zunächst verließ ich am ersten September 2006 mit Freuden, voller Tatendrang und Optimismus und ohne jegliches Gefühl von Bedauern endgültig die Nähe zur Ursprungsfamilie, wo ich nie Heimat hatte, sondern gleichsam entwurzelt und somit „heimatlos" geworden war.

XII. Der Bodensee – meine neue Heimat?

Das Schuljahr 2006/07 lief gut an. Privat lebte ich zwar mit den nötigsten Utensilien in sehr beengten Wohnverhältnissen der Ferienwohnung (Möbel und die meisten Umzugskartons hatte ich in einer Lagerhalle eines Bekannten unterbringen können), doch das würde sich innerhalb der nächsten drei Monate ändern, so hoffte ich. Als ich schließlich die ohnedies kleine Ferienwohnung räumen und gegen ein 15-Quadratmeter-Zimmer austauschen musste, weil diese vom Vermieter bereits im Vorfeld für Mitte Oktober an Urlaubsgäste vermietet worden war, und als noch weitere missliche Umstände und Ungereimtheiten hinzukamen, suchte ich mir umgehend eine neue Wohnung.

Was anfangs so leicht zu sein schien, war schließlich zu einer kleinen Odyssee geworden, bis ich endgültig zum ersten November meine jetzige Wohnung, direkt am Bodensee gelegen, beziehen konnte. Aus dem vorherigen Mietvertrag schadlos herauszukommen, war problemlos, da die Vormieterin ihren Kündigungstermin nicht eingehalten hatte.

„Mit dem Tag meines Umzugs an den Bodensee lasse ich alles zurück!", so dachte ich, so hoffte ich. Die Realität war eine andere. Durch den Umzug hatte ich zwar eine räumliche Distanz geschaffen, vieles auf mich genommen und – von außen betrachtet – alles zurückgelassen. Die Vergangenheit jedoch, einen wesentlichen Teil meiner selbst abzuspalten und irgendwo zurückzulassen, funktionierte nicht. Keine Entfernung, und seien es tausende und abertausende von Kilometern, kann diesen Dienst leisten. Diese Arbeit muss jeder Mensch ganz persönlich tun: die Bewältigung und letztlich die harmonische Integration von vergangenen Erfahrungen und Prägungen – seien sie positiver oder negativer Art – in das eigene gegenwärtige Leben.

Zwar stimmte es, der äußere Druck, der in der Umgebung meines Geburtsortes auf mir gelastet hatte, war von mir gewichen. Ich lebte nicht mehr in einem Umfeld, das ständig die Vergangenheit in mir wachrief. Es waren auch keine Menschen mehr um mich, die mich verletzten durch Ablehnung, Ausgrenzung, Ignoranz. Doch diese starke, innere Bindung an meine Mutter ließ mich nicht los, so sehr ich daran auch arbeitete. Ich hatte es – trotz in vieler Hinsicht sehr erfolgreicher Therapien – nicht geschafft, mich von meiner Mutter zu lösen. Daran änderte auch der räumliche Abstand nichts. Dieses unsichtbare Band, das ich mir nicht erklären konnte, bestand weiterhin und ließ mich nicht zur Ruhe kommen.

Kurz vor Weihnachten 2006 wurde der Wunsch in mir übermächtig, mit meiner Mutter erneut Kontakt aufzunehmen. (Niemand aus der Herkunftsfamilie wusste von meinem Umzug.) Ohne Groll schrieb ich meiner Mutter einen kurzen Brief, in dem ich sie von meinem Umzug in Kenntnis setzte und ihr zum Schluss von ganzem Herzen alles Gute wünschte. Mit keinem Wort erwähnte ich die Vergangenheit, was mir auch kein Bedürfnis mehr war.

Bereits ein paar Tage später war ich überrascht und erfreut zugleich, als ich ihren Antwortbrief in meinen Händen hielt. Dass mein Brief ihr schönstes Weihnachtsgeschenk sei, schrieb sie. Sie befinde sich nach einem Schlaganfall in einem Altenheim und sei an den Rollstuhl gefesselt. Zu meinem Erstaunen nahm *sie* Bezug auf die Vergangenheit: Sie drückte ihr Bedauern angesichts dessen aus, was in meiner Kindheit geschehen sei. Sie habe immer geglaubt, sie hätte auf ihre Kinder aufgepasst; aber scheinbar doch zu wenig. So treffe auch sie eine Schuld, und sie mache sich deswegen große Vorwürfe. Was dann folgte, konnte ich kaum glauben: *„Verzeih mir, bitte!"*, stand da deutlich geschrieben. Ich las es immer und immer wieder: *„Verzeih mir, bitte!"* Meine Mutter bat mich tatsächlich um Verzeihung? Jetzt konnte ich die Tränen nicht mehr zurückhalten. All die Jahre hatte ich vergebens auf diese paar Worte gehofft, hatte stattdessen die Demütigung ihrer Verleumdung ertragen müssen. Und nun, als ich überhaupt nicht mehr damit gerechnet hatte, dieses Eingeständnis?

Fünf Jahre waren seit der letzten Begegnung mit meiner Mutter vergangen. Aufgrund ihres Briefes hatte ich das Bedürfnis, sie zu treffen, rief sie, einem spontanen Impuls folgend, an. Ihre Freude darüber war unüberhörbar.

Einige Tage später bereits, es war der letzte Schultag vor den Weihnachtsferien, besuchte ich sie. Von ganzem Herzen konnte ich mich an diesem Nachmittag mit meiner Mutter aussöhnen, war ihr in meinem ganzen Leben noch nie so nahe gewesen wie an diesem Tag. Obwohl für mich mit ihrem Eingeständnis und ihrer Entschuldigung das Thema erledigt war und ich ihr mit den Worten „Mama, jetzt ist alles gut!" wirklich alles vergeben hatte, sprach sie unentwegt von der Vergangenheit und wie sehr sie alles bedaure.

Während der ganzen Zeit unseres Zusammenseins hatte ich das Gefühl, als ob wir nicht mittels Worten miteinander kommunizierten, sondern mit unseren Herzen. Bevor ich mich von ihr verabschiedete, bat ich sie um ihren Segen. Diesen Moment, als mich meine Mutter daraufhin segnete, können Worte nicht beschreiben. Meine Mutter verließ ich mit einem ungeahnten inneren Frieden.

Noch ein zweites Mal besuchte ich meine Mutter, wobei es zu einem unvorhergesehenen Kontakt mit meiner Schwester Rosa kam. Ihr schien unsere Begegnung sehr nahezugehen. Denn mit Tränen in den Augen meinte sie: „Endlich kann ich dich wieder in die Arme schließen." Meine Gefühle ihr gegenüber hielten sich allerdings in Grenzen, und ich war angesichts dieser Geste eher skeptisch, obwohl ich zugeben muss, dass es in diesem Moment guttat, Zuwendung von einem Familienmitglied zu bekommen.

Nachdem sich das Verhältnis zu meiner Mutter so sehr zum Positiven verändert hatte und ich mit Rosa ins Gespräch gekommen war, nahm ich an, dass auch die Geschwister untereinander über meinen Besuch gesprochen hätten.

So griff ich erneut zum Telefon und rief Anfang Februar 2007 meinen Bruder Bernhard an. Ich war von dem innigen Wunsch und der im Grunde irrationalen Hoffnung geleitet, dass nun auch eine Aussprache mit meinem Peiniger möglich sein würde. Kaum hatte er mich jedoch am anderen Ende der Leitung erkannt, beschimpfte er mich auf üble Art und Weise, nannte mich eine Lügnerin … Die ganze Palette an Beleidigungen und Demütigungen bekam ich zu hören, die mir aus dem Jahr 2000 noch sehr wohl in Erinnerung waren. Womit er mich letztlich zutiefst traf, waren seine Worte: „Seit du bei der Mutter zu Besuch warst, geht's ihr schlechter." Mit dem Nachsatz „Wenn sie stirbt, bist du schuld!" setzte er allem noch die Krone auf. Obwohl ich rational wusste, dass dies keineswegs der Wahrheit entsprach, verfehlten diese Worte ihre Wirkung nicht.

Was in dem Moment in mir vor sich ging, als seine Beschimpfungen begannen und zugleich der letzte Rest an Hoffnung in mir erstarb, dass er seine Untaten jemals einsehen, geschweige denn bereuen würde, kann ich nicht beschreiben. Mit einem Schlag war ich nicht mehr die Frau der Gegenwart, sondern plötzlich in der Rolle des kleinen, hilflosen Mädchens gefangen. In diesen Minuten war ich meinem Bruder wie damals hilflos ausgeliefert, war – entgegen aller Vernunft – nicht in der Lage, mich ihm zu widersetzen. (Hätte ich diese Situation, diesen Schmerz nicht selbst erlebt, würde ich dergleichen nicht für möglich halten.) Die Vergangenheit schien augenblicklich näher denn je.

War ich durch die Anstrengungen der letzten Monate, die widrigen Umstände meines Umzugs und die Schwierigkeiten, die ein Neuanfang eben mit sich bringt, gesundheitlich bereits angeschlagen, so gab mir das kurze Gespräch mit Bernhard, bei dem er mit Gemeinheiten und Lügen nicht sparte, den Rest. Ich hatte das Gefühl, in ein tiefes Loch, ins Nichts zu fallen.

In der Folgezeit meinen Dienst zu versehen, war ich nicht mehr in der Lage. Psychisch und physisch völlig erschöpft, durchlebte ich noch einmal einen Tiefpunkt und „stürzte" ein weiteres Mal „die Treppe hinunter". Es war die „Hölle", und das nicht nur für mich. Auch meine Kinder gingen mit mir noch einmal einen harten Weg. Hätten sie sich nun endgültig von mir abgewandt, ich hätte sie verstanden. Doch sie hielten auch jetzt zu mir.

Mit ihrer Hilfe, mit ärztlicher Unterstützung und mit dem Beistand meiner Freunde bekam ich innerhalb von drei Monaten allmählich wieder Boden unter die Füße.

Zwischen meiner Mutter und mir war es zu keinem Kontakt mehr gekommen. Dass sie sich von sich aus melden würde, erwartete ich angesichts ihres inzwischen hohen Alters von 93 Jahren nicht, fühlte mich jedoch geradezu verpflichtet, mich bei ihr zu melden, und griff, als ich gesundheitlich wieder einigermaßen stabil war, zum Telefon. Sie wünschte mich zu sehen. Als ich mein Kommen zusagte, allerdings nur unter der Bedingung, sie möge dafür Sorge tragen, dass während meines Besuchs keines meiner Geschwister (ausgenommen Rosa) anwesend sei, gab sie mir dieses Versprechen nicht. Da begrub ich die letzte Hoffnung, dass meine Mutter zu ihren Lebzeiten jemals vor all meinen Geschwistern zu mir stehen würde. Mir alleine konnte sie die Fehler der Vergangenheit eingestehen, vor der Familie aber ehrlich Stellung beziehen konnte sie nicht und wird es wohl auch nicht mehr können. Aus ihrer Sicht konnte ich ihr Verhalten verstehen, war darüber weder enttäuscht noch verbittert. Ich hatte mich im Herzen mit ihr ausgesöhnt. Dennoch gelang es mir noch nicht, mich von meiner Mutter vollständig zu lösen, eine gesunde Distanz zu schaffen. Wie sich später noch zeigen sollte, besaß sie weiterhin eine unglaubliche Macht über mich.

Weil ich aber wusste, dass mich eine zufällige Begegnung mit meinen Geschwistern, mit denen erfahrungsgemäß keinerlei Annäherung möglich war, gewaltig aus der Bahn zu werfen vermochte, traf ich in dem Moment zu meinem eigenen Schutz die Entscheidung, es in Zukunft bei telefonischen und brieflichen Kontakten zu belassen, was meine Mutter betraf.

Nachdem ich im Mai des Jahres 2007 meinen Dienst wieder aufgenommen hatte, erweckte ich nach außen den Anschein, gesund und belastbar zu sein. Bei Kolleginnen und Kollegen galt ich als Frohnatur, als Frau voller Power und Optimismus. So fühlte ich mich auch, physisch und psychisch stabil.

Was wollte ich mir in der Folgezeit beweisen, als ich in jeder Hinsicht über die Maßen powerte und mir kaum Zeit zum Innehalten gönnte?

Dafür erhielt ich einige Wochen später die Quittung. Obwohl meine Kräfte merklich nachzulassen begannen, arbeitete ich wie besessen weiter, zog mich in Folge wieder von meinen Freunden in dem Maße zurück, wie meine Kräfte schwanden, wobei ich gleichzeitig aber diese selbst gewählte Einsamkeit, das Alleinsein wieder belastender und erdrückender empfand. Trotzdem war ich nicht in der Lage, auf andere zuzugehen. Jederzeit hätte ich die Möglichkeit gehabt, jemanden um Hilfe zu bitten, und wäre mir dieser auch gewiss gewesen. Doch ich tat diesen Schritt nicht, weil ich meine Schwäche hätte eingestehen müssen, die mein Körper in zunehmendem Maße ein weiteres Mal zeigte.

Im Stillen schimpfte ich auf dieses „Scheißleben", das auszuhalten ich fast keine Kraft mehr hatte. Immer häufiger kam es erneut „wie aus heiterem Himmel" zu Panikattacken.

Zwischen Ostern und Pfingsten 2008 ging ich trotz eines „harmlosen" grippalen Infekts drei Wochen weiter meiner Arbeit nach. Den Rat des Hausarztes, mich krankschreiben zu lassen, überhörte ich, weil ich weitere Ausfallzeiten vermeiden wollte. Schließlich traten ernst zu nehmende Herzbeschwerden auf, sodass ich zwingend einen Kardiologen aufsuchen musste, der nach eingehender Untersuchung erklärte: „Arbeitsunfähig für die Dauer von mindestens vier Wochen aufgrund einer verschleppten Bronchitis." Noch deutlichere Signale hätte mein Körper nicht senden können, und ich musste mich fügen.

Kaum hatte ich wieder ein wenig Boden unter den Füßen, machte ich trotz der Warnung des Arztes mit vollem Einsatz weiter. Doch in Wirklichkeit hatte ich wieder die Grenzen meiner körperlichen wie auch seelischen Belastbarkeit erreicht beziehungsweise bereits überschritten.

Der Hausarzt machte mich darauf aufmerksam, dass meine zunehmenden Erschöpfungssymptome seit Längerem schon typische Zeichen von „Burnout" seien. Obgleich unübersehbar, wollte ich das nicht akzeptieren, glaubte, mit eisernem Willen und Selbstdisziplin diese Krise letztendlich überwinden zu können. Das Leben schien ein einziger Kampf zu sein, vom Aufwachen bis zum Schlafengehen.

Niemandem jedoch vertraute ich an, was in mir vor sich ging, dass ich seit Monaten wieder täglich den alten Kampf ums Überleben kämpfte, dass ich dazu fast keine Kraft mehr hatte. Wie auch! Ich gestand es ja nicht einmal mir selbst ein.

Obwohl ich während der Sommerferien wieder etwas Kraft tanken konnte, das „Steh-auf-Männchen" wieder ein wenig Boden unter den Füßen spürte, und obwohl ich dann auch motiviert in das neue Schuljahr startete, fuhr ich vom ersten Schultag an im Grunde körperlich „auf Reserve". Im Stillen fragte ich mich, wie es sich denn überhaupt anfühlt, wirklich erholt oder fit zu sein. Ich wusste es nicht mehr. Dieses Gefühl war mir vor langer Zeit abhandengekommen. Wie lange konnte ich das noch durchhalten?

Nachts blieb der dringend nötige Schlaf aus. In der Schule funktionierte ich dennoch, konnte über die Maßen powern. Wie ausgebrannt ich jedoch wirklich war, spürte ich jeden Tag spätestens in dem Moment, wenn der letzte Schüler das Klassenzimmer verlassen hatte. Mein Körper setzte täglich deutlichere Signale. Längst hatte ich die Balance und somit den Zugang zu mir verloren, war nicht mehr in der Lage, die vielen massiven Warnzeichen meines Körpers und meiner Seele wahrzunehmen. Es gelang mir auch nicht mehr, zum richtigen Zeitpunkt innezuhalten und zu akzeptieren, dass mein Energiepegel in rasantem Tempo sank, zumal ich keinen direkten Auslöser für diese Reaktion meines Körpers erkennen konnte. Dennoch (oder gerade deshalb?) engagierte ich mich beruflich noch mehr, übernahm freiwillig zusätzliche Aufgaben, die ich für jeden sichtbar tadellos bewältigte, was aber an meinen allerletzten Ressourcen zehrte. Trotz plötzlich deutlich erhöhten Blutdrucks, Herzrasen, noch weniger Schlaf funktionierte mein Körper weiterhin wie eine Maschine, auch dann noch, als eine ärztliche Untersuchung eine deutliche Schwächung meines gesamten Immunsystems bestätigte.

An einem Morgen im Februar wurde ich endgültig ausgebremst. Obwohl ich mich kaum noch auf den Beinen halten konnte, schleppte ich mich in die Schule. Aber aufgeben? Das wollte ich nicht. Danach allerdings fragte mein Körper nicht. Noch vor Unterrichtsbeginn musste ich die Waffen strecken. Diagnose: extremes Erschöpfungssyndrom, Burnout-Syndrom. Ich war am Ende. (Jeder, der eine heftige Burnout-Krise überstanden hat, weiß, wie weit es hinuntergehen kann.) Trotz der Unterstützung meines Hausarztes kam ich nicht wieder auf die Beine und musste die absolute Grenze meiner Belastbarkeit akzeptieren. In der ärztlichen Obhut einer Fachklinik gewann ich innerhalb von sechs Wochen eine gewisse physische Stabilität zurück.

Nach dieser Zeit fühlte ich mich physisch und psychisch stabil, trainierte wieder zweimal wöchentlich im Fitness-Studio, ging in die Sauna und traf mich mit meinen Töchtern und mit Freunden. Den Dienst vorzeitig wieder anzutreten, unterließ ich auf dringenden ärztlichen Rat und nahm meine berufliche Arbeit erst mit Beginn des Schuljahres 2009/10 wieder auf.

Doch zuvor wurde ich ein letztes Mal in den Abgrund meiner Kindheit geschleudert. Auf die Bitte einer Freundin kam ich in Kontakt mit einer mir unbekannten Frau, die Hilfe suchte. Im Verlauf des Gesprächs legte sie mir ihre – aus subjektiver Sicht – in jeder Beziehung schlimme Lebenssituation dar. Ich bekam einen tiefen Einblick in die Seele einer erwachsenen Frau, in der das Kind noch in der Gegenwart nach Geborgenheit, Zuneigung und ein bisschen Liebe der Mutter schrie. Wie sehr mich ihre Geschichte im Innersten aufwühlte, wie sehr ich langsam „heruntergezogen" wurde, da mir in gewisser Weise ein Spiegel meines eigenen Lebens vor Augen gehalten wurde, nahm ich zunächst nicht wahr.

Abends im Bett ließ mich der Gedanke an meine eigene Mutter nicht mehr los, und mir wurde die Diskrepanz bewusst, in der ich mich selbst noch befand: Einerseits konnte ich die Nähe meiner Mutter früher nie ertragen, andererseits war es mir bis zu diesem Zeitpunkt nicht annähernd gelungen, das unsichtbare, starke Band, das offenbar weiterhin bestand, willentlich zu durchtrennen, wie sehr ich daran auch arbeitete und mir selbst mit Gewalt immer wieder einreden wollte.

Plötzlich waren längst verarbeitet geglaubte Gefühle in einer niederschmetternden Heftigkeit präsent, und ich war außerstande, mich ihnen zu entziehen. Die ganze Trostlosigkeit meines Lebens schien sich auf einmal wie eine riesige Welle meiner zu bemächtigen und alle Hoffnung hinwegzuspülen. Unendliche Einsamkeit und Verlassenheit! Wertlosigkeit und Sinnlosigkeit! Und was das Schlimmste war: In dem Augenblick verlor ich endgültig den Glauben an mich selbst, den Kampf ums Überleben jemals gewinnen zu können. Ich sah mich unüberwindbaren Barrieren gegenüber, war gefangen in einem hoffnungslosen, vernichtenden Gefühl. An die Chance auf ein glückliches Leben glaubte ich nicht mehr, glaubte nicht mehr daran, die Vergangenheit jemals zu besiegen.

Endgültig kapitulierte ich in der folgenden Nacht, die mir das Grauen meiner Kindheit noch einmal zurückbrachte: Völlig orientierungslos erwachte ich irgendwann mitten im völlig dunklen Zimmer. Der Albtraum meiner Kinder- und Jugendzeit! Wie unzählige Male zuvor suchte ich in panischer Angst den Lichtschalter, den ich eine unendlich lange Zeit nicht finden konnte. Die Angst vor der Nacht, diese unsichtbare, grausame Bedrohung war schlagartig wieder da. In den darauffolgenden Nächten war an Schlaf nicht mehr zu denken. Mit dem Gefühl, alles war umsonst, alles geht von vorne los, und mit dem Gedanken „Ich will nicht mehr kämpfen, habe keine Kraft mehr dazu!" gab ich auf. Ich gab *mich* endgültig auf. Den Kampf glaubte ich definitiv verloren.

Umgeben von der Dunkelheit meiner Kindheit, sah ich kein Licht, keine Hoffnung, dieser Hölle irgendwann entfliehen zu können. Sinnlos! Hoffnungslos! Besiegt! Ein letztes Mal fing ich an zu trinken. Betäuben, vernichten, vergessen! Aus diesem „Loch" kam ich nicht mehr heraus. Dieser Zustand dauerte nahezu eineinhalb Wochen, wobei ich die Realität zum Teil nicht mehr wahrnahm. – Ich versuchte es nicht einmal mehr. Ich wollte nur noch tot sein, nie mehr erwachen. Und doch – ich wachte wieder auf.

Es war die Nacht zum 2. Juli 2009. Ich spürte einen massiven körperlichen Entzug. Diesem Zustand hätte ich ein Ende bereiten können, da noch Alkohol im Hause war, der mich sicher von dieser Welt, von allen Qualen „erlöst" hätte. In dem Moment, gleichsam im Angesicht des Todes, was mir ganz klar bewusst war, geschah eine eigenartige Wandlung. Es war gerade so, als ob ein unglaublich starker Anteil in mir in dem Moment, da alles verloren schien, zum Leben erwachte. In diesem Augenblick entschied ich mich bewusst *für* das Leben und endgültig *gegen* diese Art der Bewältigung, des Ausblendens und letztlich der Vernichtung meiner selbst.

Eine Erklärung dafür habe ich nicht. Woher diese Kraft und der unglaublich starke Wille, trotz allem überleben zu wollen, gerade zu diesem Zeitpunkt kamen, weiß ich nicht. Die ganze Nacht wurde ich getragen von dem einen Gedanken: „Ich will leben, und ich werde leben! Kein Mensch – weder meine Mutter noch eines meiner Geschwister – wird mir dieses Recht streitig machen! Von nichts und niemandem werde ich mich jemals mehr unterkriegen lassen!"

Ich glaubte, es alleine zu schaffen. Aber meinem Körper hatte ich durch den exzessiven Alkoholmissbrauch zu viel zugemutet. Dazu brauchte ich ärztliche Hilfe. Mir aller Konsequenzen bewusst, rief ich in einer absolut nüchternen Klarheit den Notarzt, der die Einweisung in das ortsnahe Krankenhaus veranlasste.

Den Ärzten dort begegnete ich mit einer in jeder Hinsicht schonungslosen Offenheit, beschönigte nichts und bat aufgrund des massiven Alkoholkonsums der letzten Tage um körperlichen Entzug. Auf meinen ausdrücklichen Wunsch wurde in der Folgezeit mit kompetenter fachlicher Unterstützung die Alkoholproblematik abgeklärt, wonach eine Behandlung diesbezüglich eindeutig nicht indiziert war.

Einige Tage später führte ich mit Mona ein langes, ehrliches Gespräch, wobei mir noch einmal bewusst wurde, wie sehr meine Kinder unter meiner unbewältigten Vergangenheit gelitten und unzählige Male um mein Leben gebangt hatten.

Wie schwer es für meine Töchter gewesen war, die Situation der vergangenen Tage auszuhalten, kann ich nur erahnen, kann nicht ermessen, wie viel emotionale Kraft es sie gekostet hatte, sich dieses Mal nicht einzumischen, sondern die Entscheidung für mein Leben mir selbst zu überlassen. Es war in dem Moment das einzig richtige Verhalten, das sie mir gegenüber zeigten.

Wenngleich es fast über ihre Kräfte ging, weil sie selbst meinen Tod in Kauf nehmen mussten, bewiesen sie in dieser Situation eine bewundernswerte innere Stärke und menschliche Größe.

Nachdem Mona gegangen war, glaubte ich, von den Schuldgefühlen meinen Töchtern gegenüber erdrückt zu werden. Doch mir war klar, an der Vergangenheit – mit all den Fehlern, die ich gemacht hatte – nichts mehr ändern zu können, und ich suchte einen Weg nach vorne.

In ehrlicher Eigenreflexion gestand ich mir ein:

- Immer und immer wieder war ich in die Opferrolle zurückgefallen, hatte mich im Grunde selbst bedauert, angesichts dessen, was mir zugestoßen, und der Ungerechtigkeit, die mir widerfahren war.
- Mein eigener Schmerz hatte mich zeitweise derart gefangen gehalten, dass ich nicht imstande gewesen war, den Schmerz und die Verzweiflung meiner Töchter wahrzunehmen.
- Bemitleidete ich mich im Grunde nicht immer noch selbst, weil ich nie die Liebe der Mutter erfahren durfte?

- Und wenn ich ganz ehrlich in mich hineinhörte, musste ich mir eingestehen, dass es mir bis in die Gegenwart nicht gelungen war, meine Mutter loszulassen, im Gegenteil, ich wartete immer noch auf ein „Liebeszeichen" und war mir gleichzeitig meiner Schuldgefühle ihr gegenüber bewusst, weil ich so „herzlos" und nicht mehr in der Lage war, diese alte Frau von inzwischen 96 Jahren zu besuchen und mich um sie zu kümmern.
- In meinem Herzen fand ich irgendwo auch noch den verborgenen Wunsch, die gesamte Herkunftsfamilie möge ihre Fehler endlich eingestehen, sodass ich in irgendeiner Weise „rehabilitiert" wäre.

Nachdem mir dies alles deutlich vor Augen stand, spürte ich, wie meine Kämpfernatur wieder erwachte – ein Gefühl, das ich seit Jahren verloren glaubte.

Bei allen Überlegungen gewahrte ich deutlich meine Ohnmacht hinsichtlich der Beziehung zu meiner Mutter, einer geradezu zerstörerischen Abhängigkeit, aus der ich mich bisher nicht hatte befreien können. Eine unerklärliche, starke innere Bindung, gegen die ich einfach nicht ankam, bestand weiterhin. Meine Mutter besaß eine Macht über mich, deren sie sich selbst wahrscheinlich nicht einmal bewusst war.

Von diesem Gedanken begleitet, besuchte ich am Sonntag – es war der 12. Juli 2009 – eine heilige Messe. In einer Haltung intensiver innerer Sammlung und getragen von einem unerschütterlichen Vertrauen an eine Höhere Macht, die trotz aller scheinbarer Widrigkeiten mein Leben trägt und hält, und in dem Bewusstsein, geborgen zu sein in einem Meer unendlicher Liebe, legte ich den Aspekt, den ich aus eigener Kraft zu lösen nicht imstande war, bewusst in die Hände Gottes. (Dieser starke, mir innewohnende Glaube ist nicht gleichzusetzen mit der Zugehörigkeit zu einer bestimmten Religionsgemeinschaft und wahrscheinlich fernab von der Auffassung von Glauben, wie meine Herkunftsfamilie ihn versteht und lebt.)

Genau in dem Moment, als ich „losließ", geschah etwas, für das ich bis heute keine Erklärung habe: In meinem Inneren formten sich genau in diesem Augenblick mit einer unglaublichen und unbeschreiblichen Klarheit die Worte: „Du bist deiner Mutter nichts mehr schuldig!" (Woher diese Worte kamen, wie sie letztlich zu deuten sind, übersteigt mein Verstandesdenken. Ebenso wenig, wie ich eine Aussage dazu machen kann, welche Schuld überhaupt gemeint ist. Ich kann das „Geschehen" nur beschreiben.)

Gleichzeitig sah ich vor meinem inneren Auge, wie sich ein breites Band zwischen meiner Mutter und mir, das ich mit all meinem Willen bisher nicht zu durchtrennen vermocht hatte, in einer erstaunlichen Leichtigkeit wie von selbst löste. Begleitet wurden diese Bilder und dieses „Erleben" von einem starken, kraftvollen Gefühl unbeschreiblicher innerer Freiheit, an dessen Wirklichkeit kein Zweifel war.

Mit dieser Minute verlor meine Mutter ihre starke, unsichtbare Macht, die sie bis dahin zweifellos über mich hatte. Und im selben Augenblick wusste ich: Die Vergangenheit ist endgültig vorbei!

Auch wenn ich mit dem Verstand nicht begreifen kann, was da geschah, und sich dies alles „nur" in meinem Inneren innerhalb weniger Sekunden abspielte, ohne dass ich darauf in irgendeiner Weise Einfluss nehmen konnte, hat es bis heute ungemindert positive Auswirkungen auf mein gesamtes Leben: auf das Lebensgefühl und auf die Lebensqualität.

Seit diesem Tag bin ich frei und lebe eine innere und äußere Freiheit, ein inneres und äußeres Glück, wie ich das nie für möglich gehalten hätte.

Ich lebe! Wie schön es sein kann zu leben, habe ich nicht gewusst. Ich habe es nicht einmal geahnt!

Das bedeutet nicht, dass ich meine Mutter ablehne oder sogar hasse. Nein, seit diesem Tag empfinde ich meiner Mutter gegenüber mehr denn je tiefes Mitgefühl, wünsche ihr von ganzem Herzen alles erdenklich Gute. Möge sie, wenn es an der Zeit ist, in Ruhe und innerem Frieden von dieser Welt gehen können! Ich weiß, sie plagen meinetwegen sehr große Schuldgefühle, weil sie mir, dem vierjährigen Kind, damals nicht geholfen hat. Obwohl ich ihr – soweit ich es vermag – aus tiefstem Herzen alles verziehen habe und obwohl ich ihr, eben weil ich um ihre innere Not weiß, gerne helfen würde, ihre eigenen Schuldgefühle loslassen zu können, habe ich dennoch eingesehen, dass das alleine ihr Part ist und ich nicht mehr dazu beitragen kann, als sie jeden Tag aufs Neue der Liebe Gottes anzuvertrauen.

XIII. Meine Beziehungen zu Männern

Die Beziehung zu Männern war für mich von jeher problematisch und mit viel Angst und Unsicherheit verbunden. Einerseits wünschte ich mir als jugendlicher Mensch nichts sehnlicher als einen liebevollen Partner, andererseits war ich unnahbar und voller Ablehnung und Angst dem anderen Geschlecht gegenüber. Ich hatte eine Art unsichtbare Mauer um mich errichtet, die meine wirklichen Gefühle nicht nach außen dringen ließ, ebenso wenig, wie mich ehrliche Gefühle junger Männer erreichen konnten.

Ich selbst war zudem nicht in der Lage, mich als Mädchen, geschweige denn als Frau anzunehmen. Ich hasste das Weibliche in mir, fühlte mich minderwertig, hässlich, nicht liebenswert. So konnte ich mir überhaupt nicht vorstellen, dass ein Mann Interesse an mir haben, mich sogar lieben könnte.

In der Clique, unter den Mädchen und Jungen meines Alters, hatte ich – oberflächlich betrachtet – viele Freunde, lachte, ging zu Partys, gab mich ausgelassen und fröhlich. Da zeigte ich nach außen das „Gesicht" des unbeschwerten Menschen, das ich meiner Umgebung glauben machen wollte; die Maske eben, die ich mir aufgesetzt hatte, damit keiner das andere, das „wahre Gesicht" erkennen konnte: das Gesicht des kleinen, traurigen Mädchens mit der verwundeten Seele, das im Stillen unzählige Tränen vergoss; das Mädchen, das sich zutiefst einsam und verlassen, zugleich schuldig, schwach und vor allem wertlos fühlte, sah niemand. Diesen wahren Teil in mir versuchte ich zum Schweigen zu bringen, wann immer er sich zeigen wollte.

Meinen ersten „festen" Freund hatte ich mit ungefähr zweiundzwanzig Jahren. (Zuvor hatte ich keine Beziehung zu einem Mann.) Frank war ein lieber und wertvoller Mensch, der lange Zeit hartnäckig um mich geworben und versucht hatte, mir ganz vorsichtig zu verstehen zu geben, wie sehr er mich mochte, ohne dass ich es jedoch bemerkte.

Kurz vor meinem Geburtstag lud mich Frank zum Tanzen ein. Ich spürte die Zuneigung und Liebe dieses jungen Mannes in einem Maße, dass ich am liebsten davongelaufen wäre. Diese emotionale Nähe konnte ich fast nicht ertragen.

Eigentlich tanzte ich leidenschaftlich gerne, hatte dabei in der Regel kein Problem mit Nähe. Denn wenn ich einfach nur zum Spaß und aus Freude an der Bewegung tanzen ging, hatte das einen völlig anderen Charakter. Dieser Abend hingegen war anders: Ich war die Tanzpartnerin eines jungen Mannes, der mir ohne Worte seine ganze Liebe entgegenbrachte. Und das war für mich kaum auszuhalten. Als Mensch schätzte ich Frank sehr, zu mehr war ich einfach nicht bereit oder besser: Zu mehr war ich gar nicht fähig.

Bald darauf erklärte er mir zum ersten Mal offen seine große Liebe und gab gleichzeitig seiner Enttäuschung Ausdruck, dass meine Gefühle andere seien. Ich spürte, wie sehr Frank litt, was mir selbst wehtat. Und doch konnte ich nicht anders.

Damals glaubte ich, er sei eben nicht mein Typ. Dass es jedoch im Grunde der Typ „Mann" war, vor dem ich Angst hatte, war mir zu jener Zeit nicht klar.

Ein halbes Jahr später ließ ich mich schließlich doch auf eine Beziehung mit Frank ein, die allerdings nur wenige Monate dauerte. Ich spürte seine große, ja zärtliche Liebe, die er mir bei jeder Gelegenheit behutsam zeigte. Er war ein junger Mann, der mich auf Händen trug und auch in Zukunft tragen wollte. Doch das konnte ich nicht aushalten, fühlte mich eingeengt, glaubte kaum Luft zum Atmen zu haben. Im Grunde hatte Frank gar keine Chance. Es lag allein an mir: Mir war es unmöglich, Nähe und Liebe anzunehmen.

Als er dann auch noch von Heirat sprach und von gemeinsamen Kindern, war meine Panik perfekt und ich beendete die Beziehung, genauso wie ich in den folgenden Jahren jede Beziehung meist bereits in den Anfängen beendete.

Nachdem ich mein Studium an der Gesamthochschule Eichstätt begonnen hatte, begegnete ich bei einer Geburtstagsparty Paul. Vom ersten Augenblick an waren wir uns sympathisch. Als er mich zum Abschied umarmen und küssen wollte, rannte ich in panischer Angst davon. Ich verstand mich selbst nicht. Die ganze Zeit hatte ich mich danach gesehnt, ihm nahe zu sein. Und nun war ich davongerannt. Ähnlich erging es mir noch einige Male. Und ich litt jedes Mal schrecklich, hatte aber keine Erklärung für mein Verhalten.

Björn, meinen späteren Ehemann, lernte ich bereits zu Beginn des Studiums in Eichstätt kennen. Wir verstanden uns gut, engagierten uns beide in der KSG (Katholische Studentengemeinde), worauf sich jedoch zunächst unser Kontakt beschränkte. Anfang Dezember 1976 besuchte er mich eines Nachmittags in meiner neuen „Studentenbude" im Zentrum Eichstätts. Während wir bis in die Morgenstunden redeten, nahmen wir die Zeit überhaupt nicht mehr wahr. Das war der Anfang einer zunächst wunderschönen Beziehung.

Björn und ich verbrachten viel Zeit miteinander und führten unzählige Gespräche. Während eines dieser Gespräche erzählte ich ihm in knappen Worten von meinen Kindheitserlebnissen, weil ich spürte, dass ich enorme Probleme hatte in einer Partnerschaft, die bei mir zum ersten Mal tiefer ging. Ich hatte Angst vor Berührungen, vor Nähe. Zum ersten Mal brachte ich dies bewusst in Zusammenhang mit dem frühen Inzesttrauma. Dieses Thema wurde daraufhin und auch während der ganzen Zeit unserer Ehe mit keiner Silbe mehr erwähnt.

Ungefähr drei Jahre, nachdem wir uns kennen gelernt hatten, heirateten wir. Diese Ehe stand jedoch von Anfang an unter keinem guten Stern, sodass ich mit unseren beiden Töchtern nach etwa sechseinhalb Jahren meinen Mann verließ und später die Scheidung einreichte.

Damals wollte ich nie mehr etwas mit einem Mann zu tun haben und schwor mir, es niemals mehr zuzulassen, dass mich ein Mann verletzte. Deshalb war ich wie vor den Kopf gestoßen, als mir meine „Klosterschwester", kurz nachdem ich mich von meinem Mann getrennt hatte, mit den Worten ins Gewissen reden wollte: „Du weißt schon, was die Leute vor der Kirchentüre über dich reden! Du rennst allen Männern nach." Ich war sprachlos. Das war das Letzte, was ich wollte und tat. Ich hatte mich nach der Trennung von meinem Mann nur nicht gehenlassen, was mein Äußeres betraf. Was sie zu dieser für mich beleidigenden Behauptung veranlasste, war und blieb mir ein Rätsel.

Ungefähr drei Jahre später – ich war inzwischen geschieden – spürte ich, dass ich mich im Grunde meines Herzens nach einem Partner sehnte, und hatte einige kurze Affären. In den Armen einiger Männer suchte ich die Liebe. Vergeblich. Ich fand sie nie. Mir war es unmöglich, mich nach meiner gescheiterten Ehe noch einmal mit ganzem Herzen auf einen Mann einzulassen. Björn hatte ich mich geöffnet wie noch keinem Mann zuvor und wurde doch bitter enttäuscht und gedemütigt. Noch einmal sollte mir das nicht passieren.

Im Grunde waren es zweierlei Arten von Männern, mit denen eine kurzzeitige Beziehung zustande kam: Zum einen waren es ältere Männer und somit eine Art „Vater-Ersatz", oder es waren Männer, bei denen sich die Gewalt meiner Kindheit wiederholte. Mit wirklich liebevollen Männern konnte ich nicht umgehen.

So erreichte mein Herz auch ein Millionär, ein herzensguter Mann, nicht, obwohl er sich behutsam um meine Liebe bemühte, mir eine wunderschöne Zukunft versprach und die Welt zu Füßen legen wollte.

Sobald ich spürte, dass eine Beziehung tiefer ging, zu ernst wurde, beendete ich sie, ehe sie so dicht wurde, dass sie mir Schmerz bereiten konnte. Die Fähigkeit, mich innerhalb einer Partnerschaft auf „normale" Weise abzugrenzen, fehlte mir.

Wurden meine Gefühle für einen Mann doch stärker, so dass ich die Kontrolle darüber zu verlieren befürchtete, löste dies ein regelrechtes Gefühlschaos in mir aus, brachte mich völlig durcheinander. Weil ich wusste, dass ich diesen Zustand beenden konnte, sobald ich mit diesem Mann geschlafen hatte, ließ ich mich darauf ein und hatte danach sogleich das Interesse an einer festen Beziehung verloren. Denn während eines intimen Kontaktes mit einem Mann liefen vor meinem inneren Auge stets dieselben Bilder der Vergangenheit wie ein Film ab, was es mir unmöglich machte, das Zusammensein zu genießen oder eine Beziehung längerfristig aufrechtzuerhalten. Was blieb, waren Ekel, Abscheu und nicht zuletzt auch Verachtung meiner selbst. Dennoch waren diese Gefühle leichter zu ertragen, weil ich sie nur zu gut kannte. Das Gefühl hingegen, bedingungslos geliebt zu werden, war mir fremd und machte mir Angst.

So zerstörte ich jede Beziehung bereits zu Beginn selbst, gab einem Mann im Grunde nie eine Chance. Wie oft habe ich mit diesem Verhalten einen Mann tief verletzt, ohne es zu wollen? Zu dieser Zeit war mir nicht einmal bewusst, was ich eigentlich tat und warum ich so reagierte.

Sebastian, den ich im Jahre 1997 kennen lernte, brachte ich wohl die intensivsten Gefühle entgegen, zu denen ich zu dieser Zeit fähig war. Diesen Mann liebte ich, hatte Schmetterlinge im Bauch, wenn wir uns trafen oder miteinander telefonierten. Sebastian gab mir sehr deutlich zu verstehen, wie sehr er mich mochte und begehrte. Ich aber konnte mit seiner Liebe nicht umgehen. In mir herrschte ein regelrechtes Chaos der Gefühle. Einerseits fühlte auch ich mich zu ihm hingezogen, andererseits hielt mich eine große Angst davon ab, ihm meine Gefühle zu zeigen. Weil ich mir nicht anders zu helfen wusste, nahm ich sein Angebot an, mit ihm ein Wochenende auf einer Hütte zu verbringen, schlief mit ihm und hatte somit jegliches Interesse an ihm als Mann (nicht als Mensch und vor allem nicht als Freund) verloren. Sehr deutlich signalisierte er mir nach diesem Wochenende, dass er gerne der Mann an meiner Seite wäre. Doch ich wies ihn ab, obwohl ich ihn im Grunde meines

Herzens liebte. Warum ich jedoch so reagierte, konnte ich selbst ihm, dem ich sonst vieles anvertraute, nicht erklären.

Als Sebastian mir später von seiner neuen Lebenspartnerin erzählte, freute ich mich ehrlich für ihn. Wenngleich die Kontakte nun weniger wurden, blieben wir all die Jahre gute Freunde und verloren uns nie ganz aus den Augen. Er blieb die ganze Zeit wie ein wunderbarer großer Bruder für mich, mit dem ich über fast alles reden konnte. Doch eine Beziehung, die er sich nach wie vor mit mir wünschte, war für mich unmöglich.

Die frühen sexuell negativen Erfahrungen hatten mich offenbar unfähig gemacht zu einem „normalen" Leben, zu einem erfüllten Leben. An eine gesunde sexuelle Liebesbeziehung, die manche für das höchste Glück halten, war bei mir nicht zu denken. Ich wusste aber nicht einmal, wie gestört mein Verhältnis zum anderen Geschlecht war, handelte nur aus einem Gefühl heraus, das ich selbst nicht verstand.

Erst als ich mich mit der Vergangenheit auseinanderzusetzen begann, erkannte ich, weshalb ich nicht bindungsfähig war, und mir wurde mein destruktives und verletzendes Verhalten Männern gegenüber deutlich bewusst. Daran wollte ich mit therapeutischer Unterstützung arbeiten. Gleichzeitig schwor ich mir, keine Beziehung mehr einzugehen, bis ich meine Vergangenheit so weit aufgearbeitet hätte, dass ich dieses „Muster" nicht wiederholte. Es folgten die erwähnten stationären Aufenthalte in Bad Saulgau und Hornberg.

Nach dem ersten Aufenthalt in der Oberbergklinik, da die „Dämonen" der Kindheit vertrieben schienen, ließ ich mich auf eine kurze Beziehung ein. Doch nun geschah etwas mir völlig Unverständliches, was mich gleichermaßen erschreckte wie verunsicherte. In dem Moment, als der körperliche Kontakt zu diesem Mann intimer wurde, liefen die Erlebnisse meiner Kindheit erneut wie ein Film vor meinem inneren Auge ab. Gleichzeitig stellte sich, obgleich ich bis dahin von Kopfschmerzen jeglicher Art verschont geblieben war, ein Kopfschmerz ein, der sich in kürzester Zeit zu einem rasenden Schmerz steigerte. Irritiert „flüchtete" ich gleichsam aus der Situation. Sofort ließ der Schmerz nach und verschwand nach ein paar Minuten schließlich ganz. Dies wiederholte sich daraufhin jedes Mal, sobald ich nur annähernd körperlichen Kontakt zu diesem Mann hatte, und hörte fast augenblicklich auf, wenn ich auf Abstand ging.

Da stellte ich mir die grundsätzliche Frage: Wird es mir möglich sein, meine Vergangenheit mit ihren tiefen Verletzungen jemals so weit zu bewältigen, dass ich irgendwann zu einer normalen Partnerschaft fähig sein werde? Oder wurde ich zu einem wirklich erfüllten Leben „unfähig gemacht" aufgrund des „absolut sicheren Verbrechens", das an mir geschehen war?

Irgendwann beendete ich diese Beziehung, letztlich allerdings nicht aus Gründen, die in meiner Vergangenheit zu suchen waren.

Mit meinem lieben Freund Sebastian stand ich während der ganzen Zeit in loser Verbindung. Regelmäßiger und intensiver wurde unser Kontakt ab August 2005. Seine Beziehung war nach sieben Jahren in die Brüche gegangen, erfuhr ich. Es ging ihm nicht besonders gut, und er brauchte jemanden zum Reden. Also war ich für ihn da. Während dieser Gespräche spürte ich, wie ihm mein Herz – wie Jahre zuvor bereits – wieder zuflog, jetzt aber anders, offener. Dieser Mann schaffte es ein zweites Mal, dass ich Schmetterlinge im Bauch hatte, wenn ich mit ihm redete, wenn er mich umarmte oder wenn er mich auch nur ansah. Ich spürte, wie aus der Vertrautheit zwischen uns allmählich Liebe zu werden begann, und konnte mir inzwischen eine Partnerschaft vorstellen, wünschte mir dies sogar von Herzen.

Ende September lud er mich zum Essen ein. Ich freute mich riesig darauf. Als er mir gegenüberstand, blieb mir nicht verborgen, dass er gesundheitliche Probleme hatte. Wir redeten darüber, und er erzählte, er begebe sich demnächst in stationäre Behandlung, um sich „durchchecken" zu lassen. Ich ahnte jedoch nicht, wie schlecht es ihm tatsächlich ging.

Sein Blick und sein liebevoller Abschiedskuss später sprachen Bände. Bevor wir uns wieder trennten, sprach Sebastian aus, was ich selbst im Herzen fühlte. Er wünsche sich immer noch nichts sehnlicher als eine Beziehung mit mir, sagte er leise. Ich spürte, jetzt war ich dafür bereit. Weil uns an diesem Tag die Zeit fehlte, es mir aber ein Bedürfnis war, ihm zu erklären, warum ich mich vor sieben Jahren nicht auf eine Partnerschaft einlassen konnte, meinte ich: „Sebastian, lass uns darüber reden, wenn wir mehr Zeit haben. Ich möchte dir so vieles sagen und erklären." Noch einmal umarmte ich ihn und fühlte dabei, wie sehr mein Herz sich zu öffnen begann. Ein wunderschönes, warmes Gefühl! Hätte ich nur geahnt, dass dies unser letztes Zusammentreffen sein würde!

Noch einige Male telefonierten wir miteinander, führten Gespräche, die so vertraut waren und uns beiden einfach guttaten. In den Wochen vor Weihnachten war ich beruflich sehr eingespannt, versäumte jedoch nicht, meinem „besten Freund" ganz liebe und herzliche Weihnachtsgrüße zu schicken. Gleichzeitig freute ich mich darauf, nun wieder mehr Zeit für ihn zu haben. Anstelle von Sebastians Antwort erreichte mich ein Brief seines Vaters mit der Nachricht, dass sein Sohn Anfang Dezember völlig überraschend verstorben sei. Diese Nachricht, so plötzlich und unerwartet, traf mich tief im Herzen, zumal ich begonnen hatte, diesem Mann die Liebe entgegenzubringen, auf die er so lange gewartet hatte. Und nun war Sebastian tot. Warum? Warum wurde mir mein bester Freund genommen? Ich brauchte lange, um darüber hinwegzukommen.

Zunächst verdrängte ich den Schmerz erfolgreich und füllte die Lücke, die in meinem Leben und auch in meinem Herzen entstanden war, indem ich mich ausschließlich auf den Neuanfang in meinem Leben konzentrierte. Private sowie berufliche Neuorientierung ließen keine Zeit für Trauer.

Erst drei Jahre später schickte mir der Zufall einen Mann, durch den ich daran erinnert wurde, wie tief der Schmerz um den Tod meines verstorbenen liebsten und besten Freundes Sebastian unverarbeitet in mir schlummerte, wie sehr ich ihn noch vermisste und wie sehr mich die vergrabene Trauer noch beherrschte. Nachdem ich dies erkannt hatte, konnte ich daran arbeiten, den Schmerz verarbeiten und schließlich endgültig loslassen. Durch den Kontakt mit Roman, der zufällig in mein Leben getreten war, wurde mir die Chance gegeben, den Fokus auf meine noch teilweise gestörte Beziehung zu Männern zu lenken.

Im Laufe der Zeit lernte ich durch das Interesse und die freundschaftliche Zuneigung dieses Mannes und im direkten Kontakt und in der Auseinandersetzung mit ihm, meine Gefühle und tief sitzenden Ängste, die mich immer noch teilweise in der Beziehung zum anderen Geschlecht beeinflussten und behinderten, einzuordnen und besser zu verstehen und – wie es scheint – diesbezüglich einen letzten Rest erfolgreich zu verarbeiten.

Mit Roman verbindet mich inzwischen eine wunderbare Freundschaft. Zugleich habe ich eine Art von unschätzbarer innerer Freiheit gewonnen, wie ich das nie für möglich gehalten hätte.

XIV. Den Kampf gewonnen!

Den Kampf ums Überleben habe ich gewonnen! Mit dem zwölften Juli 2009 scheint die letzte Hypothek meiner Vergangenheit beglichen zu sein. Das wusste ich in dem Augenblick, als die Worte „Du bist deiner Mutter nichts mehr schuldig!" aus meinem Inneren kraftvoll und mit einer unglaublichen Intensität aufstiegen – ohne mein Zutun.

Ich weiß nicht, was dieser Satz tatsächlich bedeutet, habe keine Erklärung dafür, dass er sich genau in dem Moment formte, als ich bewusst losließ und all das, was ich aus eigener Kraft bisher nicht zu lösen vermocht hatte – was bedeutete, mich aus der starken, emotionalen Abhängigkeit von meiner Mutter zu befreien –, vertrauensvoll in die Hände einer Höheren Macht legte. Aber ich erlebe die Auswirkungen, die das „Loslassen" auf mein Leben hat.

Seit diesem Tag zeigt sich mir das Leben von einer völlig neuen und bis dahin unbekannten Seite: Das Grau meiner Kindheit ist restlos verschwunden. Ich bin frei von den letzten vernichtenden Fesseln der Vergangenheit.

Was die Zukunft für mich bereithält, wohin mein Weg führt, das weiß ich nicht. Sicherlich wird nicht immer die Sonne scheinen, nicht alles reibungslos und glatt verlaufen. Doch ich habe keine Angst mehr vor einem Abgrund, der mich erbarmungslos in die Tiefe zieht.

Weil ich erfahren habe, wie es sich anfühlt, „ganz unten" zu sein, und weil ich erlebt habe, was es heißt, keine Hoffnung mehr zu haben, hat sich meine Sichtweise der Dinge relativiert.

Von außen betrachtet, lebe ich mein Leben weiter wie bisher. Veränderung vollzog sich hauptsächlich in meinem Inneren.

Die Angst, die mich ein Leben lang begleitet und die sich sukzessive zur Todesangst gesteigert hat, bis sie mich fast in den Suizid getrieben hätte, ist gänzlich verschwunden. Sie hindert mich nicht mehr an einem erholsamen Schlaf. Viel mehr noch: Diese Angst hat Platz gemacht einer heiteren Gelassenheit, einer inneren Gelöstheit und einer ungeahnten Lebensfreude.

Ich bin neugierig auf jeden neuen Tag, den ich leben und erleben darf, habe neue Hoffnungen, Wünsche und Träume. Die Todessehnsucht gehört der Vergangenheit an. Ich lebe gerne und genieße es jeden Tag aufs Neue, leben zu dürfen. Aber ich bin auch bereit zu gehen, wenn meine Zeit gekommen ist. Angst vor dem Tod habe ich nicht.

Heute fühle ich mich nicht mehr gehetzt, getrieben, ruhelos – Gefühle, die mich die meiste Zeit meines Lebens begleitet haben. Heute bin ich eine Frau von 56 Jahren, die ihre Mitte gefunden hat und aus dieser Mitte lebt.

Im Laufe meines Lebens bin ich das geworden, was meine Mitmenschen heute sehen: eine starke, selbstbewusste Frau, die sich – mit einem klaren Blick nach vorne – mit der Vergangenheit ausgesöhnt hat und mit dem Leben im Einklang ist. Ich bin weder verbittert noch vom Leben enttäuscht, frage nicht mehr nach dem „Warum", sondern bin grenzenlos dankbar dafür, dass ich es geschafft habe, mich aus der Angst und aus der Isolation, in die mich der sexuelle Missbrauch drängte, zu befreien.

Von ganzem Herzen danke ich all den Menschen, die in den aussichtslosesten, dunkelsten und schmerzlichsten Momenten meines Lebens an meiner Seite waren und mir Kraft gaben. Dank auch den Menschen, die nie aufgehört haben, an mich zu glauben. Mit ihrer Hilfe bin ich heute eine Frau, die das Vertrauen in Menschen, das ihr als Kind abhandengekommen war, zurückgewonnen und die schließlich nach langer Suche ihren Platz im Leben gefunden hat.

Heute lebe und erlebe ich in jeder Beziehung eine ganz neue Art von innerer und äußerer Freiheit, empfinde ein inneres und äußeres Glück, das nur schwer in Worte zu fassen ist.

Und ich habe in meinem Inneren das gefunden, was ich all die Jahre im Außen vergeblich suchte:

Heimat!

Ich bin angekommen – bei mir zu Hause!

Mit Respekt und Achtung verneige ich mich vor den beiden Menschen, die mir das größte und wertvollste Geschenk machten. Ich danke meiner Mutter gleichermaßen wie meinem Vater für das Geschenk meines Lebens. Und ich danke beiden für ihre Liebe, die mir jeder auf seine Weise und in dem Maße, wie er es vermochte, zuteilwerden ließ.

Mit der letzten Seite meines Buches bin ich am Ende einer langen Reise angelangt, die mit dem Tag meiner Geburt ihren Anfang nahm. Es war die Reise **zu mir** selbst. Ich bin bei mir angekommen. Das Ziel dieser Reise habe ich erreicht.

Um bei mir landen zu können, musste ich den beschwerlichen Weg der Heilung beschreiten und ihn Schritt für Schritt weitergehen. Denn Heilung konnte erst beginnen, als ich bereit war, in den Dialog und in die Auseinandersetzung mit mir selbst zu treten.

Was mich am Ende meiner Reise wirklich erwarten würde, wusste ich nicht. Oft stolperte ich. Oft fiel ich zu Boden. Manchmal wollte ich liegen bleiben. Aber ich stand immer wieder auf.

Nun stehe ich am Ende dieser Wegstrecke, die voller Angst, Trauer und Einsamkeit war, verlasse eine Straße voller Tränen, Hoffnungslosigkeit und Verzweiflung – nicht als gebrochener Mensch, sondern in aufrechter Haltung.

Eine neue Reise beginnt: Die Reise **mit mir** als Reisebegleiterin. Mit Freude und voller Spannung lasse ich mich auf dieses Abenteuer ein!

Raphaela M. Schaner, im April 2010

Rückblickend auf mein Leben bin ich überzeugt davon, dass ich zu jeder Stunde gehalten und getragen war.

So vertraue ich auch im Blick auf die Zukunft darauf, dass ich aufgehoben bin in der Hand einer Höheren Macht – geborgen in der LIEBE GOTTES.

„Wo du nur eine Spur gesehen hast, da habe ich dich getragen"

(Aus dem gleichnamigen Taschenbuch von Margaret Fishback Powers, Brunnen Verlag Gießen, 1998)

Eines Nachts hatte ich einen Traum:
Ich ging am Meer entlang mit meinem Herrn.
Vor dem dunklen Nachthimmel erstrahlten, Streiflichtern gleich,
Bilder aus meinem Leben.
Und jedes Mal sah ich zwei Fußspuren im Sand,
meine eigene und die meines Herrn.
Als das letzte Bild an meinen Augen vorübergezogen war, blickte ich
zurück. Ich erschrak, als ich entdeckte, dass an vielen Stellen meines
Lebensweges nur eine Spur zu sehen war.
Und das waren gerade die schwersten Zeiten meines Lebens.
Besorgt fragte ich den Herrn:
„Herr, als ich anfing, dir nachzufolgen, da hast du mir versprochen,
auf allen Wegen bei mir zu sein.
Aber jetzt entdecke ich, dass in den schwersten Zeiten meines Lebens
nur eine Spur zu sehen ist.
Warum hast du mich alleingelassen, als ich dich am meisten brauchte?"
Da antwortete er: „Mein liebes Kind,
ich liebe dich und werde dich nie alleinlassen,
erst recht nicht in Nöten und Schwierigkeiten.
Dort, wo du nur eine Spur gesehen hast,
da habe ich dich getragen."